이시환 시문학 읽기 · **1**

바람 사막 꽃 바다

바람이 만물의 심장을 뛰게 하는 에너지원이라면,
사막은 생사가 공존하는 유무동체이고,

꽃이 나를 포함한 모든 생명체라면,
바다는 그 생명을 담는 우주다.

평자가 언급한 작품
「상선암 가는 길」외 99편

평자(評者)
김재황·이신현·서승석·김준경·강정중·키타오카쥰쿄(北岡淳子)
김승봉·문은옥·장백일·김은자·정정길·한상철

자작시 해설
이시환

신세림출판사

이시환 시문학 읽기 · 1

바람 사막 꽃 바다

일러두기

1. 이 책은 이시환의 시문학을 읽는 데에 도움이 되는 첫 번째 자료집이다.

2. 전체 3장으로 나뉘어 있는데, 제1장에서는 열두 분의 문사(문학평론가/
   시인)가 평문에서 언급한 작품 100편의 전문을, 제2장에서는 열두 분의
   19편의 평문들을, 제3장에서는 이시환의 자작시해설 13편을 각각
   소개하였다.

3. 선입견 없이 일독해 볼 수 있도록 작품을 맨 앞에 편집했으며, 다양한
   시각에서 씌어진 평문과 자작시 해설 등을 나란히 소개함으로써
   이시환 시인 개인의 작품세계를 이해하는 데에 상당한 도움이 되리라
   믿는다.

머리말

　요즈음 심종숙 시인 겸 문학평론가가 나의 첫 시집부터 최근 시집까지 모두 일독하고서 평문을 쓰고 있는 중이다. 2015년 10월 현재까지 모두 13편의 평문을 썼는데 앞으로 어디까지 어떻게 진행될지 모르지만 듣기로는, 단행본 책으로 발행할 목표를 갖고 집필한다 하니 지켜보고 있을 따름이다.

　이러한 일로 인해서, 불현듯 그동안 나의 시 작품들을 읽고 써준 여러 문학평론가 내지는 시인 문사들의 평문을 정리해 둘 필요가 있다고 판단되어 자료를 정리해보니 김재황/이신현/서승석/김준경/강정중(姜晶中·일본)/키타오카 쥰쿄(北岡淳子·일본)/김승봉/문은옥/장백일/김은자(金恩子·중국)/정정길/한상철 등 열두 분의 글 열아홉 편이었다.

　새삼, 이들을 일독해 보니 평문 속에서 언급한 시 작품 원작들과, 이들 평문들과, 생각이 날 때마다 써 두었던 자작시 해설을 한 권의 책으로 편집하여 펴낸다면 개인의 시세계를 이해하는 데에 상당한 도움이 되리라는 판단이 들었다. 이에 감히 3장으로 나누어, 제1장에서는 평자가 언급한 나의 작품들인 100편을, 제2장에서는 열두 분

의 열아홉 편 평문을, 그리고 제3장에서는 열세 편에 대한 자작시 해
설을 각각 안배하여 편집했다.

 '과연, 이러한 작업에 어떠한 의미가 있을까'하는 근원적인 문제를
생각하지 않은 것은 아니지만 자선 시선집도 내려니와 평자들에 의
한 선집을 겸해서 평문까지, 그것도 자작시 해설까지 곁들이니 시를
이해하고자 하는 독자에게는 여러모로 공부가 되겠다 싶은 생각이
들었던 것이다. 다시 말해, 선입견 없는 원작 감상도 하고, 각기 다른
평자들의 안목과 문체도 비교해 보고, 변명 같은 자작시 해설을 통
한 시세계를 가늠해 볼 수 있으리라 본다.

 관심 있는 분들의 일독을 기대하며, 부족한 점이 있다면 애정 어린
채찍을 들어 주기 바란다.

2015년 10월

이시환 씀

차례 | 바람 사막 꽃 바다 / 이시환 시문학 읽기·1

제1장 평자가 언급한 이시환의 작품 100편

차례 | 바람 사막 꽃 바다 / 이시환 시문학 읽기·1

제2장 평자 12인의 평문 19편

제1장
평자가 언급한 이시환의 작품 100편

제1부

상선암 가는 길

하, 인간세상은 여전히 시끄럽구나.
문득, 이 곳 중선암쯤에 홀로 와 앉으면
이미 말[詩]을 버린,
저 크고 작은 바위들이 내 스승이 되네.

-2004. 7. 26.

칼

칼 속에는
속살을 드러낸 채 어둠이 누워 있고,

칼 속에는
구슬처럼 쏟아지기를 기다리는 빛이 고여 있다.

그 칼끝이 기우는 대로
세상은 어둠이었다가 빛이었다가 하지만

요즈음 칼 속에는
어둠의 말씀도, 빛의 말씀도 없다.

말씀 없는 칼만
요란스럽다.

방생放生

세상사 시끄러우면 시끄러울수록
공허하다.

그 공허 한 가운데엔 더 큰 공허가 있고,
그 큰 공허 속으론 더 큰 공허가 입을 벌리고 있다.

사람들은 그저 돈이 아니면 칼로,
칼이 아니면 입으로

그 공허와 공허를 위장하려 하지만
공허가 사람들을 방생하고 있네.

나의 독도獨島

망망대해茫茫大海 가운데 솟아 있는 돌섬 하나
보일 듯 말 듯 아득히 멀리 있어
늘 아슴아슴하여라.

아침저녁으로 오며가며
혹 눈빛 마주치거나,
불쑥 네가 그리워 가까이 다가서노라면
풍랑이 거칠어 접근조차 쉽지가 않네.

그래, 사람들은 쉬이 너를 외면하지만
실은 그런 독도 하나씩을
저마다 가슴 속에 품고 살지.

그래, 그곳에 가면, 그곳에 가면
실로 오랫동안 나를 기다리며 정좌해 있는,
다름 아닌 내가 있을 뿐이네.

-2005. 4. 10.

목련

'아니,
왜 이리 소란스러운가?'

커튼을 젖히고
창문을 여니

막 부화하는 새떼가
일제히 햇살 속으로 날아오르고

흔들리는 가지마다
그들의 빈 몸이 내걸려 눈이 부시네.

-2005. 04. 14.

연꽃 · 3

칠흑 같은 어둠 속에
누가 오시려나?
집집마다 연등 하나씩을
처마 밑에 내걸어 놓았네.

안과 밖이 따로 없는
허공 속에서 붉은 마음 달래려나?
속내마저 드러낸 채
목을 빼어
저마다 한 곳을 바라보네.

-2008. 05. 09.

연꽃·4

나는 보았네,
땅의 눈빛 하늘의 미소.

-2008. 05. 12.

돌

-작은 돌멩이 속에 광활한 사막이 있다.
 그렇듯 광활한 사막은 하나의 작은 돌에 지나지 않는다.

아직도 내 가슴이
두근거리는 것은

수수만년
모래언덕의 불꽃을 빚는

바람의 피가
돌기 때문일까.

아직도 내 눈물이
마르지 않는 것은

수수억년
작은 돌멩이 하나의 눈빛을 빚는

바람의 피가
돌기 때문일까.

설봉

- 청정한 햇살 속에 은박지를 구겨놓은 듯한 雪峰들을
  바라보며 나는 오늘도 이 헐벗은 길을 걷는다.

저 눈부신 외로움을
어찌 감당하시려고요?

그저 이쯤에서 바라만 보아도
이 몸이야 다 녹아내릴 것만 같은데

저 눈부신 외로움을
어찌 감당하시려고요?

단풍나무 아래서

오늘은 내가 여기 앉아 쉬지만
내일은 다른 이가 앉아 쉬리라.

나의 헤미터지

깊은 산 속에 다소곳이
숨어 있는 것도 아니고

험하고 험한 길 끝에 위태로이
붙박여 있는 것도 아니건만

평생 떠나지 못하는
나의 암자庵子.

뒤돌아다보면 늘
내 마음 가는 그곳

네가 머무는 곳이 곧
나의 은신처였네.

들끓는 세상 한 가운데로 질주하느라
거친 숨 몰아쉬어도

망망대해 가운데 떠 있는
작은 섬에 지나지 않았고

사람 사람들 속에서
제법 구성지게 노래 불러도

외딴집의
희미한 불빛에 지나지 않았던

나는 너를
평생 떠나지 못하고,

너는 나를
끝내 버리지 못하네.

가시나무

가시나무, 가시나무,
나는 가시나무.

비 한 방울 들지 않는 사막 가운데
홀로 사는 가시나무.

가시나무, 가시나무,
나는 가시나무.

나귀 한 마리 쉬어갈 수 있는
한 조각 그늘조차 들지 않고,

작은 새들조차 지쳐
깃들기도 어려운 가시나무.

가시나무, 가시나무,
나는 가시나무.

마침내 갈증의 불길 속으로
던져지는 가시나무.

가시나무, 가시나무,
나는 가시나무.

묵언·1

바람도
그곳으로부터 불어오고

강물도
그곳으로부터 흘러내려온다.

-2007. 09. 19.

묵언·2

네 눈과 마주치는
나는 이미 너의 포로.

펄펄 끓는 황금물을 뒤집어쓴
너의 깊은 정수리로 걸어 들어가는,

눈먼 나는
너의 황홀한 포로.

-2007. 09. 19.

꽃을 바라보며

불현듯 네 앞에 서면
내 성급한 마음도
성난 마음도 다 녹아드는 것이,

불현듯 네 앞에 서면
꽁꽁 숨어있던 내 부끄러움조차
훤히 다 드러나 보이는 것이,

너는 너만의 그 빛깔로서
하나의 깊은 세계이고,

너는 너만의 그 생김새로서
하나의 착한 우주로다.

향로봉에 앉아서

내게 허락된
내 몸 안의 기름이
점점 닳아가는구나.

때가 되면
나의 등잔도 바닥을 드러내고
심지까지 돋우어 가며 태우겠지만
불꽃은 점점 사그라져 갈 것이다.

원하든 원하지 않든
마침내 불은 꺼지고
텅 빈 등잔만이 남아서
어둠의 바다 속으로
잠기어갈 것이다.

-2015. 02. 01.

깔딱고개

신발끈 동여매고서 오르고 오르다보면
숨이 차오르고 가슴 답답해져 더 이상 참기 어려운,
그래서 딱 한번쯤 쉬어갔으면 하는
고개가 있네.

허리띠 졸라매고 경쟁 투쟁하다시피 허둥지둥 살다보면
몸도 지치고 마음까지도 찢겨 다 놓아버리고 싶은,
그래서 딱 한번쯤 뒤돌아보며 쉬어갔으면 하는
고비가 있네.

먼저 간 사람들은
그 때 그곳을 '깔딱고개'라 부르고,
그 때 그 고비를 '위기상황' 내지는 '전환점'이라 부르지만
그 고통의 정점을 넘어서야
비로소 새 힘을 얻고
새 희망으로 앞을 보고 걸을 수 있네.

가장 참기 힘들고 가장 견디기 어려운
고비마다 놓여있는 그놈의 깔딱고개는
오르막길에도 있고 내리막길에도 있으며,
산행길에도 있고 인생 항로에도 있네.

-2015. 01 .20.

산행山行

나는 걷는다.
살아있기에 걷는다.
걸어서 갈 수 있는 데까지
어디든 가보런다.

걸으면서,
세상이 내게 하는 말을 엿듣고
내 몸이 내게 하는 말을 귀담아 들으며
세상을 향해 내가 하고 싶은 말을 중얼거려도 본다.

나는 오늘도 걷는다.
살아 숨 쉬고 있는 한 걷는다.
나의 걸음 멈추는 순간이 곧 죽음이고
죽어서는,
한 줄기 바람이 되고,
불덩이가 되고,
물이 되고,
흙이 되어서,
끝내는 너의 품으로
그냥 돌아가런다.

-2015. 01. 14.

문수봉에 앉아

가을을 재촉하는 비가 연이틀 촉촉이 내렸다. 목욕재계하고 오른 문수봉의 이른 아침, 맑게 개인 하늘과 내려다보이는 산빛이 태초의 것인 양 아주 깨끗하다. 하늘은 티 한 점 없이 파랗고, 깨끗한 햇살을 받는 산등성이의 나무들은 윤기가 넘쳐흐른다. 모든 경계가 선명하다. 이런 세상이라면 백년도 잠깐 사이에 지나가버릴 것만 같다. 누추해진 이 몸이야 이젠 죽어도 좋다만 그조차 감사하고 감사할 따름이다.

-2014. 10. 05.

*문수봉 : 북한산의 의상봉에서 시작하는 의상능선에 있는 가장 높은 727미터의 바위 봉우리. 행정구역상으로는 경기도 고양시 덕양구 북한동에 속한다. 봉우리 밑으로 고려 때 창건된 문수사(文殊寺)가 있다.

가을 산길을 걸으며

녹음 짙어 하늘조차 보이지 않던 길에
초목들에 단풍이 들기 시작하더니
하룻밤 사이에 다 지고 말아
낙엽이 수북이 쌓여 있다.
문득, 새 양탄자가 깔린 길을 걷자니
새삼, 살아가는 일만큼 거룩한 것도,
아름다운 것도 달리 없다는 생각이 든다.

그래, 하루해는 점점 짧아지고
아침저녁으로는 일교차가 커지면서
가을비가 몇 차례 촉촉이 대지를 적시고 나면
찬바람이 불기 시작하고
산천의 초목들이 앞 다투어 목숨을 불태우듯
그 잎들에 울긋불긋 물들이기에 바쁘지만
끝내는 모조리 떨어뜨리고 만다.

겨우내 얼어 죽지 않고
새봄을 기다리는 저들의 고육지책이련만
사람의 눈에는
그것이 그리 아름다울 수가 없다.

따지고 보면,
생로병사라는 과정을 거치지 않는 게 없다지만
그렇게 살아가는 일만큼
진지한 것도 없고,
거룩한 것도 없으며,
아름다운 것도 없어 보이는 것이
내게도 가을은 가을인가 보다.

-2014. 10. 28.

자작나무 숲에 갇히어

자작나무 숲에 갇히어

어느 날 문득,
가을 자작나무 숲에 갇히고서야
살아야 하는 이유를 깨닫게 되네.

어느 날 문득,
한 순간이었지만 네게 미치고서야
살아야 하는 의미를 깨닫게 되네.

뒤돌아보면 적지 아니한 세월
산다고 마냥 뒹굴었어도
온전히 갇히어보지 못했고,
제대로 미쳐보지 못했기에
내 생의 절망이 없었고
속박이 없었으며
불꽃이 없었던가.

비록, 썩어가는 장작개비가 될지언정
살아서 파란 하늘로, 하늘로 치솟는
저들의 묵언 정진하는 자태가
게으른 나를 흔들어 깨우네.

-2014. 10. 24.

고행苦行

지난 여름은
길고도 짭짤했네.

미련한 짓인 줄 알면서도
산행山行을 고행苦行으로 여기면서
무던히 땀을 쏟아냈고
심히 몸을 혹사시켰으니 말이네.

그러나 하루아침에 물러서는
그 완강했던 여름 끝자락에서
찬바람은 쉬이 불어오고
삭신의 구석구석을 쑤시듯
대지엔 비가 촉촉이 내리고
나는 그 소리에 밤잠을 설치기 일쑤인 것이

여름을 난 고단한 이 몸에도
단풍이 들려나보다,
비온 뒤 맑은 햇살 속
노적봉露積峰*의 시월 나뭇잎처럼.

-2014. 10. 04.

*노적봉(露積峰) : 북한산의 산성주능선에 있는 봉우리로 높이는 716m이며, 만경대
서쪽 아래에 있다. 봉우리 모양이 노적가리를 쌓아놓은 것처럼 보인다 하여 '노적봉(露
積峰)'이란 이름이 붙여졌으며, 행정구역상 경기도 고양시 덕양구 북한동에 속하며, 이
노적봉 밑으로는 조선시대 '진국사(鎭國寺)'라 불리던 '노적사(露積寺)'가 있다.

오봉

네가 거기 있을 때에는
다 이유가 있지.

네가 그리 있을 때에는
다 이유가 있지.

네가 거기, 그리 있을 때에는
다 이유가 있는 법이지.

-2014. 09. 26.

자연의 아름다움이란

돌 하나를 빼어 내어도 무너져 내리고
돌 하나를 더 쌓아 올려도 무너져 내리고 마는
그것, 그것이라네.

-2014. 08. 31.

화계사 뒷산을 오르며

밤새 내리던 비는 그치고
돌연, 찬바람 불어오는데
이 가을 다 가기 전에
꼭 한 번 다녀 가라시기에
모처럼 화계사 뒷산을 오르네.

산비탈에 우뚝 선 나무
제 옷가지들을 벗어 흩뿌릴 때마다
공중으로 높이 날아오르는
한 무리 새떼 되어 눈이 부시고

이미 알몸으로 칼바람을 맞는 계곡에서는
보잘 것 없는 나목들이 저마다 붉디붉거나
보랏빛 작은 열매들을
한 섬 가득 내어 놓는데
그것들이 보석인 양 꽃인 양
황홀하기 그지없네.

그래도 늦가을이라고
저들은 다 버릴 줄 아는데
그래도 겨울이 다가온다고
저들은 다 내어 놓을 줄 아는데

그대는 무엇을 움켜쥐고
무엇을 걱정하는가.

-2013. 11. 17.

묘산妙山

산에 오르고자
사방팔방에서 모여든 사람들로
만남의 광장은
붐비는 새벽시장만 같네.

하지만 그 소란스러움도 잠시
그들이 일제히 산에 들기 시작하면
이내 산은 그들을 어디로 다 숨기어버렸는지
산속은 텅 빈 채 고요하기만 하네.

그렇듯,
저 위에서는 물기만 조금 비쳐도
저 아래에서는 콸콸 흐르는
물줄기를 내어 놓는 것이

실로 묘함이란
그가 품은 세계의 깊이에 있고
그 깊은 곳에서 품었던 것들을
다시금 내어 놓는 비밀에 있네.

-2014. 08. 19.

제 **1** 장

평자가 언급한 이시환의 작품 100편

제**2**부

남풍南風

단 한 줄의 시구詩句가 사람을 바꾸고
세상을 바꿀 수 있다.

따뜻한 가슴을 가진 이로서
자신에게 솔직한 시인이여,

우리의 어제와 오늘, 그리고 내일을
통시적으로 꿰뚫어 볼 수 있는
지성의 눈을 가진 시인이여,

인간과 사회, 자연, 우주를
유기적으로 읽을 수 있는
눈과 귀 척추를 가진 시인이여,

쉼표 하나의 질감을
온몸으로 느끼며 몸서리치는
오감의 문이 활짝 열린 시인이여,

모든 것이 부질없다는 것을 알지만
살아있음을
문장으로써 뜨겁게 그리고
춤추는 시인이여,

그대의 숨결,
그대의 눈빛,
그대의 몸짓,
그대의 말 한 마디 한 마디가
훈훈한 남풍 되어
이 땅위로 생명의 꽃을 피우나니

이제 허리를 곧추세우고,
가슴을 펴고,
귀를 열고,
눈을 뜨라.
그리하여 맨발로
천지를 함께 걸어가자.

서울매미

그래도 살겠다고
그래도 사랑하겠노라고
이른 아침부터 앙칼지게 노래 부르는
너의 진지한 세레나데를 무심결 듣노라니
너나 나나 처지가 다를 게 없구나.

밤낮을 가리지 않고 질주하는
차량들의 굉음이 깔리고,
나무를 켜고 쇠파이프를 자르는
전기 톱날의 날카로운 쇳소리가
간간이 신경을 자극하지만,

이삿짐을 옮기느라 덜컹거리는 소리와
새 아파트를 짓겠다고
바위 쪼개는 굴착기 소리가
미간을 찌푸리게 하지만,

골목길을 누비는 오토바이의 무례한 소음과
사소한 일들로 이웃사람들이 다투는
살기등등한 소리와 소리들이 뒤섞이어
너의 하루가 시작되고
나의 하루가 끝이 난다.

그래도 살겠다고
그래도 사랑하겠노라고
이른 아침부터 밤늦도록
더욱 앙칼지게 노래 불러야하는
너와 나의 진지한 삶의 이 버거움과 가벼움을
여름 한 철 서울매미들이 일깨워주네.

하이에나

- 굶주린 현대인과 누리꾼

누가 보아도 볼썽사나운 하이에나
더럽고 비겁하기까지 한 하이에나
그래도 살아야 하고
그래도 하루하루를 잘 살고 있는 하이에나.

아니, 비릿한 피냄새를 좇아
아니, 사체 썩는 냄새를 좇아
코를 킁킁거리며, 어슬렁거리는
아니, 맹수에 목이 물린
불쌍한 것들의 숨넘어가는 비명에
귀를 세우며 사방을 두리번거리는
아니, 날아드는 독수리 무리에 신경을 곤두세우며
갈기갈기 털가죽을 물어뜯고,
살점을 찢어발기고,
내장까지 물고 늘어지며 꽁무니 빼는 하이에나.

시방 갓 태어나는 임팔라 새끼를 노려보는 것은
사자나 치타나 표범이 아니다.
두엄자리에서 뒹굴다 나온 녀석처럼
지저분한 몰골에
끙끙거리는 소리까지 간사하기 짝이 없는
더럽고 치사하고 약삭빠른

아프리카 초원의 점박이 하이에나.

그 하이에나 같은 내가
인간의 욕망이 질척거리는
천박한 자본주의 사회 뒷골목을 배회한다.
아니, 세상이 다 곤하게 잠들어있어도
밤새도록 진흙탕을 휘젓고 다닌다.
삭막해서 광활한 세상인지
광활해서 삭막한 세상인지 알 수 없다만
세상의 남자들과
세상의 여자들은 그 삭막함 속을
어슬렁거리다가 지쳐
새벽녘에서야 곯아떨어지는 하이에나가 된다.

어디, 굴러들어오는 먹잇감은 없나
어디, 똥오줌 갈겨 놓을 데는 없나
어디, 발기되는 허기를 채워줄 곳은 없나
어디, 내 영역 안에 배신자나 잠입자는 없나
밤낮없이 코를 킁킁거리면서도
맹수의 눈치나 슬슬 살피듯
또 다른 세상 사이버 공간에서
인터넷 사이트나 천태만상의 블로그나 카페를
기웃거리고 넘나들지만

제 딴엔 진지하게 머리를 쓰는
애틋한 절체절명의
삶의 방식을 구사하는 것 아니던가.
더러, 꼬리를 바짝 감아 뒷다리 사이로 감추고
염탐하고, 냄새 맡고,
제법 날카로운 송곳니를 드러낸 채
으르렁대며 싸우고, 빼앗고,
몰려다니는 하이에나.

비록, 이 모든 것이 살아가기 위한,
아니, 살아남기 위한 몸부림이지만
그 자체가 대단하다.
아니, 위대하다.
더러, 눈치 보며, 맹종하며,
살금살금 기기도 하지만
힘센 놈들과는 일정한 거리를 유지하며
틈새를 공략할 줄도 안다.
힘을 합칠 줄도 안다.
이합집산離合集散할 줄도 안다.

오늘날 그 꾀와
그 술수로써 어두운 굴속에서나마
자식 낳아 애지중지 기르며
알콩달콩 살아가는 것이다.

나는 아침마다 컴퓨터를 부팅하면서

간밤에 쫓고 쫓기면서
저들이 남긴 발자국을 추적하며
저들의 주둥이에서 진동하는
피냄새를 맡는다.

아, 쓸쓸한 세상이여,
아, 빈틈없는 세상이여,
나는 하이에나 무리 속으로 걸어 들어가는
또 다른 하이에나,
잠 못 이루는 현대인이다.
먹고 먹어도 늘 허기진 누리꾼이다.
어떻게 하면 상대를 유혹하고 속이면서
돌아서면 보란 듯이 당당하고
점잖게 살아온 것처럼 꾸며대는
내 집과 내 이웃집에 내 아들딸들이다.

풍경

깨끗한 여름 햇살이
정수리에 따갑게 꽂힌다.

새참으로 칼칼한 목을 넘어갔어야 할
막걸리가 든 주전자를 힘겹게 들고 나르는
코흘리개의 종종걸음 고무신코 안에서도
흙먼지와 땀이 범벅되어
발바닥이 자꾸만 미끄러진다.

하늘과 땅 사이 경계 유난히 선명한데
이내 움직이는 것 하나 없고,
푸르른 논밭 군데군데 박혀서 일하던
사람들도 더 이상 보이질 않는다.

초라한 돼지우리 지붕을 뒤덮은
호박잎도 축축 늘어지고,
웃통 벗고 원두막에 앉아있던
노인네는 연신 부채질이다.

그야말로 땅의 열기가 푹푹 찌는
어느 여름 한낮,
어디선가 돌연, 핏대를 세우며 경쟁하듯

한 바탕 쏟아놓는 매미들의 간절한 노래가
무심하게 늘어선 은사시나뭇잎들을
반짝반짝 흔들어 놓는다.

하늘과 땅 사이에 커다랗게 드리워진
내 고향의 적막寂寞은 그렇게
낡은 그림처럼 찢기어 나풀거리지만
이미 코를 고는 사람들은
아랑곳하지 않는다.

국화차를 마시며

펄펄 끓는 물의
숨이 조금 멎으면

한 잔의 물에
들국 두어 송이 띄워 놓고

이렇게 마주 앉아
서로의 눈빛 주고받네.

네 안에 숨어든
햇살 바람의 고삐도 이내 풀어지고

네 안에 잠이 든
하늘과 땅의 전생도 다시 깨어나

너만의 숨결이 일렁이는
산비탈 네 눈빛이 마냥 뜨겁구나.

선물

　나는 중국 길림성에 사는 어느 시인으로부터 아주 특별한 선물을 받았다. '백두산에서 자생하는 야생화 백 가지'라며 아주 작은 비닐 봉지 백 장에 각기 다른, 마른 꽃들이 조금씩 들어있는 꾸러미였다. 차茶로 마시면 더없이 좋다하나 나는 일년이 다되도록 그것을 머리 맡에 놓고 잠을 잔다. 그 야생화 봉지에서 솔솔 품어져 나오는 향기에 취하다보면 꼭 내가 백두산 기슭 꽃밭 어귀에 쪼그리고 앉아있는 듯 곧잘 착각하기 때문이다.

　화산재가 무너져 내리는 비탈길을 조심스레 내려오며 나는, 키가 작고 순박한 얼굴의 그 시인을 떠올리지만 아직까지 그에게 작은 선물 하나 보내지 못했다. 올 해가 다 가기 전에는 새로 나오는 나의 시집 한 권이라도 꼭 보내야겠다. 궁색한 서울생활이 송구할 따름이다.

더위나기

낮기온이 섭씨 32, 3도를 웃돌고 열대야가 연일 계속되는 한 여름날, 나는 내가 살고 있는 아파트 18층 나만의 작은 방에서 반가부좌를 틀고 있거나 누워서 창밖 하늘을 바라본다.

다들 더위를 피해서 산이나 바다로, 수영장이나 찜질방으로, 혹은 고급식당이나 지구 반대편으로 가서 나름대로 살아있음의 기쁨을 누리기 바쁘지만 나는 텅 빈 공간에 홀로 남아 고요의 성城을 쌓고 있다. 그것도 거추장스런 옷이란 옷을 다 벗어버리고 겨우 헐렁헐렁한 팬티 한 장만 걸친 채 - 사실 그조차도 필요 없지만 - 눈을 감고 앉아 있노라면 두세 시가 되기도 전에 태양열에 점점 달구어지는 도심 속 아파트 콘크리트 열기를 느낄 수 있고, 밤이 되어도 좀처럼 식지 않아 오히려 바깥공기보다 실내공기가 더 무덥다는 사실을 체감할 수 있다.

그래도 유별나게 무더운 이 여름날의 정점頂點에 버티고 앉아 있노라면, 그러니까, 가급적 몸을 움직이지 않고, 숨조차 크게 쉬지 않으며, 마음속으로라도 그 무엇을 의도하거나 품지 않는 상태로 머물러 있노라면, 신기하게도 멀리 있는 것도 가깝게 보이고 아주 작은 소리조차도 선명하게 들려온다. 심지어 성벽을 기어오르는 작은 뿔개미들도 보이고, 하늘에서 구름이 피어오르다가 사라져가는 소리까지도 다 들린다.

그렇게 고요의 성城 안에 머물러 있게 되면 가끔씩 비단결 같이 부드러운 바람이 소리 없이 내 알몸을 휘감았다가는 슬그머니 풀어지기도 한다. 그렇게 바람의 꼬리가 내 성을 빠져 나갈 때마다 내 마음속 한 구석에 높이 매달아 놓은, 작은 풍경風磬이 흔들리면서 내는 낭랑한 소리가 바람에 벚꽃 날리는 듯하다.

나는 그 풍경소리가 꽃잎처럼 쌓였다가 쓸리는 곳으로 천천히 발걸음을 옮겨 놓으면서 높고 푸른 하늘을 올려다보며 미소를 짓는다. 아니, 낮 기온이 섭씨 47도가 아닌 470도나 되도록 태양열이 작열하는 저 금성의 지옥 같은 황량한 지표면을 홀로 걸어가고 있다고 상상하니 말이다.

만리장성萬里長城 · 3

목이 타는 가뭄.
끝내 해갈이 되어도
가뭄이 그리워지는 갈증이다.

만리장성萬里長城·2

얼마나 많은 노동력을 착취했으며,
얼마나 많은 인권을 유린하였을까?

인간의 욕망이 욕망을 짓이기면서
쌓아올린 장엄한 무지.

그러나 누구나 자신의 내부에, 변방으로 뻗은
그런 성城을 쌓고들 싶어 하지.

만리장성萬里長城·1

담뱃불을 길게 한 모금 빨고서
턱을 괴고
미간을 찌푸리며
부질없는 생각을 하는 사이
제 손등으로 떨어지고 마는
담뱃재 같은 것.

검은 구름떼가 몰려온다.

정치와 섹스

정치와 섹스는 한 통속이다.
여러 사람을 상대로
거짓말을 해도 그럴 듯하게 해야 통하는
정치와 섹스는 단순하지만
남자들을 현혹시키는 힘이 있다.

정치와 섹스는 한 통속이다.
기분이 째지게 오르가즘에 올랐다가도
꺼지면 그만이듯
돌아누우면 어제의 동지도 오늘은 적이 된다.

정치와 섹스는 한 통속이다.
한 여자를 다루는 데에도
정치적 판단과 제스처가 필요하듯
많은 사람들을 기만하는 데에도
한 여인을 다루듯 충분한 배려가 있어야 하기 때문이다.

정치와 섹스는 분명,
한 통속이다.

우는 여자 · 1

좋은 친구들과 만나
술에, 대화에, 얼근하게 달아오르면
어김없이 우는 여자,
어느새 눈물을 훔치기 시작하면서
소리 내어 흑흑거린다.
구석구석 알몸 속으로 숨겨진 슬픔의 씨앗들이
이성적 제어력이 약해진 틈을 타
일제히 싹을 틔우며 몸 밖으로 나오는 탓일까.
아무리 말려도 멈출 줄 모르는 그녀의 울음은
그냥 저절로 멈추어질 때까지 내버려 두는 것이 상책.
지금 내 곁에 있는
그런 여자는 그런 여자대로 매력이 있다.
지수가 낮고, 낮은 만큼 단순하므로
단순한 만큼 솔직하고 감정이 풍부하므로
그런 여자는 그런 여자대로 맛깔이 있다.
돌아서면 무자비한 고집도 있지만.

우는 여자 · 2

세상엔 그런 여자도 있다.
세상엔 그런 풀꽃 같은 여자도 있다.

오르가즘이란 산의 7부 능선만 올라가도
신음 대신 간헐적으로 울기 시작하는 여자.
8부, 9부, 정상에 가까워질수록
슬픔의 바다를 토해 놓듯이
허허벌판에서 엉엉 우는 여자.
그녀의 입을 한손으로 틀어막으면서
더욱 힘 있게, 더욱 깊숙하게, 더욱 빠르게
구석구석 몸 안에 퍼져있는 불씨에 불을 댕기면
그녀의 험준한 계곡에선
쏟아지는 폭포수 소리가 들린다.
분명, 이 세상을 처음 나올 때의 울음소리보다
더욱 격렬하고, 더욱 원시적인,
기쁨과 슬픔이 분화되기 전의 울음을
천지간에 쏟아놓는 여자.

세상엔 그런 여자도 있다.
세상엔 그런 풀꽃 같은 여자도 있다.

산

    손끝에 와 닿는 당신의 두 개의 젖꼭지. 그 꼭지 사이의 폭과 골이 당신의 비밀을 말해 주지만 가늠할 수 없는, 그 깊은 곳으로 이어지는 사내들의 곤두박질. 그 때마다 제 목을 뽑아 뿌리는 치마폭 사이의 붉은 꽃잎이 골골에 깔리고, 누워 잠든 바람마저 눈을 뜨면 이 내 가슴 속, 속살을 비집고 우뚝 솟는 산봉우리 하나. 그 허리춤에선 스멀스멀 풍문처럼 안개만 피어오르다.

강물

이제야 겨우 보일 것만 같다. 눈을 뜨고도 보지 못한 나의 눈이 정말로 뜨이는 것일까. 그리하여 볼 것을 바로 보고 안개숲 속으로 흘러 들어간, 움푹움푹 패인 우리 주름살의 깊이를 짚어낼 수 있을까. 달아오르는 나의 밑바닥이 보이고, 굳게 입을 다문 사람 사람들의 가슴에서 가슴으로 흐르는 강물의 꼬리가 보이고, 을지로에서 인현동과 충무로를 잇는 골목골목마다 넘실대는 저 뜨거운 몸짓들이 보일까.

지금도 예고 없이 불쑥불쑥 들이닥치는 안바람 바깥바람에 늘 속수무책으로 으깨어지다 보면 어느새 주눅이 들어 키 작은 몸을 움츠리는 버릇이 굳은살이 되고, 더러는 살아보겠다고 이리저리 몰려다니는 어깨 부러진 활자들의 꿈틀거림이 정말로 보일까. 그런 우리들만의 출렁거리는 하루하루, 그 모서리가 감당할 수 없는 무거운 칼날에 이리저리 잘려 나갈 때 안으로 말아 올리는 한 마디 간절한 기도가 보일까.

언젠가 굼실굼실 다시 일어나 아우성이 되는 그날의 새벽놀이 겨우내 얼어붙었던 가슴마다 터지는 봇물이 될까. 그저 온몸으로 굽이쳐 흐르는 우리들만의 눈물 없는 뿌리가 보일까.

잠 .

    내가 살고 있는 나의 이 무거운 몸뚱어리가 당신의 조립품임을 의식하면서 이미 늪 속으로 빠져버린 나는, 손이 묶인 채 더욱 깊은 곳으로 빠져들고 싶었다. 정비공장 기름바닥에 흩어져 나뒹구는 녹슨 볼트 너트 핀 축의 숨이 곧 나의 늑골이요, 너의 긴 척추의 마디마디를 잇는 비밀임을 거듭 확인하면서 나는, 영영 깊은 잠 속 어둠이고 싶었다.

    그러나 그 속에는 비가 내리고 있었다. 나의 시린 관절 속 틈새마다 후줄근히 비가 내리고 있었다. 내리는 비는 지친 영혼의 나랠 적시고, 가로누운 나의 꿈들을 적시고 적신다.

    젖으면서 이대로 빗물에 떠내려가는 쾌감을 예감하면서 나는, 나를 부르고 있었다. 긴긴 터널을 빠져 나가는 사이 골반 속으로 새어들어온 한 줄기 빗살이 어둠의 자궁을 후비기 시작하자 그 속으로 길게 뻗은 나의 뿌리가 꿈틀대면서 깨어나는 너. 너의 의식 속으론 참새소리만 쏟아져 굴러다닌다.

오랑캐꽃

　하늘을 바라보고 누워 있는 나의 배 위로 배를 깔고 누워 있는 당신은 황홀이라는 무게로 나를 짓누르고. 짓눌려 숨이 막힐 때마다 나는 햇살 속 저 은사시나무 잎처럼 흔들리면서 이쪽과 저쪽을 넘나들면 출렁이는 세상이야 눈이 부시게, 부시게 출렁일 뿐.

유야무야

아버지는 싸돌아다녔다. 거짓말을 보텔 양이면 한시도 집에 붙어 있질 않았다. 여러 사람들 앞에서 행세하기를 좋아했고 대접 받기를 좋아했다. 대신, 어머니는 절간 같은 집을 지키면서 나이답지 않게 폭삭 늙어 버렸다. 아버지가 바깥사람들에게 친절을 베풀고, 웃고, 즐거워하는 사이 꼭 그만큼 어머니는 속이 썩으면서 허리가 굽어갔다. 언제부턴가 무당처럼 성경구절을 외우는 것이 중요한 하루 일과가 되어 버린 우리 어머니. 어머니의 꿈자리가 사납던 날, 아버지는 집 앞 시골길에서 교통사고를 당했다. 차에 부딪혀 왼쪽 대퇴골이 부러졌고 부서졌다. 아버지가 누워 있던 병실을 찾는 사람들로 시골병원은 붐볐고, 아버지는 그들 앞에서조차 애써 태연한 척 몸에 밴 친절을 가꾸고 있었다. 입원 3일째 되던 날 큰 수술을 했다. 수술실 밖에서 기다리는 집안 식구들은 더욱 초조했다.

바로 그날 그 시각 우리 집엔 도둑이 들었다. 창문은 뜯겨져 있었고, 장롱이며 침대 밑이며 할 것 없이 구석구석에서 온갖 것들이 다 불거져 나왔다. 방 가운데엔 부엌칼도 나와 날이 서 있었고, 땅문서 집문서를 포함한 갖가지 서류들이 나뒹굴고 있었다. 가져갈 것은 다 가져갔다. 가져가지 못한 것이 있다면 그들 눈에 보이지 않는 것들이다. 이 또한 완벽했다. 모든 것이 제자리에 있을 뿐이다. 그토록 조금도 빈틈을 주지 않는 세상. 그것을 손바닥에 올려놓기라도 하면 하, 뜨거운 것, 귀여운 돌멩이 같은 것이다.

어느덧 희끗희끗해진 머리칼 속으로 새가 집을 짓는 줄도 모른 채 어머니는 '뿌린 대로 거두리라'를 눈을 감고 되뇌면서 속을 삭이고, 정말이지 그에겐 아무 일이 없었던 것처럼 아무 일이 없었던 것처럼 유야무야 목숨만 타들어갔다.

나사

    어루만지는 곳마다 아슴아슴 안개가 피어오른다. 아픈 곳을 잘도 골라 꾹꾹 쑤셔주는, 그리하여 등을 돌리고 있는 것들을 하나하나 꿰어줌으로써 바로 서는, 시방 살아있음의 숨. 너는 이승의 풋내 나는 알몸 구석구석 깊이깊이 박혀 눈을 뜨고 있는 몸살. 불현듯 찬바람이 불면 73.25킬로그램의 내 몸뚱이 속 속들이에서 일제히 쏟아져 나올 것만 같은, 조용한 흔들림. 하양과 검정을 이어주는, 무너지며 반짝이는 논리. 어루만지는 곳마다 아슴아슴 안개가 피어오른다.

바람소묘

　문득, 찬바람이 분다. 내 살 속 깊은 곳 어둠의 씨앗을 흔들어 깨우며 바람이 불어 일렁일 때마다 기지개를 켜는 혈관 속 어둠의 초롱초롱한 눈빛을 따라 나는 어디론가 떠나야 한다. 나의 귀여운 어둠이 곤히 잠들 때까지는 그렇게 어디론가 쏘다녀야만 한다. 그것이 나의 잠꼬대 같은 오늘의 전부일지라도, 차츰 이목구비를 갖추어 가고, 더러는 짓궂게 꿈틀대기도 하면서 자라나는 내 자궁 속 또 하나의 어둠을 쓰다듬으면서 나는 바람이 되어 돌아와야 한다. 내 살 속 깊은 곳 어디 또 다른 나를 흔들어 깨우며.

기차여행

　기차를 탔다. 이 얼마만인가. 그동안 나를 이리저리 묶어두는 바깥 세상과의 관계를 모두 끊어 버리고, 나는 오로지 내 몸을 의자 깊숙이 묻고 나를 풀어 놓았다. 그러자 미끄러지듯 어디론가 나를 낚아채가는 기차. 그에 이끌려 나는 오늘 어디까지 갈 수 있을까. 이대로 공중으로 떠 가다보면 나는 분명 없어져 버리고 말 것 같다. 어젯밤 목구멍을 타고 내려가던 캡슐 속의 작은 미립자들처럼 물에 녹아 풀어져 버릴 것이다. 그리하여 그 작은 먼지의 부유조차 허락할 수 없는 적막 속에서 나는 나를 간절히 기다리고 있을 것이다.

호 수

잔잔하다.
아주 고요하다.
그래, 그 속을 알 수가 없다.
얼마나 깊은지, 표정을 짓지 않아
그 속을 가늠할 수가 없다.
돌멩이 하나 던져도 풍덩, 하고 가라앉으면 그뿐
아무 일도 없었던 것처럼
아무 일도 없었던 것처럼
그저 잔잔할 뿐이다.
그저 덤덤할 뿐이다.

그런 호수 하나 내 가슴에 지니고 산다면,
그런 적막 하나 내 가슴에 지니고 산다면.

바람의 연주演奏

　내가 낮잠을 즐기는, 낮에도 캄캄한 수면실의 출입문틀과 유리문 사이의, 그 좁은 틈으로 끊임없이 바람이 지나며, 아니, 허공虛空이 무너지며 소리를 낸다. 문이 열리는 정도와 바람의 세기에 따라 그 소리가 달라지지만 일 년 열두 달 위험스럽게 다가오는 벌 떼 소리 같기도 하고, 어찌 들으면 이 안과 저 밖이 내통하는 소리 같기도 하다. 그런 바람의 연주를 들을 수 있는 곳이 어디 이곳뿐이랴. 저 외로운 나무와 나무 사이에서도, 그 외로움이 모여 있는 숲과 숲 사이에서도, 넓고 좁은 빌딩과 빌딩 사이에서도, 높고 낮은 지붕들 사이에서도, 크고 작은 골목에서도, 평원에서도 시시때때로 달라지는 바람의 연주를 들을 수 있듯이 사람과 사람 사이 마음의 틈에서도, 하늘과 땅 사이 그 깊은 틈에서도 나는 바람의 연주를 듣는다. 눈에 보이는 세계와 보이지 않는 세계를 은밀히 잇는, 그 좁은 틈으로 대공大空이 무너져 내리며 만물을 일으켜 세우는 소리를 듣는다.

　-2005. 02. 01.

대숲 바람이 전하는 말

허연 허벅지 살점을 드러내 보이며 웃음을 흘리던 너도 어느 날 홀쩍 떠나 버리고, 가지 끝 그 빈자리로는 가을 햇살만이 숨어 수줍음을 타는구나. 코 흘리던 내가 불혹을 넘기는 사이 동네 서 씨 아저씨도 갔고, 김 씨 아저씨도 갔고, 이젠 그 박 가 놈도 이런저런 이유로 가고 없다.

이러쿵저러쿵 한 세상을 살다가 홀쩍 자리를 비운다는 게 얼마나 깊은 아득함이더냐. 그 얼마나 아득한 그리움이더냐. 저마다 제 빛깔대로 제 모양대로 제 그릇대로 머물다가 그림자 같은 공허 하나씩 남기며 알게 모르게 사라져 간다는 것, 그 얼마나 그윽한 향기더냐, 아름다움이더냐.

아버지의 근황

서울이 답답하다며 평생을 시골에서만 사시는 아버지는, 살고 있는 집에서 대략 1킬로미터쯤 떨어진 밭에 배나무 5,000그루를 심었다. 올해 처음으로 수확하는 기쁨을 누리면서 더욱 바빠진 71살의 아버지. 요즈음 같으면 매일 아침 다섯 시 반만 되면 일어나 그 배밭을 둘러보며 새 쫓는 기계를 점검하고, 해가 질 때까지 작동시켜 놓아야 한다. 단내가 나는 크고 좋은 배만 잘도 골라 쪼아 먹는 까치의 접근을 막아야 하기 때문이다.

그 새 쫓는 기계에서 일정한 간격으로 나는, 고막 째지는 총소리가 잠시라도 멎는 날이면 어디에선가 숨어 기다렸다는 듯 기회를 놓치지 않는 까치들. 그들을 향해 더러 소리를 지르고, 돌팔매를 쏘아 보기도 하지만 가까이 다가가기 전에는 꼼짝도 하지 않는다.

급기야 아버지는 방법을 바꾸어 납덩이를 장전하여 쏘는, 정말로 까치의 몸통을 관통할 수도 있는 진짜 총을 구해 배밭 가장자리에서 다른 친구들을 부르는 까치에게 접근, 조준하기도 한다. 하지만 번번이 정확한 자세를 취하기도 전에 잽싸게, 서로 반대방향으로 날아가 버리는 까치들은 가까운 미루나무 가지에 앉아서 한동안 아버지의 허탈해하는 거동을 유심히 지켜보다가 날카롭게 소릴 지르고는 소나무 숲 속 어디론가 사라져 버리곤 한다.

배밭의 단내가 더해 갈수록 이른 아침부터 신경전을 펴는 아버지와 까치는, 오늘도 숨바꼭질하기에 바쁘지만 그렇게 한 철을 나고 보면 이미 짓궂은 친구가 되어 있다. 할 일이 없을 때엔 서로의 안부가 궁금해지는 친구가 말이다.

제 1 장

평자가 언급한 이시환의 작품 100편

제3부

네거티브 필름을 들여다보며

사는 동안 까마득히 잊어 버렸거나 부인해 온 나의 꾀 벗은 모습. 원시림 속의 내가 모니터 화면에 잡혀 암실暗室로부터 끌려나오고 있다. 가까이 들여다보면 이미 검은 것은 희뿌옇게, 뿌연 것은 온통 검게 변해있다. 솟은 곳은 들어앉아 있고 패인 곳마다 솟아있는 뜻밖의 나는, 웃음 하나를 앞니 사이로 물고 서 있었지만 긍정肯定이냐 부정否定이냐, 좌左냐 우右냐, 안이냐 밖이냐를 강요받고 있었다. 그의 몸을 포박하고 있는 나의 편견과 독선이 더욱 오만해 지고 있을 무렵.

안암동일기 日記

    우리 세 식구가 누우면 꽉 차는 방이다. 아들 녀석이 하도 매달리는 통에 이미 틈이 맞질 않는 門문 하나. 그래도 그 놈만 열어도 온통 쏟아지는 하늘의 손가락 같은 햇살뿐이다. 눈부신 유리와 빌딩과 자동차, 아스팔트로 城성을 쌓고 있는 이 밀림 속에 덩그라니 하나 남은 흙집이지만 아무 때나 다리만 뻗으면 곤히 잠들 수 있는, 도무지 바깥세상의 들끓는 소리 들리지 않아 행복하게도 난 6년째 세 들어 살고 있다. 그동안 한 번도 갈지 않은 벽지조차 헤어진 대로지만 날로 더해지는 건 그 빛바랜 벽지 위로 그려지고 세워지는 아들놈의 너댓 살 꿈이다. 문득, 실비 오는 소리, 바람 소리, 까치 소리가 아니래도 목련꽃 터지고 지는 소리에 눈을 뜨면 안개 같은 속살을 드러내 놓고 있는 방벽, 바로 그 속에 박힌 채 깨어있는 깨알만하 사금조각 하나. 어쩌면 먼 하늘에서 반짝이는 우리 세 식구의 별이요, 꿈이다.

함박눈

내가 가지고 있는 것이라고는 아무 것도 없습니다. 다만, 당신에게로 곧장 달려갈 수 있다는 그것과 당신을 위해서라면 당신의 이마에, 손등에, 목덜미 어디에서든 입술을 부비고, 가녀린 몸짓으로 나부끼다가 한 방울의 물이라도 구름이라도 될 수 있다는 그것뿐이옵니다. 내가 가지고 있는 것이라곤 아무 것도 없사옵니다. 다만, 우리들만의 촉각을 마비시키는 추위가 엄습해오는 길목으로 돌아서서 겨울나무 가지 끝 당신의 가슴에 잠시 머물 수 있다는 그것과 당신을 위해서라면 충실한 종의 몸으로 서슴없이 달려가 젖은 땅, 얼어붙은 이 땅 어디에서든 쾌히 엎드릴 수 있다는 그것뿐이옵니다. 나는 언제나 그런 나에 불과합니다. 나는 나이어야 하기 때문입니다.

바람소묘

　문득, 찬바람이 분다. 내 살 속 깊은 곳 어둠의 씨앗을 흔들어 깨우며 바람이 불어 일렁일 때마다 기지개를 켜는 혈관 속 어둠의 초롱초롱한 눈빛을 따라 나는 어디론가 떠나야 한다. 나의 귀여운 어둠이 곤히 잠들 때까지는 그렇게 어디론가 쏘다녀야만 한다. 그것이 나의 잠꼬대 같은 오늘의 전부일지라도, 차츰 이목구비를 갖추어 가고, 더러는 짓궂게 꿈틀대기도 하면서 자라나는 내 자궁 속 또 하나의 어둠을 쓰다듬으면서 나는 바람이 되어 돌아와야 한다. 내 살 속 깊은 곳 어디 또 다른 나를 흔들어 깨우며.

겨울바람

텅 빈 내 가슴 속을 파고들어 앉아 거친 숨을 쉬는 한 마리 귀여운 들짐승. 너는 이 땅 위로 서 있는 것들을 모조리 쓰러뜨리고, 시방 까만 두 손으로 내 몸뚱어리 구석구석을 쓸어내리는 뜨거운 진흙, 눈 먼 광인狂人이다. 목을 매어 소금기 어린 풀꽃을 터뜨리는 내 가슴 속에 너는.

북

　무릇 알맹이는 가라앉고 껍데기만 뿌옇게 떠서 오락가락, 가락오
락 눈을 속이고, 귀를 속이고, 입을 속이고, 속이듯 속고 속이는 속
썩은 연놈들이야 두 겹도 좋고 세 겹도 좋아 그럴 듯이 얼굴에 분 처
바르면 보이는 것 있을 수 있나. 하늘 땅 무서운 줄 모르고 두꺼운 낯
짝 설레설레 휘저으면 타고나지 못한 너와 나야 저만치 밀려나고 보
면 구석 중의 구석. 도시 힘 못 쓰는 시상 아닌가벼. 이놈의 세상, 내
어릴 적 썩은 이빨 같다면 질긴 실로 꽁꽁 묶어 눈 감고 힘껏 땡겨보
겠네만 이 땅의 단군왕검 큰 뜻 어디 가고 곪아 터진 곳 투성이니 이
제는 머지않아 기쁜 날, 기쁜 날이 오겠네, 새살 돋아 새순 나는 그
날이. 이 한 몸, 이 한 맴이야 다시 태어나는 그 날의 살이 되고, 피가
되고, 힘이 된다면 푹푹 썩어, 바로 썩어 이 땅의 뿌릴 적시는 밑거름
이라도, 밑거름이라도 되어야지 않겠는가. 이 사람아, 둥둥. 저 사람
아, 둥둥.

살풀이춤

할 말이 있네
할 말이 있네
해야 할 말
못다 한 말
많으면 많을수록
이렇게 저렇게 돌아앉아
옷고름 속에 묻어두고
왼발 오른발 서로 엇디디며
왼손 오른손 앞뒤로 옮겨
이승 저승 틀어 엎고
아래위로 뿌리면
양 부리 버선코 치맛자락
어우러져 어우러져 흰 수건
아슴아슴
속치마 사이로 뜨고 지는
초승달 무지개 꿈
옷자락 여미듯
살며시 몸을 흔들어
두 눈을 재우듯
앉아 휘젓는 이 몸은
뒤엉킨 한 타래 실이런가
타오르는 불덩이

타고 나면 타고 나면
엉긴 매듭 풀리어
장단과 장단 사이로
숨찬 바람 되어
걸어 나오는
너는 나이고
나는 너이고.

달동네

- 질경이의 노래

유난히 목이 긴
우리들의 가난
산동네 골목길을 돌아 돌아
숨이 멎는 그곳에
보름달 내려와
문지방을 베고 눕고
저녁상을 받들어 놓으면
옹기종기 머리를 맞대는
키가 다른 일곱 식구의 침묵
간장종지를 그냥 스쳐올 때마다
우리들의 땅은 더욱 짜지고
빈 그릇마다 흥건하게 고이는
잿빛 허기 고갤 쳐들면
자꾸만 아들 입으로 들어가는
어머니의 무디어진 손가락
떠도는 눈발이 되고
죄인처럼 돌아앉은 아버지
어깨 위로 지친 파도가 눈을 뜬다
어쩌다 그렇게 눈을 마주치면
왈칵 쏟아지는 눈물을 훔치랴
우리는 속으로 속으로 흔들리고
젖은 속 가슴마다

하얀 꽃망울이 터질 때
더욱 깊이깊이 뿌리 내리는
우리들만의
꿈.

꽃

　너는 알아들을 수 없는 방언. 아니면 판독해 낼 수 없는 상형문자. 아니면 가늠할 수 없는 어둠의 깊이이고, 그 깊이만큼의 아득한 수렁이다. 너는 나의 뇌수에 끊임없이 침입하는 어질머리 두통이거나 그도 아니면 정서적 불안. 아니면 흔들리는 콤플렉스. 시방 손짓하며 나를 부르는 너는 눈이 부신 나의 상사병. 깊어가는 불면의 내 침몰, 내 기쁨.

시詩

- 그대에게

내 곁 가까이 꿈같은 현실로 서 있는 당신. 하루에도 수차례 길을 걸을 때나 책 속 행간 휴지(休止)에 서서 물보라처럼 부서지는, 아침저녁 시간의 어귀에서 절로 나는 그대 생각 피할 수 없네. 멀리 있지만 그런 당신의 굴레 속에서 얼마간의 자유와 기쁨의 몸짓으로 어른거리는 나. 그리고 그림자처럼 따라다니며 내 안 깊숙이 들어와 나를 차지하고 있는 당신. 언제나 꿈같은 현실로 서서 눈부신 알몸의 무지개로 넋 나간 나를 묶어두지만, 그 속에서 나를 진정 자유롭게 하고 기쁘게 하고.

로봇

보이는 것과 보이지 않는 것 사이의 난해한 길을 왔다갔다하는 거인ㅌㅅ. 그것은 아주 구체적인 물질과 물질의 만남. 그 곳에서 일대 혁명이 일고, 죽음에 혼을 불어넣는 일 같은 인간만의 창조. 그러나 불안한 자신을 베끼기. 로봇이 열심히 사람을 닮아가는 동안 점차 사람들은 완벽한 로봇이 되어가면서 여전히 꿈을 꾸는 것은, 기다랗게 누워있는 어둠의 자궁 속으로 뻗은 나의 뿌리, 그것의 꿈틀거림 같은 것.

서울 예수

십자가를 메고 비틀비틀 골고다 언덕길을 오르던 예수는 끝내 못 박혀 죽고, 거짓말같이 사흘 만에 죽은 자 가운데서 깨어나 하늘나라로 가셨다지만, 도둑처럼 오신 서울의 예수는 물고문 전기고문에 만신창이가 되고, 쇠파이프에 두개골을 얻어맞아 죽고 죽었지만, 그것도 부족하여 온몸에 불을 다 붙였지만 달포가 지나도 다시 깨어날 줄 모른다. 이젠 죽어서도 하나님 우편에 앉지 못하는 우리의 슬픈 예수, 서울예수는 남북으로 갈라진 땅에 묻혀서, 죽지도 못해 살아남은 우리들을 오히려 위로하고 격려하네.

하산기 下山記

　전라도로 갈거나 경상도로 갈거나. 발길 돌려 충청도로 갈거나 강원도 깊은 산속으로 갈거나. 저 멀리 함경도가 아니면 평안도로 갈거나. 굽이굽이 골 따라 가고 또 가면 가는 곳마다 사람 있어야 할 곳에 사람 있고, 물길 있어야 할 곳에 물이 흐르네. 저놈, 바위가 있어야 할 곳에 바위가 걸터앉고, 바람 있어야 할 곳에 바람이 머물도다.

　그립다, 발길 재촉하여 오던 길 다시 내려가면 아옹다옹 살 부비며 살아가는 못난 놈 잘난 놈 사람 사람들이 정겹고, 꿈을 꾸듯 한 세상 살다보면 더도 덜도 아닌 것들이 아름다워 눈물이 절로 나네. 내사, 무엇을 더 바라겠는가. 버릴 것 하나 없는 당신의 품안에서 잠시 머물다가 훌쩍 떠나는 것을.

함박눈

　내가 가지고 있는 것이라고는 아무 것도 없습니다. 다만, 당신에게로 곧장 달려갈 수 있다는 그것과 당신을 위해서라면 당신의 이마에, 손등에, 목덜미 어디에서든 입술을 부비고, 가녀린 몸짓으로 나부끼다가 한 방울의 물이라도 구름이라도 될 수 있다는 그것뿐이옵니다. 내가 가지고 있는 것이라곤 아무 것도 없사옵니다. 다만, 우리들만의 촉각을 마비시키는 추위가 엄습해오는 길목으로 돌아서서 겨울나무 가지 끝 당신의 가슴에 잠시 머물 수 있다는 그것과 당신을 위해서라면 충실한 종의 몸으로 서슴없이 달려가 젖은 땅, 얼어붙은 이 땅 어디에서든 쾌히 엎드릴 수 있다는 그것뿐이옵니다. 나는 언제나 그런 나에 불과합니다. 나는 나이어야 하기 때문입니다.

서 있는 나무

　서있는 나무는 서있어야 한다. 앉고 싶을 때 앉고, 눕고 싶을 때 눕지도 앉지도 못하는 서있는 나무는 내내 서있어야 한다. 늪 속에 질펀한 어둠 덕지덕지 달라붙어 지울 수 없는 만신창이가 될지라도 눈을 가리고 귀를 막고 입을 봉할지라도, 젖은 살 속으로 매서운 바람 스며들어 마디마디 뼈가 시려 올지라도 서있는 나무는 시종 서있어야 한다. 모두가 깔깔거리며 몰려다닐지라도, 모두가 오며가며 얼굴에 침을 뱉을지라도 서있는 나무는 그렇게 서 있어야 한다. 도끼자루에 톱날에 이 몸 비록 쓰러지고 무너질지라도 서있는 나무는 죽어서도 서있어야 한다. 그렇다 해서 세상일이 뒤바뀌는 건 아니지만 서있는 나무는 홀로 서있어야 한다. 서있는 나무는 죽고 죽어서도 서있어야 한다.

풀꽃연가

아주 작은 것과 큼직한 것,
속 좁은 것과 속 깊은 것,
저 생김, 생김마다
제 빛깔이 감돌고
구만리 몸속 좁은 골목, 골목마다 향기가 돌면
네 아름다움이야 긴 목 하나에
덩그렁 매어달리는 외로움 아니겠는가.
그런 외로움 가득 고요가 실려 있거늘
아름다움이란 정녕 위태롭기 짝이 없는 것.

황매산 철쭉

이 능선 저 비탈
불길 번져버렸네요.

걷잡을 수 없이
돌이킬 수 없이

꽃 불길
확 번져버렸네요.

우두커니 서서 바라보던
내게도 옮겨 붙은 듯

화끈화끈 얼굴 달아오르고
두근두근 심장 마구 뛰네요.

-2013. 05. 02.

금낭화

사람, 사람이 붐빌수록
더 그리워지는 당신께서
이 깊은 산골까지 오신다하매
어두운 골목골목
등불 밝혀 놓았습니다.

세상사 시끄러울수록
더욱 간절해지는 당신께서
이 외진 오지까지 오신다하매
험한 산길 굽이굽이
등불 밝혀 놓았습니다.

-2013. 05. 19.

제4부

당신을 꿈꾸며·2

얼마나 더 숨 가쁘게 달려가야
당신의 나라에 가 닿을 수 있나요.
그리워 그리다가 지쳐 잠이 들지만
당신을 부르며 놀라 깨어나는 나는,
얼마나 더 숨 가쁘게 달려가야
당신의 손길을 맞잡을 수 있나요.
당신의 눈길을 마주 볼 수 있나요.

누군가가 귀 한 쪽을 잘라가도 모른 채
멀고 먼 당신의 나라에 당도했건만
정작 당신의 손길 앞에서 초라해지는
나, 녹아 흘러내리는 아이스크림 같은 바람이나요.
정작 당신의 눈길 앞에서 누워 물인
나, 허공중에 흩어지고 마는 구름 같은 꽃잎이나요.
얼마나 더 그리워 그리워해야
당신의 나라 당신의 그리움이 될 수 있나요.
얼마나 더 꿈을 꾸고 꾸어야
당신의 나라 당신의 눈빛으로 머물 수 있나요.

당신을 꿈꾸며 · 4

실비 내리는 이른 봄날 저녁 어스름께
젖어드는 저 나목이 되어

그대 옆모습 살짝 훔쳐보노라면
그대가 더욱 그리워지네.

눈물이 고여 있는 그대 호숫가에 내려와
홀로 반짝이는 저 별이 되어

그대 눈동자 빤히 들여다보노라면
그대가 더욱 간절해지네.

그대 향한 이 그리움과 이 간절함 속에
얼굴을 묻고 오늘을 사노니

거두어 가소서, 나를 거두어 가소서,
당신의 나라, 당신의 하늘과 땅으로.

당신을 꿈꾸며·5

당신의 영접을 받으며
당신의 城門을 열고 들어가
마당 가운데 핀 당신만의 꽃을 보았습니다.
그 꽃술에 흐르는 달콤한 꿀과 향기에 취해
그만 혀끝을 갖다 대면서
비몽사몽간에
당신의 나라를 탐해 버렸습니다.
그 순간 나는 당신의 그 깊고 깊은
우물 속으로 던져져
죽고 죽어서
죽을 수밖에 없었습니다.
나는 그렇게 당신의 나라, 당신의 영토 위에서
비로소 당신의 심장이 되었고,
당신의 숨이 되었습니다.
그리하여 나는 새삼스러이 깨달았습니다.
내 그토록 간절히 그리워하던 당신이 나의 정령이고,
내가 곧 당신의 정령이라는 사실을.
그리하여 나는 내 두 눈으로 똑똑히 지켜보았습니다.
내가 타 버리고 남은 당신의 가슴 위에
당신이 무너져 내린 내 가슴 위에
웅장한 또 하나의 새 城이 솟고 있음을.
눈이 부시게, 부시게 솟고 있음을.

눈동자

당신의 우수어린
고즈넉한 눈동자 속으로 걸어 들어가,
그 곳 푸르게, 푸르게 흐르는 강물
그 속으로, 속으로 다시 유영해 들어가,
그 곳 가장 깊은 곳에서
그 곳 가장 푸른 곳에서
정지된 그대로 침몰하고 싶어, 나는.
그리하여 그 깊고 푸른
당신의 정령精靈으로나 살고파.

좌선 坐禪

타들어간다.
단단히 빗장을 지른
문들을 두드리며
지글지글 이 내 몸뚱어리 기름 되어
타들어간다.

그 어디쯤에선가
뜨거움이 뜨거움 아닐 때
빨간 불꽃 속에 누워
미솔 짓는 나는,
나무젓가락으로 사리를 집어내며
한 마리 두 마리 세 마리…
나비떼를 날려 보내고 있다.

구멍론

커다란, 혹은 깊은
구멍이 눈부시다.
푸른 나뭇잎에도, 사람에게도,
바람에게도, 하늘에도, 우주에도,
그런 구멍이 있다.
기웃거리는 나를 빨아들이듯
불타는 눈 같은,
그런 구멍이 어디에도 있다.
사람이 구멍으로 나왔듯이
비가 구멍으로 내리고,
햇살도 구멍으로 쏟아진다.
어둠이라는 단단한 껍질에 싸인 채 소용돌이치는
비밀의 세계로 통하는,
긴 터널 같은,
無무에서 有유로, 유에서 무로 통하는,
긴 탯줄 같은 구멍은
나의 숨통, 나의 기쁨, 나의 슬픔.
그 구멍을 통해서만이
한없이 빠져들 수 있고, 침잠할 수 있고,
새로 태어날 수도 있다.
그것으로부터 모든 것이 비롯되고,
비롯된 모든 것이 그곳으로 돌아간다.

눈을 감아요

눈을 한 번 감아 보아요.
이 땅에 바람의 고삐를 풀어 놓아
온갖 생명의 뿌리를 어루만지고 가는,
바쁜 손이 보여요.

눈을 한 번 더 감아 보아요.
이 땅에 바람의 고삐를 풀어 놓아
온갖 생명의 꽃들을 거두어 가는,
분주한 손의 손이 보여요.

그렇게 귀를 한 번 닫아 보아요.
이 땅 위로 넘쳐나는,
서 있는 것들의 크고 작은 숨소리도 들려요.

그렇게 귀를 한 번 더 닫아 보아요.
이 땅에서, 이 하늘에서 넘쳐흐르는,
바람의 강물소리 들려요.
바람의 고삐를 풀어 놓는 손과 손이 보여요.

하루하루를 살며

일평생 어찌 그리 즐거움만 있겠는가.
어느 날 갑자기 슬프디슬픈 일도 닥쳐 올 수 있음을
예비해야 하지 않겠는가.

일평생 어찌 그리 괴로움만 있겠는가.
어느 날 갑자기 기쁘기 한량없는 일도 밀물져 올 수 있음을
예비해야 하지 않겠는가.

길든 짧든 한 생을 다 지나고 보면
한 때의 즐거움도 괴로움도 다 헛것이었음을
어찌 되돌릴 수 있으리오.

아무리 붙잡으려 해도 머무르지 않고
아무리 버리려 해도 버려지지 않는 것이
우리네 꿈같은 인생 그것이네 그려.

-2002. 11. 21.

가을의 오솔길에서

작은 창문이지만 열어 놓고 살며
쌀쌀한 아침저녁 바람이 부는 것을 체감하며
이 가을에 숨을 쉬고 있다는 게
얼마나 큰 기쁨이더냐?

땅에 바싹 엎드려 지붕이 낮은 집이지만
두 다릴 쪽 뻗고
조용히 잠을 청할 수 있다는 게
얼마나 큰 행복이더냐?

이 한 잔에 맑은 물을 마시지만
더 이상 바랄 것도 없는
이 몸의 투명함과 가벼움이,
얼마나 큰 축복이더냐?

일백 년을 산다 해도
일백 억 년을 산다 해도
시작이 있으면 끝이 있고
끝이 있으면 시작이 있듯이
잠시 잠깐임엔 마찬가지.

길고 짧음을 잊고 사는 것이,
얼마나 농익은 맛, 그윽한 향이더냐?

-2002. 10. 8.

폭설을 꿈꾸며

어쨌든, 밤사이
눈이 많이많이 왔으면 좋겠다.
어쨌든, 내일 아침엔
세상이 온통 하얀 눈으로 덮여 있었으면 좋겠다.

그리하여, 움직이는 사람도, 자동차도,
나는 새조차 없었으면 좋겠다.
그리하여, 지구촌의 62억 인류가 착한 마음으로 살고 있는지
저마다 생각해 보는 시간을 가졌으면 좋겠다.

어쨌든, 하얀 세상을 바라보며,
인간의 오만함도 비추어 보았으면 좋겠다.
그리하여, 하얀 눈처럼 깨끗해지고,
그 깨끗함으로 세상이 온통 뒤덮였으면 좋겠다.

어디를 가나

그것의 빛깔과 향기와 모양새가 다를 뿐
동서남북 지구촌 어디를 가도
사람 사는 곳마다 이런 저런
사연이 있네.

그것의 빛깔과 향기와 모양새가 다를 뿐
동서남북 지구촌 어디를 가도
생명이 숨 쉬는 곳마다 이런 저런
아름다움이 있네.

그저 태어나 죽고 사는 일이건만
그것으로 전부이고
그것으로 결백한
한 하늘 한 땅의
역사가 있을 뿐이네.

지구촌 어디를 가도

지구촌 어디를 가고 또 가도
사람 사는 곳엔 사람의 어제와 오늘이 있네.
수많은 사람과 사람들이 대를 이어 오면서
아리아리 슬픔을 묻어두고
기쁨을 다 묻어두고
커다란 강물이 되어 흐르네.

지구촌 어디를 가고 또 가도
사람 사는 곳에 사람의 역사가 있듯
그 밉고 고운 사람들을 다 한 품안에 두고서
함께 체온을 나누어 온 대자연의 모성母性이 있네.
아슴아슴 세월을 다 묻어두고
태초의 말씀을 다 묻어두고
한 숨결로 온갖 신비의 꽃을 피우네.

이상야릇한 냄새

뉴델리 공항에 첫발을 내딛는 순간,
온몸을 감싸는 열기 속으로 녹아드는,
이상야릇한 냄새가 끈질기게 따라다닌다.
나는 코를 쿵쿵거려도 보지만
정체불명의 그 냄새를 따돌리지는 못한다.

뉴델리 기차 역사驛舍 안팎에서도,
외국 여행자들이 많이 몰리는
어둠의 거리 골목골목에서도,
힌두성지聖地 가운데 성지로 꼽히는
바라나시의 오래된 골목골목에서도 마찬가지다.

한 사나흘 정도 자고나야 비로소
그것이 그곳 사람들이 풍기는 향기만도 아니고,
그 흔한 소·개·쥐·원숭이들이 풍기는
냄새만도 아니고,
그들과 더불어 살아 숨쉬는
대지大地의 온갖 것들이 한데 어울리어,
썩어가면서,
죽어가면서,
그 위로 다시 살아나면서,
피워 올리는

한 송이 커다란 연꽃 같은
시공時空의 몸살이라는 사실이 지각된다.

가는 곳마다
인간 무리로 넘치는 거리와 거리
곳곳에 버려지는 생활 쓰레기더미,
그 속을 뒤지는 소의 기다란 혀,
김이 무럭무럭 나는 묽은 소똥과 오줌,
이따금 눈에 띠는 공중변소로부터
스미어 번지는 길거리 지린내,
철로에 방치된 사람 똥 무더기,
깨뜨린 초벌구이 토기 찻잔들,
울긋불긋한 잎담배 비닐봉지 등과
뒤범벅이 되어가는
별의별 쓰레기들,
그 사이사이로 살금살금 기어가는,
환각상태에 빠진 듯한 살찐 쥐들과,
사람의 눈치를 살피는 민첩한 원숭이들과,
노숙자들과 함께 늦잠 자는 개들이,
보리수 그늘 밑에서 함께 부르는
합창合唱이자, 그 메아리가
남국의 뜨거운 열기 속에서
몸이 섞이어 발효醱酵되어가는,
지독한, 아주 지독한 향기인 것이다.

한 겨울에 더욱 훈훈해 지는,

우리의 외양간에서나 나는 냄새에
신神의 자식들이 버리는
역사와 문명의 찌꺼기들이 썩는
냄새와 향기가 뒤섞이고,
수행자들의 손끝에서 타들어가는
마리화나 냄새가 뒤섞여 피워내는,
그야말로 이상야릇한 꽃의 향기이면서
그야말로 멀리 달아나고픈 악취인 것을 보면
향기 가운데 든 독毒이요,
악취 가운데 핀 꽃이네.

-2008. 04. 28.

엘로라 Ellora

엘로라, 엘로라,
우리에게 그대는 무엇이며,
우리에게 그대는 누구인가?
그 많고 많은 신神의 한 이름인가?
한 때 권세를 누렸던
왕 중의 왕이 거느린,
아름다운 애인愛人인가?
아니면, 그저 살기 위해서,
오로지 살아남기 위해서
하나뿐인 생명을 바치고
하나뿐인 목숨을 바쳤던
풀잎 같은 백성들의
절망이라도,
희망이라도 된단 말인가?

세상 사람들은 그대를 두고
'암석 조각 건축물의 정수'라 하지만
그리하여 '세계인류문화유산'이라 하지만
나는 아직도 모르겠네.
너의 의미를
너의 진실을.

얼핏 보면 그리 높지도 않은
동네 야산처럼만 보이는데
감춰진, 그 깊은 속은 단단한 돌이라.

백년을 하루같이 살며
대代를 잇고 잇기를 오백 년이 넘도록
위로부터는 쪼아 내려오고
옆으로는 파고 들어가
그야말로 커다란 바윗덩이 속으로
더 큰 신神들과
더 생명력 넘치는 인간들이 함께 살아갈
전당殿堂, 전당을 빚어 놓았네.
분명, 돌을 쪼고 새기기를
진흙처럼 여겼으니
그대 손과
그대 머리와
그대 가슴들은
도대체 어디서 와서
어디로 갔는가?

실로 놀랍도다.
놀랍도다.
그대 믿음에 놀랍고,

그대 정성에 놀랍고,
그대 순종에 놀랍고,
그대 손끝에서 피어나는
기교에
놀랍도다.
놀랍도다.

그러나 보아라.
두 눈을 뜨고 보아라.
영원할 것 같은 것도 영원하지 못하고
단단한 것조차 이미 단단한 것이 아니듯
믿었던 신조차 살아있는 원리가 아님을
한낱, 박쥐들이나 키우고 있는,
이 어두운 석굴 속에서
죽어버린
신과 신들이 말해 주질 않는가.

하여, 나는 쓸쓸하구나,
장엄하고도 거룩한 신전이여.
하여, 모든 게 부질없구나,
단단하지만 진흙에 지나지 않는
돌의 꿈이여.
돌의 말씀이여.

그저 바람결에 흔들리다가
흔적도 없이 사라져가는,

저 푸른 풀잎이
나의 성城이요,
그저 부드러운 햇살에 미소 지으며
순간으로 영원을 사는,
저 돌에 핀 작은 꽃이
나의 궁전임을.

-2007. 01. 27.

인디아에 궁전과 성 그리고 사원

여기도 궁전,
저기도 궁전!
이곳도 성城,
저곳도 성!
이것도 사원,
저것도 사원!
이 드넓은 땅 가는 곳마다
곳곳에 널려 있는 게
궁전이고, 성이고, 사원이네.

요새 같은 성이 많다는 것은
약탈 방화 살인을 일삼는
전쟁이 많았다는 뜻일 터이고,

화려한 궁전이 많다는 것은
백성들의 피를 빨아먹는
권력자가 많았다는 뜻일 터이고,

무력한 사원과 신전이 많다는 것은
고달픈 세상 의지가지없는
절망뿐이었음을 뜻하지 않겠는가.

나는 보고 또 보았네,
딴 세상 같은 궁전들을 돌아 나오며
헐벗은 백성들의 몸에 밴 체념과 슬픔을.

나는 보고 또 보았네,
전설적인 성문을 빠져 나오며
황폐해진 벌판에 이는 먼지바람을.

나는 보고 또 보았네,
퇴색한 사원의 신전을 에돌아 나오며
신이라는 이름으로 감춰진
인간 무지와 허구를.

-2007. 01. 28.

옛 인디아의 석공石工들에게

- 아잔타 · 엘로라 · 우랑가바드 · 뭄바이 · 엘리펀트 아일랜드 등 기타 석굴사원을 돌아보고

인디아의 돌은 돌도 아니런가.
돌을 자르고, 깨고, 쪼고, 다듬고, 갈아서
모양을 내는 솜씨로 치면
그대와 견줄 자가 없구나.
이 외진 골짜기 산 밑 거대한 돌 속으로
그려지고 세워지고 구축된 사원과 신전인
그대 '꿈의 궁전'을 들여다보노라면
그대는 정녕 돌이, 돌이 아닌
다른 세상을 살다갔네그려.

오로지 신을 향한 간절함인가.
먹고 살기 위한 그대만의 손끝
피눈물이 흐르는 기교인가.
살아남기 위한 고육지책苦肉之策이었던가.
나는 알 수 없다마는
분명한 게 있다면
그대 앞에서 돌은 한낱
찰흙덩이에 불과했다는 사실이네.

그런데 나는 왜
그런 너를 생각하면
눈물이 나는 것일까?

네가 마무리 짓지 못하면
네 아들이 마무리 지었을 것이고
네 아들조차 마무리 짓지 못하면
그 아들의 아들이 마무리 지었을
수많은 석굴사원에 녹아든
행복한 절망이 부질없고
내 눈물조차
부질없음을 알고 있으련만

나는 왜,
너를 생각하면
눈물이,
눈물이 앞을 가리는 것일까?

-2007. 01. 28.

인디아 연꽃

눈이 부셔 바로 볼 수 없네.
너무나 멀리 있기에
너무나 높이 솟아 있기에
가까이 다가가 만져볼 수도 없네.

다만, 그 커다란 연꽃 송이 위에서
막 태어난 갓난아이 울음소리 들리고,
그 연꽃 송이 위에서
이따금 황금빛 왕관을 쓴
새들이 날아오르네.

다만, 그 커다란 연꽃 송이 위에서
무시로 천둥 번개 치고,
그 연꽃 송이 위에서
이따금 밤하늘의
수많은 별들이 반짝거리네.

하지만 임자는
그 연꽃 송이 위에 앉아
명상 삼매에 빠져있네.

어느 날 운이 좋게도,

그 연꽃잎 한 장이 떨어져서
한참을 나풀나풀 지상으로 내려오는데
그 꽃잎이 땅에 닿자마자
에메랄드 빛 작은 호수 하나가 생기네.
그야말로 눈 깜짝할 사이에
내 눈조차 의심할 일이 생기고 마네.

얼마 후 갈증에 지친 사람들은
제 눈들을 비비며 사방에서 모여들고,
호숫가 한쪽 귀퉁이에서는
목욕재계沐浴齋戒하고,
다른 한쪽에서는
엎드려 기도하고 찬양하고,
또 다른 한쪽에서는
신화神話를 쓰고
신전神殿을 세우느라 분주하네.

-2008. 04. 30.

강가 강의 백사장을 거닐며

어둠 한 가운데에서
악마의 발톱 같은 섬광이 일더니
검은 장막을 갈기갈기 찢는
천지개벽의 굉음이 파동波動쳐 간다.
이윽고 폭우가 쏟아지고,
물길이 열리고,
세상에 없던
종자種子들이 싹을 틔워
이 적막강산에
푸르른 생명의 숨소리와
온갖 빛깔로 가득 채워 놓는다.

언제부터였을까 ?
강물에 실려 온 모래들이 쌓이고 쌓여
어지간한 바닷가 백사장보다
더 길고, 더 넓고, 더 두터운
모래밭이 형성된 여기.
'바라나시'라는 고도古都를 에돌아 흐르는
강가 강 동쪽 변에
허허벌판처럼 펼쳐진
이 모래밭을 거닐며,
먼 옛날 온갖 번뇌를 다스려

깨달음을 얻은 자, 그를 생각하네.

그는, 헤아릴 수 없이 많은
상념想念들을 말할 때에도,
헤아릴 수 없이 길고 긴
세월을 말할 때에도
이 곳 모래밭의 모래알을 떠올렸지.

그는, 희로애락이란 굴레로부터
벗어날 수 없는 중생들에게
일체의 분별심分別心을 내지 않고,
일체의 변함조차 없는
여래如來의 덕성을 말할 때에도
발 밑 모래의 모래밭을 떠올렸지.

그로부터 줄잡아
이천 오백 년이란 세월이 흐른 지금,
그이 대신에 이방인인 내가 서있네.
그가 바라보았을
강가 강의 덧없는 강물을 바라보며,
그가 거닐었을
강가 강의 모래밭을 거닐며
나는 생각하고 또 생각하네.

분명, 그가 바라보았던 강은 강이어도
그 강물 이미 아니고,
분명, 그가 거닐었던 모래밭은 모래밭이어도
그 모래 이미 아니건만
변한 게 없는
이 강가 강의 무심無心함을.

그동안 얼마나 많은 풀꽃들이
이곳저곳에서 피었다졌으며,
얼마나 많은 사람들이
그 풀꽃들처럼 명멸明滅되어 갔을까?

무릇, 작은 것은 큰 것의 등에 올라타고
큰 것은 더 큰 것의 품에 안겨
수없이 명멸을 거듭하는 것이
생명의 수레바퀴이거늘
이를 헤아린들 무슨 의미가 있으며
살아 숨 쉬지 않는 것이 어디 있겠는가.

-2008. 06. 03.

일출에서 일몰까지

때로는 저 멀리 지평선 위로
때로는 이 사막의 모래언덕 위로
때로는 저 봉우리와 봉우리 사이로
때로는 저 멀리 수평선 위로
때로는 연못보다 더 큰 연꽃 송이 속으로부터
때로는 이 밀림 끝에서

태양은 솟아오른다.

때로는 저 멀리 지평선 너머로
때로는 이 사막의 모래언덕 너머로
때로는 저 봉우리와 봉우리 사이로
때로는 저 멀리 수평선 너머로
때로는 연못보다 더 큰 연꽃 송이 속으로
때로는 이 밀림 속으로

태양이 가라앉는다.

장엄하게
서서히 솟아오르면서
사방 천지 두루 빛을 뿌려
이 땅 가득 생기 불어넣고,

웅장하게
천천히 가라앉으면서
이 땅에 어둠의 장막 드리워
살아 숨 쉬는 것들로 하여금
깊은 잠에 들게 하는

너의 춤사위
너의 숨결에
만물이 눈을 뜨고
만물이 길게 다리를 뻗는다.

종자 하나 하나마다
네 숨결을 불어넣어
싹 틔우고
꽃 피우며
열매 맺게 하는
생명의 중심이요,

그 모든 생명의 기운을
일시에 빨아들여
한 덩이
숯이나 돌이 되게 하는
죽음의 핵核이라.

그런 너를 한낱
구슬처럼 부리는

신神을
한 번도 보지 못했으면서
꼭 본 것처럼
자신에게로 끌어들이고,

그 신의 손바닥 위에 놓인
태양을 우러러보며
하루하루를 살아가는
이곳 인디언들은
해 뜰 때부터 해질 때까지
문을 열어두고
손님을 기다린다.

시계가 흔치않고
전력공급이 원활하지 않던,
그래서 하늘에
해와 달과 별을 바라보며 살던
그 시절로 돌아온 듯하여
애틋해 보이기도 하지만

변함없는 대자연의 시간에 맞추어
함께 걷고
함께 춤을 추는
여유로움인 듯싶기도 하여
부러움이 고개를 드는 것 또한 사실이다.

사막 투어

- 무엇이 내 심장을 뛰게 하는가? 태양의 두터운 입술도, 바람의 격렬한 포옹도 아니다.
  오로지 내 살 같고 내 피 같은 모래알뿐인 사막의 깨끗한 적막이다.
  그것은 내 생명의 즙을 빨아 마시지만 내 터럭 같은 주검조차도 포근하게 끌어안는다.

나는 철없이 사막 투어를 떠나네.
얼굴엔 선크림을 바르고
머리엔 창이 긴 모자를 눌러쓰고
도무지 어울리지 않는 선글라스까지 끼고서
그야말로 철없이 사막 투어를 떠나네.

그곳 어디쯤에 서서
그곳 어디쯤을 바라보지만
그것은 분명 수억 수천 년의 세월이 빚어온
한 말씀의 성城이요,
그 성의 한 순간 영화榮華인 것을.

아직도 곳곳에 솟아있는
오만한 바윗덩이 부서지고 부서져서
내 살 같고 내 피 같은 모래알이 되고,
그것들은 다시 바람에 쓸리고 쓸리면서
오늘, 어머니의 젖무덤 같고
궁둥짝 같고
깊은 배꼽 같고
긴 다리 사이 같은

모래뿐인 세상,
적막뿐인 세상 그 한 가운데에 서서
머리 위로는
쏟아지는 햇살로 흥건하게 샤워하고
발밑에서부터 차오르는 어둠으로는
머릴 감으면서
나는 비로소 눈물,
눈물을 쏟아놓네.

아, 고갤 들어 보라.
살아 숨 쉬는, 저 고단한 것들의 끝
실오리 같은 주검마저도 포근하게 다 끌어안고,
혈기왕성한 이 육신의 즙조차 야금야금 빨아 마시는
모래뿐인 세상의 중심에
맹수처럼 웅크린 적막이 나를 노려보네.

한낮, 그 뜨거운 시선에 갇힌
두려움 탓일까?
모래 위에 찍힌 내 발길의
시작과 끝이 겹쳐 보이는 탓일까?
하염없이 흐르는 내 눈물이

마침내 물결쳐가며
머리 위로는
숱한 별들을 닦아 내놓고
발밑으로는
깨끗한 모래톱을 펼쳐 내놓는 이곳에서
숨조차 멎어버릴 것 같은,
그 눈빛 속으로
내가, 내가 드러눕네.

-2009. 03. 26.

여래에게 · 1

물이 맑으면
물속이 다 드러나 보이는데
사람의 마음이 이리 맑으면
마음속의 무엇이 다 드러나 보이는고?

-2003. 4. 3. 02:02

여래에게 · 4

그대 말마따나
이 몸은 더럽고 냄새나며,
피가 담겨 있어 결국은 썩어 없어질 것이지만

썩지 못하는 것들의 저 끔찍함을 보시게.

-2003. 4. 7. 11:45

여래에게·7

진흙 속에 뿌리를 내렸어도
진흙을 뒤집어쓰고 나오는 연화蓮花의 얼굴을
나 역시 보지는 못했소.

-2003. 3. 15. 01:12

여래에게 · 8

이 세상 모든 일이 덧없으니
그것은 나고 죽는 법이라?

나고 죽음이 다 끊어진 뒤
열반 그것이 곧 진정한 즐거움이라?

그대도 한낱 꿈을 꾸었구려.
그대도 한낱 꿈을 꾸었구려.

이 세상 모든 일이 덧없다 하나
그 덧없음 속에서 온갖 꽃들이 피었다지고

지는 일조차 새 씨앗을 잉태하는
자궁의 긴 침묵일 뿐

그 덧없음 속에 머물지 아니한 것 없네.
그 덧없음 속에 머물지 아니한 것 없네.

-2003. 4. 18. 03:53

여래에게·9

태어나고, 늙고, 병들고, 죽을 수밖에 없는 것이
곧 고통의 바다라 하지만
그 바다 속에 머무르지 않는 것 없고
그 머무름 안에서도
온갖 환희와 아름다움이 꽃피네.

그대는 그런 고통의 바다를
훌쩍 건너뛰는 법을 가르쳐 주었고,
그대는 그런 고통의 바다가
아예 없는 곳을 꿈꾸었지만
그 또한 부질없는 욕심일 뿐이네.

태어나고, 늙고, 병들고, 죽을 수밖에 없는 것은
고통의 바다이기도 하지만
분명, 우리들을 구원해 주는
눈부신 한 송이 커다란 꽃이기도 하네.

-2003. 4. 23. 22:48

여래에게 · 20

보리수 아래에서 웃으며 태어나시고
보리수 아래에서 도道와 법法 깨우치시고
보리수 아래에서 마침내 돌아가셨네.

신비하구나. 눈이 부신 그대여,
만백성의 근심 걱정 덜어주기 위하여
어둠 속에 등불 훤히 밝히셨네.

탐욕의 재앙을 두루두루 일깨워 주시고
무욕의 청정함 손수 보여 주시며
해탈하여 열반에 이르는 길 열어 주시었네.

-2005. 10. 13. 23:34

여래에게·23

그대 말마따나
세상에 태어나기만 하면
늙고 병들고 죽는 길이야 피할 수는 없어.
그렇다고 해서 '아니 태어나는 것이 최선이라'고
애써 말하지는 마소.
사실인 즉 그 외길이 있기에
인생은 더욱 깊어지고,
세상은 더욱 아름답고 영원한 것 아닌가.

그대 말마따나
그 길을 걷는 동안 맞닥뜨리게 되는
숱한 근심 걱정이 얼마더냐.
그대는 그것을 없애 버리기 위해서
욕망, 욕망을 끊어 버리라 하셨지만
그것이 어찌 그리 쉬이 끊어지나요?
마음 쓰지 않고 집착하지 않으면
괴로움의 무더기가 통째로 뽑힌다 하셨지만
눈 뜨고 숨을 쉬는 동안은 실로 어려운 일인 것을.

정도 차이는 있을지언정
온전히 끊어 버리기란 어렵고도 힘든 일.
아니, 아니, 불가능한 일이어라.

사는 기쁨 사는 즐거움 다 버리고
몸마저 버리기 전에는 무리한 요구일 따름이네.

욕망, 욕망, 그것이야말로
자신을 가두는 그물이기도 하지만
자비를 베푸는 원천이기도 하네.

-2005. 10. 16. 12:31

여래에게 · 29

안으로 얻을 것이 없고
밖으로 구할 것이 없기에
마음은 진리에도 얽매이지 않고
업業을 또한 짓지도 않아.

따라서 생각도 지음도 없으며
닦을 것도 증득證得할 것도 없다 하시며
그대는 그것을 도道라 하셨지요?

그 도道의 작용 더욱 미묘하여
생각함 없이 생각하고
행함이 없이 행하며
말함이 없이 말하며
닦음이 없이 닦는다 하시며
그것을 소위 무위법無爲法이라 하셨지요?

알고 보니, 중국의 노형老兄이 그대 화법을 빌려 썼구려.
알고 보니, 그대도 말로 표현할 수 없는 영역을
이미 말로써 침범한 것 같구려.

-2005. 10. 22. 20:56

여래에게 · 38

마른 풀에 붙은 불길과도 같아
몸과 마음을 다 태워 버리고
자신과 상대를 더럽히며
원수처럼 틈을 노리네.

쓰디쓴 열매가 아니면
날이 선 칼날 같고
사람들을 속이는 마술사가 아니면
어둠 속의 함정 같네.

음욕이나 애욕이란 다 그런 것!
괜한 근심 걱정에서 벗어나려면
모름지기 그를 멀리하고 멀리할지어다.

이것이 그대의 가르침!
하지만 안타깝게도
그것의 보다 크고 밝은 면을 보지 못하고
작고 어두운 일면만을 보았네 그려.

사람의 몸으로 태어나
생멸이 끊기고,
깨끗하고 깨끗하지 못함이 따로 없는,

그런 세상을 꿈꾸었을 뿐이네.
그런 세상을 꿈꾸었을 뿐이네.

-2005. 10. 27. 22:14

여래에게 · 49

내가 눈을 감고 있어도
가을산은 뜨겁구나.

-2005. 11. 6. 14: 32

여래에게·54

- 나의 진화進化

양 어깨 위를 짓누르는
무거운 짐들을 다 내려놓고,

하늘을 바라보며 누워 있는
몸뚱이조차 벗어 놓아라.

그리하여 우주를 떠도는 먼지처럼 가벼워진
그런 너마저 놓아 버려라.

그리하여 모든 것과의 연緣이 끊어져
공간도 없고 시간도 끊긴

세계의 소용돌이가 되어라.
아니, 있고 없음에서 영원히 벗어나라.

-2003. 9. 20. 00:49

제2장
평자 12인의 평문 19편

김재황·이신현·서승석·김준경·강정중(姜晶中)·키타오카 쥰쿄(北岡淳子)
김승봉·문은옥·장백일·김은자·정정길·한상철

1.

김 재 황

눈을 감고 있어도 가을산은 뜨겁다

1

이 세상에는 갖가지 꽃들이 피어나서 세상을 아름답게 만든다. 그리고 사람들 중에는 시인들이 있어서 우리 마음을 아름답게 만든다. 그렇다면, 시인들은 어떤 사람들일까? 나는, 한 마디로 '심미적 감수성(審美的 感受性, aesthetic sensitivity)이 풍부한 사람'을 가리켜서 시인이라고 부른다. 이는, 바로 '예술적 감수성'이다. 아마도, 공자孔子는 이를 일컬어서 '어짊'[仁]이라고 말했을 성싶다. 시인이 지녀야 할 가장 큰 성품도 이 '어짊'이라고 나는 믿는다.

예나 이제나 시인은 선비이다. 어떤 사람이 맹자에게 "선비는 무슨 일을 합니까?"라고 물었다. 맹자는, "뜻을 높입니다."라고 답했다. 그러자 그 사람은, "뜻을 높인다는 게 무슨 말입니까?"하고 다시 물었다. 그 질문에 맹자는, '어짊[仁]을 몸에 두르고 옳음[義]을 따라가는 것[居仁由義]'이라고 대답했다. 그렇다. 시인이야말로 그런 일을 하는 사람이다. 어찌 그게 쉬운 일이겠는가. 그래서 시인은 늘 외롭고 쓸쓸하다. 그러면 이제부터 이시환 시인의 작품을 보며 그 아름다운 시심에 젖어 보고자 한다.

2

시인이 보내온 16편의 작품 중에서 가장 먼저 작품 「여래에게·49」를 본다.

> 내가 눈을 감고 있어도
> 가을산은 뜨겁구나.
> -작품 「여래에게·49」 전문

이 작품을 읽자, 내 몸에 전율이 왔다. 이보다 심미적 감성이 잘 나타나 있는 작품이 어디 또 있을까. 그 모습이 아름답게 떠오른다. 놀랍게도 시각적 감각을 훌쩍 뛰어넘어서 촉각적 감각으로 승화되어 있다. 이는, 아주 오랜 동안 시심을 갈고 닦지 않고는 결코 얻기 어려운 시상이다. 그런가 하면, '눈을 감고 있는 가을산'은, 바로 선비의 모습이기도 하고 시인 자신의 모습이기도 하다. 그 몸과 마음이 그리 뜨겁지 않고는, 시인은 그 큰 '외로움'과 '쓸쓸함'을 견디기 어렵다. 이를 뒷받침하는, 또 한 작품이 있다.

> 저 눈부신 외로움을
> 어찌 감당하시려고요?
>
> 이쯤에서 그저 바라만 보아도
> 이 몸이야 다 녹아내릴 것만 같은데

저 눈부신 외로움을
어찌 감당하시려고요?
-작품 「설봉」 전문

　절로 탄성이 나온다. 동병상련同病相憐이라고 할까? 아니, 여기에서
말하는 '설봉' 또한 남이 아니다. 시인 자신이기도 하다. 설봉은 '추
위'를 지녔다. 시인만큼 '추위'를 지닌 사람은 찾기 어렵다. 그뿐만 아
니라, 그 빛깔이 하얗다. 시인이라면 당연히 그 몸과 마음의 빛깔이
희어야 한다. 희니 외롭다. 그렇기에 시인은 '눈부신 외로움'이라고
표현했다. 그리고 시인은 밤을 하얗게 밝히며 그 영혼을 살라서 시
를 쓴다. 그게 여기에서는 '몸이 다 녹아내리는 것'으로 표현되었다.
게다가, 첫 연과 마지막 연에 같은 내용을 앉힘으로써 그 아픔과 외
로움이 나에게로 왈칵 밀려든다. 나 또한 감당하기 어렵다.
　앞에서 말했듯이, '어짊을 몸에 두르고 옳음을 따라가는 일'은 아
무나 할 수 있는 일이 아니다. 그러므로 시인은, 자신을 다스리는 데
에 엄격함이 있어야 한다. 절제가 있어야 한다.

깊은 산 속에 다소곳이
숨어 있는 것도 아니고

험하고 험한 길 끝에 위태로이
붙박여 있는 것도 아니건만

평생 떠나지 못하는

나의 암자.

　-작품 「나의 헤미티지」 중 일부

'헤미티지'란, '암자'나 '은둔처'를 가리킨다고 한다. 오래 전부터, 불교뿐만 아니라, 기독교에도 가까운 단어라고 한다. 그렇듯 수도자들은 외딴 곳에 은둔하며 금욕적인 생활을 했다. 여기에서 시인은 '시를 쓰는 자신의 삶'을 '헤미티지'로 형상화했다. 누구나 그렇겠지만, 시인 또한 스스로 정한 길을 평생 떠날 수 없다. 시인도 수도자와 다르지 않다.

　그런데 놀랍게도, 이 '헤미티지'가 클로즈업되어 하나의 명확한 존재로 나타난다.

　　그래, 사람들은 쉬이 너를 외면하지만
　　실은 그런 독도 하나씩을
　　저마다 가슴 속에 품고 살지.

　　그래, 그곳에 가면, 그곳에 가면
　　실로 오랫동안 나를 기다리며 정좌해 있는,
　　다름 아닌 내가 있을 뿐이네.
　　-작품 「나의 독도」 중 일부

　내 눈에는 '헤미티지'와 '독도'가 오버랩으로 되어서 다가온다. 하지만 둘 사이에는 큰 차이가 있다. 앞의 '헤미티지'에서는 그 안에 시인이 안겼으나, 뒤의 '독도'는 시인에게 오히려 그 섬이 안겨 있다. 이는 무엇을 의미하는가. 그렇다. '안긴다'와 '안는다'의 차이를 나타낸다. 다시 말하면, '자신의 엄격한 절제를 통해서 마침내 어짊과 옳음의 넉넉한 눈을 뜨게 되었음'을 의미한다. 그 둘이 합해져서 하나가 된다. 그 핵이 사랑이다.

우리 모두가 독도를 사랑하겠지만, 독도를 사랑함이 이보다 더 클 수는 없다. 독도가 그저 우리나라의 한 영토이기 때문에 지켜야 한다는 말이 아니다. 독도는 바로 나이기 때문에 아무도 함부로 건드릴 수 없다는 외침이 여기 들어 있다. 무슨 설명이 더 필요하겠는가.

시인이 '어짊'을 지니려면 무엇보다도 먼저 '말'을 뒤로 하여야 한다. 문득 '교언영색선의인[巧言令色鮮矣仁]'이라는, 공자의 말이 생각난다. 알고 있듯이 '교묘하게 꾸민 말과 곱게 꾸미는 얼굴빛에는 어짊이 적다.'라는 뜻이다. 따라서 공자는, '군자는 말을 더디게 하고자 하며 행동을 민첩하게 하고자 한다[君子欲訥於言而敏於行]'라고 말했다. 쉽게 말해서 이는, '말이 많으면 어짊과 옳음을 지키기 힘들다.'라는 뜻이다. 다시 시인의 작품을 본다.

바람도
그곳으로부터 불어오고

강물도
그곳으로부터 흘러내려온다.
-작품 「묵언·1」 전문

참으로 놀랍다. '말을 하지 않는 것[默言]'으로부터 바람도 불고 강물도 흘러내려온다.'라니, 이 한 편의 시는 '일발필중一發必中'의 묘함을 살리고 있다. 화살이 정곡正鵠을 맞추고 나서 그 깃을 부르르 떤다. 여기에서 바람은 '불어오는 바람'일 수도 있고 '마음으로 원하는 바람'일 수도 있다. 그리고 강물은 '땅에 흐르는 강물'일 수도 있고 '가슴에 흐르는 강물'일 수도 있다. 다시 말해서, '바람'은 '보람'으로 여기면 되겠고 '강물'은 '슬픔'으로 여기면 되겠다. 다시 '묵언'이라는 제목의 다른 작품을 본다.

> 네 눈과 마주치는
> 나는 이미 너의 포로.
>
> 펄펄 끓는 황금물을 뒤집어쓴
> 너의 깊은 정수리로 걸어 들어가는,
>
> 눈먼 나는
> 너의 황홀한 포로.
> -시「묵언·2」전문

시인은 묵언에 사로잡힌다. 말을 버려야만 시가 살아나기 때문이다. 그러니 '묵언의 눈'과 마주치기만 해도, 다른 곳으로 도망칠 수가 없다. 그런데 묵언은 그 정수리에 펄펄 끓는 황금물을 뒤집어쓰고 있다. 그 안으로 시인이 순순히 걸어 들어간다. 절로 몸과 마음이 닳아 오른다. 그렇게 이시환 시인은 뜨거운 몸과 마음을 지니게 되었다. 눈이 멀지 않고서야 어찌 묵언 속으로 들어가겠는가. 하지만 스스로 택한 '붙잡힘의 길'이기에 황홀하다.

　그런데 묵언이 정수리에 뒤집어쓰고 있는 '황금물'은 과연 무엇을 가리키는가. 내가 느끼기에, 이는 묵언의 '마그마'일 듯싶다. 말을 하지 않는 게 오히려 '웅변'일 수도 있다. 그래서 뜨겁고, 그래서 빛난다. 비로소 입을 열면 '일언중천금—言重千金'이다.

　시인의 '묵언'에 대한 노래는 여기에서 그치지 아니한다.

> 하, 인간세상은 여전히 시끄럽구나.
> 문득, 이 곳 중선암쯤에 홀로 와 앉으면
>
> 이미 말言을 버린,
> 크고 작은 바위들이 내 스승이 되네.
> -작품「상선암 가는 길」전문

　사람들이 사는 세상은 시끄럽다. 조용한 곳으로 가려면 위로 올라가야 한다. 가장 초입의 '조용함이 깃든 곳'은 '하선암'일 듯싶다. 그 곳에서는 아무래도 제대로 된 묵언을 만나기 쉽지 않고, 적어도 '중선암' 정도는 올라가야 반듯한 묵언을 만날 수 있다. 그 곳에는 이미 말을 버린 '바위'들이 있다. 시인은 그 크고 작은 바위들에게서 '말 버리는 방법'을 배운다.

　물론, 말言에게는, 부정적인 면만 있는 게 아니다. 긍정적인 면도 있다. 이를 테면, '칼'과 같다고나 할까? 그러면 시인의 작품「칼」을 보자.

칼 속에는
속살을 드러낸 채 어둠이 누워 있고,

칼 속에는
구슬처럼 쏟아지기를 기다리는 빛이 고여 있다.

그 칼끝이 기우는 대로
세상은 어둠이었다가 빛이었다가 하지만

요즈음 칼 속에는
어둠의 말씀도, 빛의 말씀도 없다.

말씀 없는 칼만
요란스럽다.
-시「칼」전문

   칼은 목숨을 해치기도 하지만 우리 생활에 없어서는 안 되는 물건이기도 하다. 그래서 우리 속담에도 '말만 잘하면 천 냥 빚도 가린다.' 라는 게 있지 않은가. 그러므로 칼 속에 어둠이 있고 빛남이 있듯이, 말에도 어둠이 있고 빛남이 있다. 그게 이 시에서 '어둠의 말씀'과 '빛의 말씀'으로 그 모습을 드러낸다. 여기에서 눈여겨 볼 게 있다. 왜 '말'이 아니라 '말씀'이라고 했을까? 내가 생각하기에 '말씀'이란 '몇 번이고 거듭 생각한 뒤에 꺼내는, 아주 정제된 말'을 가리키는 것 같다. 다시 말해서, 사리분별이 명확한 '어른의 말'이다. 그런데 요즈음은 천둥벌거숭이인 아이들의 말만 요란하니, 어린아이가 칼을 가지고 노는 것처럼 위태롭다.

> 사람들은 그저 돈이 아니면 칼로,
> 칼이 아니면 입으로
>
> 공허와 공허를 위장하려 하지만
> 공허가 사람들을 방생하고 있네.
> -시 「방생」 중 일부

정말이지, 말에도 '빔'이 필요하다고 여겨진다. '빔'이 있어야 '어진 말'이 된다. 그 '빔'이 여기에서 '공허'로 표현되어 있는 것 같다. '돈이 지닌 금력'이나 '칼이 지닌 권력'이나 '입이 지닌 수다'로서는 자유로워질 수 없다. 거기에는 '빔'이 없다. 자유로움은커녕 그들의 노예가 될 뿐이다. 여기에서 문득 다음과 같은 노자의 글 한 구절이 떠오른다.

'찰흙을 이겨서 그릇을 만든다. 그 빔이 마땅하여 그릇의 쓰임이 있다[埏埴以爲器 當其無 有器之用].

이를 다시 언급하여 이렇게도 기록하였다.

'길은 빈 그릇이다. 쓸 수 있고 늘 차지 않는다[道沖 而用之 或不盈].

이 글의 '길[道]'은 사람마다의 '길'이고 시인에게는 말할 것도 없이 '시인의 길'이다.

말은 '가득 참'을 나타내고 그와 반대로 묵언은 '빔'을 나타낸다. 느낌 또한, 가득 찬 소란스러움은 아주 거칠다. 그리고 비어 있는 조용함은 아주 부드럽다. 이 빔이 '방생', 즉 자유를 준다. 시인은 그러한 모습을 절대로 놓치지 않는다. 작품 「목련」을 본다.

'아니,
왜 이리 소란스러운가?

커튼을 젖히고
창문을 여니

막 부화하는 새떼가
일제히 햇살 속으로 날아오르고

흔들리는 가지마다
그들의 빈 몸이 내걸려 눈이 부시네.
-작품 「목련」 전문

목련은 아름답기 그지없다. 목련이 아름다운 이유는, 그 소란스러움이 멀리 날아가 버렸기 때문이다. 그 소란스러움이 '막 부화하는 새떼'로 형상화되어 있음으로써 느낌이 참 상쾌하다. 그런데 더욱 놀랍게도 '새떼가 일제히 햇살 속으로 날아오른다.'라고 표현했다. 이는, '소란스러움의 어둠'이 '고요함의 밝음'으로 바뀜을 의미한다. 또한 번 몸에 전율이 온다. 그런가 하면, 마지막 연에서 '흔들리는 가지'들도 비어 있다. 거기에 더하여 '빈 몸'이 내걸려 있으니 눈이 부실 수밖에. 이를 가리켜서 점입가경漸入佳境이라고 하는 게 아닐까.

아름다움으로 친다면, 연꽃 또한 둘째가라면 서러워할 꽃이다.

> 목을 빼어/저마다 한 곳을 바라보네.
> -시「연꽃·3」일부

> 나는 보았네./땅의 눈빛, 하늘의 미소.
> -시「연꽃·4」전문

연꽃이 목을 빼고 바라보는 곳은 어디일까? 그야, 저 하늘이다. 연꽃이라면 모두가 하늘을 바라본다. 그러나 이 많은 사람 중에서 하늘을 떳떳하게 바라볼 수 있는 사람은 과연 몇 사람이나 될까? '어짊'과 '옳음'을 제대로 실천하지 못한 사람은, 하늘을 떳떳하게 바라볼 수 없다. 그리고 '어짊'과 '옳음'을 행함이 그리 쉽지도 않다. 그렇기에 늘 부끄럽다.

맹자의 말을 빌리면, 어짊은 '측은지심惻隱之心'으로부터 출발하고 옳음은 '수오지심羞惡之心'으로부터 시작된다고 한다. 그러므로 '남을 불쌍히 여기는 마음'과 '스스로 부끄럽게 여기는 마음'은 시인들에게 반드시 필요하다. 이 마음을 갈고 닦으면 '어짊'과 '옳음'을 몸에 지닐 수 있게 된다. 하늘을 바라보는 땅의 그 맑디맑은 눈빛을 보고, 하늘이 어찌 땅으로 곱디고운 미소를 보내지 아니하겠는가. 참으로 아름답다!

가시나무, 가시나무

나는 가시나무.

마침내 갈증의 불길 속으로
던져지는 가시나무
-시「가시나무」중 일부

　나무가 왜 가시를 지니게 되었을까? 자기 몸을 지키기 위해서이
다. 그러므로 비 한 방울 내리지 않는 사막에 사는 나무는 잎을 가시
처럼 만든다. 그래야 조금이라도 더 자기 몸에 물을 보존할 수가 있
다. 그 때문에 '나귀 한 마리 쉬어 갈 수 없고, 한 조각 그늘도 들지 않
는다.'라고 스스로 부끄러워한다. 시인의 이 마음을 나는 누구보다
잘 안다. 세속의 사람들에게 시인은, 함께 놀기 어려운 존재이다. 그
좋은 돈도 관심 없고 그 좋은 권세도 관심 밖이니, 무슨 대화를 나눌
수 있겠는가. 그래서 시인은 마침내 '갈증의 불길 속으로 던져지게'
된다. 시인은, 마지막 피 한 방울까지 말리며 시인의 길을 걷다가 그
길에서 숨을 거둔다.

오늘은 내가 여기 앉아 쉬지만
내일은 다른 이가 앉아 쉬리라.
-작품「단풍나무 아래서」전문

　눈을 감고 있어도 가을산이 뜨겁듯, 시인은 뜨거운 삶을 살다가 바
람에 날려서 떠난다. 그렇다고 슬퍼할 것은 없다. 누군가는 이러한
삶을 이어받아서 내가 앉았던 자리에 앉아 있을 터이다. 사람이 사

는 한, 뜨거운 삶의 '단풍나무 같은 시인'이 있게 마련이다.

> 불현듯 네 앞에 서면
> 내 성급한 마음도
> 성난 마음도 다 녹아드는 것이.
>
> 불현 듯 네 앞에 서면
> 꽁꽁 숨어 있던 내 부끄러움조차
> 훤히 다 드러나 보이는 것이.
> -작품 「꽃을 바라보며」 일부

사람이란, 얼마나 사느냐에 의미가 있는 게 아니라, 어떻게 사느냐에 의미가 있다. 시인은 아마도 꽃 선물을 받고 그 꽃을 바라보았을 때에 이런 생각을 떠올렸나 보다. 꽃이란 아름답지만 오래 가지는 않는다. 큰 빔이 있다. 욕심이 없고 순수하다. 그렇기에 꽃은 '그 빛깔로서 하나의 깊은 세계'를 지니고 '그 생김새로서 하나의 착한 우주'를 내보이게 된다.

이렇듯 시인은 작은 꽃송이 하나에서 그 넓은 '우주'와 만난다. 그리고 이번에는 하나의 돌멩이 속에서 사막을 본다. 사막과 돌멩이는 하나이고 그것은 분명히 살아 있다.

> 아직도 내 가슴이
> 두근거리는 것은

수수만년
모래언덕의 불꽃을 빚는

바람의 피가
돌기 때문일까.

아직도 내 눈물이
마르지 않는 것은

수수억년
작은 돌멩이 하나의 눈빛을 빚는

바람의 피가
돌기 때문일까.
-작품 「돌」 전문

　피는 '목숨'을 상징한다. 그리고 피가 돌면 '살아 있다.'라고 말한다. 사막에서는 그 오랜 동안 모래 언덕이 빚어진다. 그게 모두 '숨을 쉬는 불꽃'이다. 그 일을 바람이 수행한다. 사막은 바람으로 해서 생명을 얻는다. 그래서 시인의 가슴은 아직도 두근거린다. 이렇듯 자연스럽게 사막과 시인은 일체가 된다. 그와 마찬가지로, 작은 돌멩이에는 그 오랜 동안 눈빛이 빚어진다. 그 일도 바람이 수행한다. 그게 바로 '바람의 도는 피'이다. 그렇게 돌멩이는 생명을 얻는다. 그에 대한 측은지심 때문에 시인의 눈물이 마르지 않는다. 시인은 살아 있는 모든 것에 대한 '불쌍하게 여기는 마음'을 아주 크게 지니고 있다. 살아 있는 것은 반드시 죽는다. 이 생각을 하면 불쌍하지 않은 목숨이 없다. 심지어는 자기 자신까지도. 그러니 어찌 작은 돌멩이라고 해서 나와 무관하다고 할 수 있겠는가. 내가 돌멩이이고 돌멩이가 나인 것을.

3

이시환 시인은 앞에서 살펴본 대로 '어짊'과 '옳음'을 분명히 기르고 있다. 그뿐만 아니라, 누구보다도 풍부한 심미적 감수성을 지니고 있다. 참으로 그 모습이 착하고 미덥고 아름답다. 나는 20년이 넘게 시인을 지켜보았다. 그의 삶과 그의 시가 일치한다. 시는 절대로 픽션이어서는 안 된다. 시인을 죽이는 것은, 위선僞善이다.

그렇다면 어떤 것을 '착하고' '미덥고' '아름답다'라고 하는가?

이에 대해 맹자는 다음과 같이 말했다.

"하고자 함이 마땅하면 '착하다.'라고 하며[可欲之謂善], 착함을 자기 몸에 지니고 있으면 '미덥다.'라고 하며[有諸己之謂信], 착함이 몸속에 가득 차면 '아름답다'라고 한다[充實之謂美]."

그러므로 착함이 믿음과 아름다움의 근본이다. 사람이 착함을 지녀야만 '측은지심'과 '수오지심'이 생기게 되고, 그에 따라 어짊을 몸에 두르고 옳음을 따라갈 수도 있을 터이다.

단언하건대, 그렇고 그런 시詩일망정 늘 시심에 잠겨서 시를 쓰는 사람이 시인이다. 어쩌다가 한두 편의 좋은 시를 쓰는 사람은, '시의 달인'일 뿐이고 시인은 아니다. 하지만 늘 '시심에 잠겨 있는 일'은, 늘 '어짊에 머무르는 것' 만큼이나 어렵다. 다시 강조하거니와, 시인이 되기는 쉬워도 시인으로 살기는 어렵다. 그러니 시인의 삶은 뜨거워야 한다.

시인은 그 삶이 뜨겁다. 시인의 길을 제대로 걸어가기 위해 모든 것을 버렸다. 그의 모습이 내가 보기에 영락없이 '눈을 감고 있는 가을산'이다. 뜨거움이 곱게 물들어 있다. 이게 바로 시인의 '말없는 베풂'이다. 좋은 시들을 보여준 이시환 시인에게 고마움을 표한다.

김 재 황

자기 모습이 비치는 거울

물이 맑으면

물속이 다 드러나 보이는데

사람의 마음이 저리 맑으면

마음속의 무엇이 다 드러나 보이는고?

-작품 「여래에게·1」전문

이시환의 詩 「여래에게」는 모두 55편의 연작시로 되어 있는데, 여기에 소개된 詩는 그 중에서 첫 번째 작품이다. 여기에 나오는 '여래'는 '석가모니여래釋迦牟尼如來'를 말하는 성싶다. 물론, '석가모니여래'는 '석가모니'를 높이어 이르는 말이다. 이 모두 사전적 해석이다.

작품 「여래에게」에서 첫째 행과 둘째 행을 보면, '물이 맑으면 물속이 다 드러나 보인다.'라고 하였다. 이는, '명경지수明鏡止水'를 떠올리게 한다. 글자 그대로, 그 뜻은 '맑은 거울과 고요한 물'이다. 그리고 '맑고 조용한 심경心境'을 가리킨다. 그런데 셋째 행과 넷째 행에서는 '마음이 명경明鏡'처럼 되면 '무엇이 드러나 보이는고?'라고 묻는다.

참으로 대답하기 어려운 선문禪問이다. 다만, 나는 '명경지수'를 불가
佛家에서 '가식, 잡념, 허욕이 없이 맑고 깨끗한 마음'에 비유하고 있
다는 정도만 알고 있을 뿐이다.

문득, '달마 이야기'가 생각난다. 보리달마는 남천축 향지국 왕의
셋째 왕자였다. 어느 날, 그의 스승인 반야다라 존자는 국왕으로부
터 아름다운 보배 구슬을 선물 받았다. 그는 그 선물을 세 왕자에게
보였다. 첫째와 둘째 왕자는 빛나는 구슬을 보고 극구 찬탄하였으
나, 일곱 살짜리 어린 달마는 다음과 같이 말했다.

"그런 보배 구슬은 세상에 있지만, 진정한 보배 구슬은 마음속에
있습니다. 진정한 빛은 마음의 빛이지요."

이 이야기에 의한다면, 사람의 마음이 깨끗한 물처럼 맑아질 때는
그 속에 들어있는 '진정한 보배 구슬'이 드러나 보일 게 분명하다. 그
리고 그 빛나는 '보배구슬'이야말로 이 세상에서 가장 아름다운 '선善'
이 아닐까 한다. 또한, 마음이 거울처럼 맑다면 자기의 모든 모습이
비치게 될 게다. 그러면 사람들은 그 모습을 아름답게 가꾸려고 노
력할 게 아닌가.

이 신 현

설봉雪峰을 향한 구도의 노래들

1. 서언

한 시인의 작품 세계가 그 안에 하나의 세계를 형성했을 때 그는 이미 시인으로서의 어떤 경지에 왔다고 할 수 있을 것이다. 예술가藝術家가 예술로서 축조하는 자신의 집[家]을 일단 완성했다고 볼 수 있기 때문이다. 이시환 시인의 시들은 그들만이 내보이는 독특한 빛깔이 있다. 시편들로서의 유사한 독특성을 내보이고 있는 것이다. 이러한 이유 때문에 저들 시편들 안에는 태양볕을 받아 반짝이며 쫄쫄쫄 소리 내며 흐르는 해맑은 시냇물이 있다. 우리들은 시냇물이 모여 강을 이룬다는 사실을 잘 알고 있다. 또 강물이 흘러가 거대한 바다에 합류하여 대양의 역할을 한다는 것도 알고 있다. 이시환 시인의 시들 안에선 이미 일가一家를 이룬 예술로서의 생성동력生成動力이 조용히, 때로는 강하게 움직이고 있다. 그 통일된 생성의 흐름은 지속적으로 창조의 빛을 발산하며 앞으로 나아갈 수밖에 없는 것이다.

본고의 목적은, 유사한 흐름을 내보이는 이시환 시인의 시들을 살펴보면서, 그의 노래들이 지향하는 것들을 발견해보는 데에 있다.

이러한 발견들을 통하여 향후 그의 시들이 어떤 방향으로 나아갈 것인가를 유추해보는 것도 의미 있는 일일 것이기 때문이다.

2. 헤미티지hermitage와 독도獨島의 초상肖像이 가져오는 미학

이시환 시인의 여러 시편들은 고립과 고독, 분리의 의미들을 시사하는 내용들을 언급하고 있다. 그 중에서도 그의 작품 「헤미티지」와 「나의 독도」는 매우 돋보이는 작품들이다. 보다 완성된 미학을 보이면서 그의 의중을 유추해 불 수 있는 작품들이기 때문이다. 아래는 그의 시 「나의 헤미티지」의 초반부이다.

깊은 산 속에 다소곳이
숨어 있는 것도 아니고

험하고 험한 길 끝에 위태로이
붙박여 있는 것도 아니건만

평생 떠나지 못하는
나의 암자庵子.

뒤돌아다보면 늘
내 마음 가는 그곳

네가 머무는 곳이 곧
나의 은신처였네.

시인은 자신의 암자가 있다고 말한다. 그것도 평생 떠나지 못하는 암자가 있다고 말한다. 자신이 수도사나 수도승, 특별한 도피자도 아닌데 그는 항상 자기의 암자에 머물러 있다고 말하는 것이다. 이 암자는 그가 시인으로 활동하는, 이 세상 한 가운데서 갖게 되는 인식, 혹은 영혼의 암자이다. 그는 이 암자를 그의 은신처라고 고백한다. 은신처隱身處라는 이 말은 아주 중요한 의미를 지닌다. '은신'이란 몸을 숨긴다는 뜻을 지니고 있기 때문이다. 그는 정치적인 망명자나 도피자가 아니며, 큰 범죄를 저지르고 도망친 도주자도 아니다. 그런데도 그는 그의 몸을 그의 암자에 숨기고 있는 것이다. 왜? 무엇 때문에 그는 그의 암자에 자신의 몸을 숨기고 있는 것일까? 그는 여기에 대한 해답도 자신의 시를 통하여 주고 있는데, '내마음이 가는 그곳, 나의 머무는 곳이 곧 나의 은신처'라고 말한다. 즉 시인의 의식이 가는 곳, 시인이 지향하는 이데아의 한 지점이 곧 그의 은신처라는 것이다. 그는 이러한 자기의 은신처를 좀 더 구체적으로 표현하는데 이것은 '망망대해에 떠 있는 작은 섬'이라고 한다. 이어지는 그의 시에서 다음과 같이 말하고 있는 것이다.

들끓는 세상 한 가운데로 질주하느라/거친 숨 몰아쉬어도/망망대해 가운데 떠 있는/작은 섬에 지나지 않았고,/사람 사람들 속에서/제법 구성지게 노래 불러도/외딴집의/희미한 불빛에 지나지 않았던/나는 너를/평생 떠나지 못하고,/너는 나를/끝내 버리지 못하네.

이처럼 그는 자신을 거대한 바다 한 가운데 자리하고 있는 작은 섬으로 보는 것이다. 이러한 그의 자의식自意識은 그의 시 「나의 독도獨

島」에서 보다 선명하게 설명되고 있다.

> 망망대해 가운데 솟아 있는 돌섬 하나
> 보일 듯 말 듯 아득히 멀리 있어
> 늘 아슴아슴하여라.
>
> 아침저녁으로 오며가며
> 혹 눈빛 마주치거나,
> 불쑥 네가 그리워 가까이 다가서노라면
> 풍랑이 거칠어 접근조차 쉽지가 않네.
>
> 그래, 사람들은 쉬이 너를 외면하지만
> 실은 그런 독도 하나씩을
> 저마다 가슴 속에 품고 살지.
>
> 그래, 그곳에 가면, 그곳에 가면
> 실로 오랫동안 나를 기다리며 정좌해 있는,
> 다름 아닌 내가 있을 뿐이네.

　시인은 여기에서도 망망대해에 떠 있는 돌섬 하나를 언급한다. 그리고 이 돌섬은 자기를 오랫동안 기다리며 정좌해 있는 그 자신이라고 말한다. 땅 위의 암자 하나, 망망대해 위의 돌섬 하나, 이것은 시인의 은신처이다. 그리고 시인 그 자신이다. 시인은 생존경쟁이 치열한, 혼탁한 이 세상 한 가운데 살고 있다. 하지만 그는 이 공간에서는 위안을 얻지 못한다. 마음의 평정도 유지할 수 없다. 오직 그의 암자와 그의 섬으로 가야만 그는 비로소 그의 존재를 분명하게 확인할 수 있다. 사유와 성찰의 기회를 가지며 창작의 기운을 회복할 수 있다. 시인으로서의 생生 의미와 사명도 자각하는 것이다. 그런데 그의 암자와 그의 독도는 바로 그 자신이다. 여기서 우리는 시인이 그 자신을 붙들고 있는, '무신無神의 상태'에 있음을 알게 된다. 그리하여 그는 대다수의 예술가들이 직면하는 고독孤獨의 상황에 있음도 알게 된다. 고독은 자기의 세계를 확보한 예술가들의 공통적인 심리현상이다. 고독은 그 시인의 영적인 상태와 만유萬有에 대한 관심, 즉 사랑의 단계를 보여 준다. 그러므로 고독孤獨은 시인의 창작에 영향을 미치는 아주 중요한 요소로 작용한다.

이 고독은 주로 세 가지의 단계를 거치면서 보다 성숙해진다.

첫 단계는 코기토[cigito; 나는 생각한다]를 통해 만나게 되는, 이 세상의 실체에 대한 발견이다. 나의 자아가 이 세상을 접하면서 부딪치는 파장과 그 파장의 파편들이 남겨놓는 이미지이다. 프랑스의 비평가 죠르쥬 풀레Georges Poulet는 이것을 '자아를 통해 세계가 드러나는 것'이라 했고, 작가 까뮈Albert Camus는 여기에서 발견되는 현상을 '부조리'라고 명명하였다. 대부분의 시인들은 자신들이 생각한 세상의 빛깔과 이 세상의 실제 빛깔이 너무 다르다는 것에 실망한다. 그리고 그것을 극복하고자 노력하는데, 그러한 노력은 필연적으로 그 자신이 거닐 수 있는 고독의 정원을 만드는 쪽으로 나아가는 것이다. 바로 이 단계의 고독이 코기토의 결과로 주어지는 시인의 처녀고독이다.

다음 단계의 고독은, 사라짐과 상실을 통하여 느끼게 되는 고독이다. 시인들은 신神으로부터 민감한 의식을 선물로 부여 받은 사람들이다. 이들에게 생의 현장인 지상에서 만나는 사라짐의 현상들은 그들의 의식에 허무의 강을 만들게 한다. 저 가을 낙엽들처럼 허망하게 져버리고, 그리고 그 사라져 버리는 것들의 한 가운데 자기도 서 있다는 것을 인식하는 순간 그 강물은 영혼의 강둑을 쓸쓸하게, 그야말로 쓸쓸이 할퀴는 것이다.

그 다음 단계의 고독은, 신과의 단절로부터 오는 고독이다. 이 부조리하고 위태로운 세상을 떠받쳐 주리라 믿고 싶은, 초월의 의미를 정당화시켜 줌으로 사후의 생존까지도 꿈꾸어 보았던 저 마지막 보루인 신의 존재가 의식으로부터 멀어질 때에 시인들은 '나는 생각한다. 고로 나는 존재한다'는 코키토의 피안으로 돌아온다. 지상의 삶이 끝이라는 절대고독의 절박한 인식을 통해 나의 시적 생성력을 영원과 결부시키는 것이다. 문학의 가장 큰 매력이며 가장 큰 특성 중의 하나인 '영원히 존재할 수도 있다는 예술의 미학'과 '나의 코키토'를 연결시키는 것이다. 내 자아와 예술의 치열한 끈, 그 생명력을 단단히 묶는 것이다. 이러한 맥락에서 이시환 시인의 '헤미티지'와 '암자', '독도'는 이 시인의 예술적 성숙도와 끈끈한 생명력을 동시에 보여주고 있는 것이다.

3. 공허 속에 피는 꽃들, 그리고 나무의 몸부림

시인의 여러 시들에는 코키토로부터 시작되는 외로움과 분리가 자주 나타나고 있다. 지상적인 것들의 사라짐으로부터 오는 고독보다 코키토로부터 오는 고독이 횟수를 더하여 언급되는 것도 이 시인의 독특한 일면이다. 그의 작품 「칼」에서는 세상, 즉 현실에 대한 회의가 짙게 풍겨나고 있다.

칼 속에는
속살을 드러낸 채 어둠이 누워 있고,

칼 속에는
구슬처럼 쏟아지기를 기다리는 빛이 고여 있다.

그 칼끝이 기우는 대로
세상은 어둠이었다가 빛이었다가 하지만

요즈음 칼 속에는
어둠의 말씀도, 빛의 말씀도 없다.

말씀 없는 칼만
요란스럽다.

시인은 작금의 세상 칼날들이 무디어져 있음을 지적하고 있다. 칼
은 인간을 살리어 생존하게 하는 무기이다. 악한 적들을 죽이고 나
를 방어하는 무기이다. 칼은 인간의 생존을 위해 전쟁에서 요리에까
지 사용되는 중요한 도구이다. 이런 칼이 상징적으로 적용될 때엔
사용의 범위는 훨씬 넓어지며, 그 용도는 더욱 첨예한 역할로 격상
된다. 특별히 시인에게 있어서의 칼은 한 편의 살아 있는 시詩이다.
그래서 그는 "칼 속에는/구슬처럼 쏟아지기를 기다리는 빛이 고여
있다"고 말한다. 또 "그 칼끝이 기우는 대로/세상은 어둠이었다가 빛
이었다"고 말한다. 시인이 창작한 문장·문구 하나하나는 그것이 제

대로 직조織造되었을 때엔 찬란한 빛을 발하는 보석들이 되는 것이고, 어두운 세상을 밝히는 밝은 등불이 되는 것이다. 그러나 "요즈음 칼 속에는/어둠의 말씀도, 빛의 말씀도 없다./말씀 없는 칼만 요란스럽다." 시인은 이러한 세상을 공허한 곳으로 결론짓는다. 그의 작품 「방생放生」에서 그는 다음과 같이 노래한다.

> 세상사 시끄러우면 시끄러울수록
> 공허하다.
>
> 그 공허 한 가운데엔 더 큰 공허가 있고,
> 그 큰 공허 속으론 더 큰 공허가 입을 벌리고 있다.
>
> 사람들은 그저 돈이 아니면 칼로,
> 칼이 아니면 입으로
>
> 그 공허와 공허를 위장하려 하지만
> 공허가 사람들을 방생하고 있네.

　칼이 제 역할을 상실한 세상은 공허한 세상이다. 공허한 세상의 뚜렷한 현상 중의 하나는 무척이나 시끄럽고 소란스럽다는 것이다. 마치, 빈 수레가 요란한 것처럼 칼이 제 용도로 쓰어지지 않는 세상은 알맹이가 없고, 빈껍데기들이 벌떼처럼 요란하게 나른다는 것이다. 정의와 진실, 사랑이 사라지고 불법과 불의, 미움과 투기만이 존재한다는 것이다. 거기에 황금만능의 그릇된 가치관이 인간의 절대

가치인 양 거대한 흐름(主流)을 이룬다는 것이다. 하지만 이것들은 아무리 그럴싸하게 위장하여도 모두 다 공허한 것들이다. 그리하여 이 공허는 또 다른 공허를 만들어 내고, 이 허망한 공허들은 자꾸 위장을 하는데 사람들을 방생하는 단계에까지 이른다는 것이다.

인간들은 이제 이 지상이라는 공허한 울타리 안에서 새처럼, 고기처럼 허무한 것들에 의해 갇혀 있고, 시인들은 아무런 능력도 없는 언어의 칼을 공허하게 휘두르며, 마치 자유를 선물하는 것처럼 인간들을 호도하며, 저들을 더더욱 허무한 능선으로 오르게 한다는 것이다. 그리하여 시인은 그의 작품 「상선암 가는 길」에서 다음과 같은 결론을 내린다. "이미 말(言)을 버린,/크고 작은 바위들이 내 스승이 되네." 이제 그는 제 역할을 버리고 언어의 칼을 잘못 부리고 있는 시인들, 아니 모든 지식인들, 정치인들, 지도층들보다는 묵언默言으로써 자기의 위치를 견고히 지키고 있는 바위를 자신의 스승으로 삼고자 하는 것이다. 이러한 시인의 결단은 그를 그가 평소에 즐겨찾는 그의 헤미티지와 그의 암자로 데리고 가는 것이다. 이것은 그의 사회가 순결하지 못하여 그에게 가하는 타격으로, 그는 그의 암자로 다시 올라가 가부좌를 틀 수밖에 없는 것이다. 결국, 시인은 부패하여 냄새가 나는 현실 사회로부터 고립을 느끼는 것이다. 그리하여 청정한 망망대해 한 가운데 떠 있는 그의 독도로 가서 마음의 안정을 얻듯이 푸른 숲을 지나 오롯이 존재하는 그의 암자에 가서 안온감을 되찾는 것이다. 여기서 분명하게 드러나는 한 가지는 시인의 선비적인, 혹은 청교도적인 기질이다. 이시환 시인은 그의 여러 글에서 그의 이러한 기질을 언급하고 있다. 그는 되지 못한 것들에는 생래적으로 자신을 섞지 못한다고 하였다.

시인의 이러한 의식은 '꽃'과 '나무'로 관심을 옮겨오면서 그의 시적 시야를 조정하고 있다. 또 그의 시심을 좀 더 높고, 깊고, 넓은 쪽으로 확장하고 있다. 그는 어느 봄날 소란함을 느낀다. 그래서 커튼을 젖히고 창문을 열었다. 공허하고 시끄러운 세상을 모르는 바 아니었으나 그는 새 봄을 맞아 커튼을 젖히고 창문을 열었다. 그리고 수많은 새 떼들이 햇살 속으로 비상하는 듯한 하얀 목련꽃들을 만난다. 그는 그 새 봄에 만난 흰빛의 목련들을 다음과 같이 표현한다.

> 막 부화하는 새떼가
> 일제히 햇살 속으로 날아오르고
>
> 흔들리는 가지마다
> 그들의 빈 몸이 내걸려 눈이 부시네.

이제껏 외로운 분위기로 점철되던 시인의 시들은 어느 봄날 창문을 열고 보게 된 흰빛의 목련들로 인하여 그 분위기가 바뀐다. 새떼와 햇살, 하얀 목련꽃들의 눈부신 아름다움은 이시환 시인의 시가 한 차원 비상하는 어떤 영감을 연출하고 있다. 독도와 암자를 나와 부패하고 냄새 나는 세상으로 과감하게 회귀하는 느낌을 주고 있다. 물론, 이 회귀는 평범한 회귀가 아니다. 이 지상에 존재하는 다양한 꽃들과 그들 개개의 독특한 아름다움은 신비함을 내뿜고 있기 때문이다.

이제 그는 자신의 의식과 하나가 될 수 없는 이 세상에서 오직 시인으로서만 걸어갈 수 있는 내밀한 아름다움을 발견한 것이다. 곧,

이 지상에 '꽃'들이 존재함을 발견한 것이다. 그 꽃은 순수의 절정이며, 향기가 있다. 꽃은 지상에 존재하는 모든 아름다움의 상징이다. 꽃은 영원과 연결되는 원초적인 미소를 지니고 있다. 그리고 그 신비하고 순결한 꽃들은 칼을 악의 도구로 부리는 이 타락한 세상에서 변함없이 피고 진다. 거기에서 꽃의 신비는 더해지며, 꽃과 닮은 예술은 시인의 마음을 더욱 강렬하게 사로잡는다. 시인은 연작으로 '연꽃'이라는 작품을 내보인다. 그는 작품「연꽃·4」에서 다음과 같이 노래한다.

> 나는 보았네,
> 땅의 눈빛, 하늘의 미소.

그는 또 작품「여래에게·49」라는 시에서 다음과 같이 노래했다.

> 내가 눈을 감고 있어도
> 가을산은 뜨겁구나.

이러한 내용들을 볼 때 그가 꽃을 통하여 새롭게 발견한 세상은 다시 연꽃을 통하여 석가[여래]에게까지 이르고 있음을 보게 된다. 그는 마침내 종교의 영역으로까지 그의 시선을 돌린 것이다. 시인과 종교는 뗄래야 뗄 수 없는 밀접한 관계에 있다. 왜냐하면, 시인의 사상은 그의 종교를 통해 형성되기 때문이다. 인도의 시성이자 노벨문학상을 수상한 타고르(Tagore Rabindranath, 1861~1841)는 누가 보든지 한 사람의 출중한 사상가였다. 그는 인도의 혁신적인 사상가였던 그의 아버지 데빈드라나트의 영향을 받아 시인이 되기 전에 철학도가 먼저 되었다. 그의 문학은 그의 사상적 성숙과 함께 그 키가 자랐다고 볼 수 있다. 그는 인도 벵갈의 고유한 종교와 전통 속에서 자연스럽게 그의 철학을 형성하였던 것이다. 그의 시에는 인도의 전통적인 종교적 사상을 적어 모은 바라문교의 법전法典인 베다吠陀의 내용들이 여러 형태로 녹아 있다. 그는 1909년에 시집 『기탄잘리Gitanjali;신에게 바치는 송가』를 출간했다. 그리고 그 시집으로 1913년 노벨문학상을 수상했다. 그는 그의 신에게 바치는 시를 통해 노벨상을 받는 영광을 안았던 것이다.

이처럼 시인에게 있어서 종교는 중요한 것이다. 시심 깊은 곳에 존재하는 종교성은 시인의 시가 보다 큰 울림을 갖도록 돕는 것이다. 여러 출중한 시인들이 시의 성숙과 함께 그들의 의식을 종교 쪽으로 돌렸던 것처럼, 이 시인도 불교의 빛에 매혹된 듯한 시어들을 보인다. 그러나 그의 시어들을 볼 때엔 그는 석가에 귀속된 시인으로는 보이지 않는다. 그는 "내가 눈을 감고 있어도/가을산은 뜨겁구나." 라고 말한다. 이 표현은 언뜻 황금으로 빚은 사찰 안의 불상을 연상하게 한다. 또 세상을 두루 비추는 조화의 빛으로 다가오기도 한다. 그러나 이 내용을 심리적으로 접근하면 이러한 표현은 종교인이 하는 표현이 아니다. 가을산은 오색찬란한 단풍의 산이다. 그러나 모든 신은 그 나름의 한 색깔을 지니고 있을 뿐이다. 저 힌두의 신이나 기독교의 그리스도도 유일한 한 빛깔을 지니고 있다. 그러므로 뜬 눈으로 여래를 보지 않으면서도 가을단풍이 오색으로 타오르는 듯한 이미지를 뇌리로 형성하는 것은 엄격히 종교인의 심리가 아닌 것이다. 그는 다만 종교를 규정짓는 그의 의식을 쫓아 석가에 대한 그의 그림을 그리고 있을 뿐이다. 좀 더 사실적으로 말한다면, 그는 시의 제목처럼「여래에게」가 석가에 대한 그의 느낌을 말해 주고 있는 것이다. 그의 이러한 시심의 본질은 그의 작품「가시나무」에서 아주 리얼하게 나타나고 있다.

가시나무, 가시나무,
나는 가시나무.

비 한 방울 들지 않는 사막 가운데
홀로 사는 가시나무.

가시나무, 가시나무,
나는 가시나무.

나귀 한 마리 쉬어갈 수 있는
한 조각 그늘조차 들지 않고,

작은 새들조차 지쳐
깃들기도 어려운 가시나무.

가시나무, 가시나무,
나는 가시나무.

마침내 갈증의 불길 속으로

던져지는 가시나무.

가시나무, 가시나무,
나는 가시나무.

　이시환 시인이 자신을 사막 한 가운데 홀로 서 있는 가시나무로 표현한 것은 아주 이례적인 일이다. 더구나 "나귀 한 마리 쉬어갈 수 있는/한 조각 그늘조차 들지 않고,/작은 새들조차 지쳐/깃들기도 어려운 가시나무"로 자신을 표현한 것은 더더욱 괄목할 만한 사실이다. "마침내 갈증의 불길 속으로/던져지는 가시나무" 로 감정을 극대화시키고 있는 점은 반란처럼 독자들을 놀라게 하는, 갑작스럽게 관중 속으로 폭탄을 던지는 듯한 느낌을 준다. 그리고 이러한 시어들은 그가 영혼이 안식 가운데 들어간 종교인이 아니라 여전히 고독한 시인임을 말해 주는 강력한 증거가 된다.

　이제, 그의 고립의 장소는 과거에 위대한 구도의 길을 걸었던, 성현들이 한번쯤은 딛고 지나간 사막으로 옮겨졌다. '사막'은 '헤미티지'나 '은신처'와는 또 다른 장소이다. 사막은 엄격히 말하면, 생존을 위해 신과 정면으로 맞서는 장소이다. 산중의 암자와 바다 가운데의 독도보다는 생존율이 훨씬 적은, 사납고 광활한 모래벌판이다. 그가 왜 갑자기 자신을 사막 한 가운데의 가시나무로 보았는가는 그의 다른 작품들(예컨대, 「설봉」이나 「돌」 등)을 통하여 유추할 수 있지만 이것은 굉장한 사건이다. 분명한 사실은, 시인이 지금까지 가지고 있던 시의식과 구별되는 어떤 빛을 보았다고 할 수 있다. 그 자신을 참으로 하찮은 존재로 여기게 하며, 참된 진리가 어떤 것인가를 보여 주는, 크고 빛나는 어떤 별을 보았을 것이다. 그리하여 그는 꽃의 미학과 종교의 초월성을 넘어서서 또 다른 세계와 맞서고 있는 것이다. 자신을 저 광활한 사막 한 가운데로 내몰아 바람에 떠는 한 그루의 가시나무로 서 있게 만든 것이다. 그리고 그 건조한 광야에서 몸부림치게 하고 있는 것이다. 그야말로 작열하는 태양이 온 종일 지열을 높이는 모래땅, 바람이 불면 어느 곳에나 모래산이 생길 수도 있는 곳, 항상 푸른 초목과 생물들이 그리운 곳, 마실 물이 절대적으로 부족한 그곳에 한 그루의 가시나무로서 이시환 시인이 서 있는 것이다.

4. '설봉'과 '돌'의 의미

이시환의 시 「설봉」과 「돌」은 시인으로서의 그의 의식이 어느 지점에 와 있는가를 짐작케 하는 흥미로운 작품들이다. 물론, 한 시인의 의식을 관련 어귀가 들어 있는 소수의 작품들을 통하여 모두 다 유추할 수는 없는 일이다. 이시환 시인의 경우도 예외는 아니다. 하지만 이제까지의 그의 시풍들과 흐름들을 종합해 볼 때, 언급한 두 작품은 그가 지금 한 사람의 예술가로서 어디쯤에 서 있는가를 스스로 보여 준다고 할 수 있겠다. 그는 그의 시 「설봉」에서 다음과 같이 노래한다.

-청정한 햇살 속에 은박지를 구겨놓은 듯한 雪峰들을 바라보며
나는 오늘도 이 헐벗은 길을 걷는다

저 눈부신 외로움을
어찌 감당하시려고요?

이쯤에서 그저 바라만 보아도
이 몸이야 다 녹아내릴 것만 같은데

저 눈부신 외로움을
어찌 감당하시려고요?

　이시환 시인은 "청정한 햇살 속에 은박지를 구겨놓은 듯한 雪峰들을 바라보며 나는 오늘도 이 헐벗은 길을 걷는다"고 현재의 자기가 걸어가는 모습을 아주 선명하게 보여 준다. 그는 지금 흰 눈으로 덮여 있는 높은 봉우리들을 바라보면서 길을 걷고 있는 것이다. 이 설봉이 그가 오르고자 하는 '의식의 봉우리'임을 우리들은 금방 알아차릴 수 있다. 또 그 설봉이 그가 갈망하는 그의 예술의 세계인 것도 잘 알 수 있다. 그는, 범인들은 쉽게 오를 수 없는, 사철 눈으로 덮여 있는 저 히말라야의 에베레스트 정상 같은 곳을 바라보면서 이 세상길을 걷고 있는 것이다. 그의 도덕, 그의 윤리의 기준은 궁극적으로 거기에 있다. 그가 쓰고자 원하는 시들도 그와 같이 격이 있고 울림이 큰 것들이다.
　그런데 그는 '오늘도 이 헐벗은 길을 걷는다'고 말한다. 그는 자기가 걷고 있는 길이 '헐벗었다'는 것이다. 이 표현은 자신을 비하시키는 표현이다. 저 높은 설봉에 비하면 자기는 너무 하찮은 존재라는 것이다. 그는 더욱 겸손한 어조로 노래한다. "저 눈부신 외로움을/어찌 감당하시려고요?/이쯤에서 그저 바라만 보아도/이 몸이야 다 녹아내릴 것만 같은데/저 눈부신 외로움을/어찌 감당하시려고요?" 그는 설봉의 존재를 의인화시켜 지고지선至高至善한 고봉高峯의 등반자,

혹은 점유자로 상대화한다. 그리하여 자신은 그 아래로 내려와 바라보는 자리에 선다. 그는 또 이미 고봉에 앉아 있는 자, 저 하얗게 빛나는 설봉을 눈부신 외로움의 동반자로 표현한다.

여기서 우리는 이시환의 중요한 의식意識 한 가지를 포착할 수 있다. 그것은 그가 높은 곳에서 빛나는 것들을 바라보는 그의 관념이다. 그는 저 설봉처럼 높은 곳에서 빛나는 그것들이 필연 외로움을 느낄 것이라고 생각한다는 점이다. 확실히 그는 저 헤미티지에 있으면서, 자기의 독도에 있으면서 경험하였던 선禪 감정들의 잔상을 그대로 소유하고 있다. 세상을 피해 암자에 와 있는 시인의 영혼도 외로운데 하물며, 설봉의 영광은 그 얼마나 찬연한 고독의 빛일까 생각하는 것이다. 그러나 정말 그러는 것일까? 고결하게 빛나는 모든 정상들은 참으로 시인의 생각처럼 외로운 것일까? 필자는 이 질문이 시인의 질문이 되기를 바라면서, 한국 근대시단에 서시를 장식했던 윤동주의「서시」를 잠시 살펴보고자 한다.

"죽는 날까지 하늘을 우러러/한 점 부끄럼이 없기를/잎새에 이는 바람에도/나는 괴로워했다./별을 노래하는 마음으로/모든 죽어가는 것들을 사랑해야지./그리고 나한테 주어진 길을/걸어가야겠다./오늘 밤에도 별이 바람에 스치운다."

이시환이 설봉을 바라보는 것이나 윤동주가 하늘을 우러러 보는 것이나 높고 빛나는 것을 바라보는 시의식의 방향은 일치한다. 그리고 이 세상길을 걷는 것도 동일하다고 필자는 생각한다. 그러나 설봉을 바라보면서 고결한 정상의 외로움을 노래하는 이시환과, 하늘을 바라보면서 세상의 연약한 것들을 사랑하겠다는 윤동주의 관점은, 높은 세계를 사모하는 동일한 시심들이 다음 단계에선 전혀 다른 방향으로 나아가고 있음을 보게 된다. 예술의 창조성과 보편성, 그 예술이 가지고 있는 미학의 성취도, 이러한 것들을 판단하는 타자의 존재를 거론할 때 두 시인의 방향은 우리들에게 어떤 빛을 제공한다. 시인들의 뚜렷한 주관과 나름대로의 푯대는 그 나름대로 당위성을 가지며 자신들의 예술을 시어로 형상화할 것이다.

그러나 그 시어들은 필연적으로 시인들의 중심을 드러내는 것이어서 그것을 받는 타자의 반응이 달라지는 것이다. 중요한 사실은, 모든 인간들의 공통점은 자기들을 사랑해 주길 원한다는 것이다. 저 빛나는 설봉에 오르고자 하는 그 희고 고운 마음으로 나를 사랑해 주길 바라는 것이다.

설봉에 오르길 갈망하는 이시환의 「돌」은 그의 시가 향후 나아갈 어떤 조짐을 분명하게 보여주고 있다. 이것은 아주 상서로운 조짐으로 이미 성취된 그의 예술 세계가 보다 더 정련된 문학의 빛을 발산할 것으로 보이기 때문이다. 그는 이 작품에서 시인으로서의 '역사성'을 아주 명료하게 거론하고 있기 때문이다.

-하나의 작은 돌멩이 속에 광활한 사막이 있다.
그렇듯 광활한 사막은 하나의 돌에 지나지 않는다.

아직도 내 가슴이
두근거리는 것은

수수만년
모래언덕의 불꽃을 빚는

바람의 피가
돌기 때문일까.

아직도 내 눈물이
마르지 않는 것은

수수억년
작은 돌멩이 하나의 눈빛을 빚는

바람의 피가
돌기 때문일까.

이시환 시인은, "하나의 작은 돌멩이 속에 광활한 사막이 있다. 그렇듯 광활한 사막은 하나의 돌에 지나지 않는다." 고 말한다. 이제 그는 우주만물의 존재구조를 꿰뚫었다. 작은 돌멩이 속에서도 광활한 사막을 볼 수 있게 된 것이다. 이제 그의 지성은 만물의 공존원리를 알고 거기에 공헌할 준비도 되어 있다. 그러므로 그는 작은 모래알을 통하여 억겁의 회전을 거듭하며 변화하는 이 지상의 역사를 새롭게 발견하고 있는 것이다. 저 광활한 사막의 모래산들은 수수만년 이어져오는 역사 속에서 생성된 것이었다. 돌멩이 하나도 하루아침에 만들어진 단순한 산물이 아니었다. 그리고 저 거대한 사막의 모래언덕들도 인간들이 기원이 불가해하다며 대충 덮어두는 것처럼 그렇게 덮어 둘 것이 아니었다. 그것들은 모두 오랜 세월을 통해 작은 알갱이들이 모여서 만들어진 산들이었다. 그것들이 만들어지기까지는 시간이 필요했고 그것들을 나르는 힘이 필요했다. 그리고 그것들은 역사를 통하여 이루어졌다. 이시환 시인은 긴 역사 속에서 모래산을 만든 힘을 '바람'이라고 말한다. 그리고 그 바람을 움직인 원동력을 '피'라고 말한다. 그리고 그는 자기가 여전히 붓을 들어 시를 쓰는 힘이 바로 그 바람의 피에서 오는 것이라고 생각한다.

아마도, 그는 이제부터 자신이 이미 가담된 이 역사의 현장 가운데서 어떤 역할을 하겠다는 결의를 새롭게 다지고 있는지도 모른다. 내 자신의 완성을 위하여, 오로지 설봉만을 바라보면서, 어찌 보면 경직될 정도로 내 자아만을 응시하며 정직하게 걸었던 시인의 인생을, 이젠 이 역사 속에서 함께 살아가는 이 세대의 영혼들을 위하여 뜨겁게 불태우리라 각오를 다지는지도 모른다.

이처럼 이시환의 작품 「돌」은 예술작품에서 피와 같은 역할을 하는 역사성을 아주 새롭게 언급하고 있다. 그는 시작詩作을 하던 처음부터 역사에 참여했지만 자기의 '헤미티지'와 '독도'에서 보낸 날이 많은 것도 사실이다. 4월의 목련을 본 그 이후에도 그의 자세는 관념과 초월의 세계를 자주 오고 갔었다. 그러나 그는 이제 자신이 살아가고 있는 이 역사의 현장에서 시詩라는 칼날을 매일 매순간 예리하게 갈아서, 역사가 요구하는 필요한 부분들을 깎고 자를 것이라 생각한다.

5. 결언

지금까지 유사한 흐름과 그의 독특한 면모를 보이는 이시환 시인의 시 몇 편을 살펴보았다. 살펴본 대로 그는 이미 그 나름의 미학美學을 형성하였다. 한 예술가로서의 자리를 견고하게 구축한 것이다. 그의 코키토는 그를 그의 '헤미티지'와 그의 '독도'로 이끌었고, 그의 시의시詩意識은 다시 4월의 백목련을 통해 새로운 세계로 비상한다. 이후 연꽃의 자비와 여래의 미소에 매혹되기도 한다. 그러나 그는 다시 자신을 발가벗겨서 저 광활한 사막으로 내어몬다. 그리고 그곳에서 또 한 번 허물벗기를 시도한다. 그리하여 그는 저 빛나는 설봉을 바라보는, 한 꺼풀 벗겨낸 외로운 시인으로서 이 광활한 세상에 선다. 그는 이제 작은 한 알의 모래알에서 거대한 사막을 볼 수 있는 눈으로 그의 칼을 굳게 쥐었다. 앞으로 그의 시들이 어떠한 양상으로 전개될지는 아무도 모른다. 그러나 분명한 것은, 희고 고운 것들을 고집하는 그의 기질과 쉬지 않고 자신을 변화시키고자 몸부림치는 그의 처절한 개조改造의 몸짓이, 필경은 저 빛나는 눈 덮인 봉우리에 무난히 오르리라는 기대이다. 그는 자기가 몸담은 이 역사의 한 부분을 그의 시를 통해 담당할 것이다. 흥미 있는 사실은, 그의 시들이 후반으로 오면서 기독교적인 용어들을 자주 보이고 있다는 것이다. 말씀·가시나무·피, 그리고 4월의 흰 목련들은 하나같이 기독교와 관련된 것들이다. 한 사람의 순전한 시인으로 살기 위하여 매 순간 자신을 가다듬는 그에게 기독교의 세계와 그 정신이 어떤 영향을 줄지도 모를 일이다. 기독교의 성서가 최고봉의 문학 중 하나라고 한다면 이시환 시인의 시들은 또 어떤 옷을 입고 나올지 사뭇 기대 되는 바 크다.

이 신 현

詩와 영혼의 단풍을 갈망하는 오름의 미학

시란 무엇인가? 시를 창작해 내는 시인이나 시를 읽는 독자 모두
다 이 질문 앞에서는 겸손해진다. 왜냐하면, 이 질문에 대하여 완벽
한 답을 하기가 매우 어렵기 때문이다. 시는 외형상으로 보면 만나
기 쉬운 글 중의 하나이다. 하지만 그의 본질이나 진실을 제대로 알
고 만나기란 여간 쉽지 않다. 시의 본질과 진실은, 시를 창작하는 이
들의 치열한 자기 체험에서만 알게 되는 분명한 원리이기 때문이다.

이시환 시인의 시들을 대하면 한 편의 시를 쓴다는 일이 얼마나 어
려운 작업인가를 절실히 깨닫게 된다. 이번에 그가 창작한 21편의
산山에 대한 시들은 시인의 길이 구도자의 길로 인식되는 여러 느낌
들과 감동을 동시에 주고 있다. 특별히, 시가 우리 인간들에게 왜 필
요한가를 깨닫게 해 주는 단 한 가지의 분명한 대답도 해 주고 있다.
이것은 이시환 시인의 시가 지닌 특징이기도 하고, 우리 모두가 시
인의 마음에 닿아 우리의 인생을 보다 아름답게 살 수 있는 가능성
이기도 하다.

1. 하늘 바라보기

이시환 시인은 2014년 여름부터 산에 오르기 시작했다. 그가 갑자기 산으로 발길을 돌리고 지금까지 그 일을 꾸준히 해오는 이유를 그는 다음과 같이 밝히고 있다.

너무 '시끄러운'시대에 살고 있다는 생각이 든다. 혹자는 그 시끄러움을 두고 '자유'와 '민주'라는 말로 포장하지만 내 눈에는 자유도 민주도 아니다. 무리한 요구, 무례한 외침, 조삼모사 같은 궤변이나 속임수가 난무하는 인간 세상의 욕구충돌 현장이다. 더 비하하자면, 에너지가 넘치도록 먹어대는 사람들의 배설물이고, 썩어서 거름이라도 되어야 할 말들의 찌꺼기뿐이다. 그것들은 늘 요란스럽지만 영양가도 없으며, 그래서 내 실생활에 전혀 도움이 되지도 못하는 것들이 대부분이다. 불행하게도, 나의 머릿속에는 이처럼 부정적인 생각들로 가득하다. 사람과 사람 사이의 관계도 별반 다르지 않는 것 같다. 늘 내가 먼저 베풀어야 하고, 내가 먼저 양보해야 겨우 관계가 원만하게 유지되는 경향이 있다. 따지고 보면, 이것도 위선적인 겸손만큼이나 피곤한 일이다. 그래서 나는 지난 해 여름철부터 조용히 산행山行에 몰두했다. 시간만 나면 배낭을 메고 산으로 갔다. 짧게는 너댓 시간에서 길게는 예닐곱 시간씩 홀로 걸었다. 그런 고행苦行은 나를 시험하기도 하고, 나의 체력이나 인내심을 향상시켜 주기도 하고, 몰랐던 것들을 알게도 하며, 그동안 무관심했던 것들에 대해서 새삼 관심을 불러일으키게 되는, 하나의 계기가 되어 주기도 했다. 물론, 결과적으로는 나의 생명력 곧 나의 시간과 나의 생체에너지를 소비하는 일로서 부정할 수 없는 내 삶의 일부였다.

이처럼 그가 밝힌 대로라면, 이시환 시인의 마음이 갑자기 산으로 향하여 정기적으로 산을 오르게 된 것은 세속사회에 대한 염증과 관련이 있다. 여러 그릇된 의미들로 포장된 인간의 언어들이 난립하여 난투극을 벌이고 있는 혼탁한 사회의 그물 속을 빠져나와 그러한 소음들이 잘 들리지 않는 곳으로 발길을 돌린 것이다. 말을 부리는 시인으로서 사람을 기쁘게 하고, 살리는 말들보다는 사람들을 포악스럽게 만들고 죽이는 말들로 난무한 언어의 포연 속을 빠져나간 모습이라고나 할까? 시인 이시환의 산행은 외형적으로는 그렇게 보인다. 그러나 그가 그 산행을 통하여 얻은 그의 시들은 그의 산행이 단순히 세속사회의 언어폐단에 대한 염증만이 아니었음을 분명히 알게 한다. 그것은 시인이기 전에 인간인 그가 피부적으로 느꼈던 감각적인 반응이었고, 본질적으로는 시단에 발을 디딘 후 시의 창작에만 몰두해온 그의 양심이 무디어가는 스스로의 언어 날을 예리하게 만들고자 배낭을 짊어지게 했던 것임을 알게 된다.

이시환 시인은 글을 쓰는 일이 자기의 본업임을 알고, 대학의 강의 요청도 거절하고 묵묵히 글을 쓰는 일에만 매달리고 있는 아주 보기 드문 시인임을 아는 사람은 다 알고 있을 것이다. 그러므로 그의 시들은 마치 하나의 계단을 보여 주듯이 무명의 시절부터 중견에 이르는 지금까지 확대되어지고 있는 그 깊이와 높이, 너비를 아주 잘 보여주고 있다. 이번에 그가 산행을 통하여 창작한 시들은 이전의 시들과는 또 다른 그의 통찰력과 메시지, 시의 맛과 향을 흠뻑 느끼게 해준다. 우선, 그는 더 가까운 장소에서 하늘을 바라보고자 산으로 갔던 것임을 분명하게 알게 해 준다. 다음은 그의 시 「문수봉에 앉아」이다.

가을을 재촉하는 비가 연이틀 촉촉이 내렸다. 목욕재계하고 오른 문수봉의 이른 아침, 맑게 개인 하늘과 내려다보이는 산빛이 태초의 것인 양 아주 깨끗하다. 하늘은 티 한 점 없이 파랗고, 깨끗한 햇살을 받는 산등성이의 나무들은 윤기가 넘쳐흐른다. 모든 경계가 선명하다. 이런 세상이라면 백년도 잠깐 사이에 지나가버릴 것만 같다. 누추해진 이 몸이야 이젠 죽어도 좋다만 그조차 감사할 뿐이다.

가을 어느 날 아침, 시인은 문수봉에 올랐다. 그는 그 곳에서 맑게 개인 하늘과 태초의 것인 양 아주 깨끗해 보이는 산빛을 만난다. 이 시는 그가 산행에서 느낀 여러 감정들 중에서도 다른 감정들과 구별되는 청결함과 희디 흰 맑음을 보여주고 있는 시이다. 그는 티 한 점 없이 파란 하늘을 그 곳에서 보았다. 그리고 그 하늘에서 쏟아져 내리는, 굴절되거나 변색되지 않은 본래의 황금빛을 만났다. 이 때 그는 그 햇살을 받아 윤기가 넘쳐흐르는 산등성이의 생명 가득한 살아 있는 나무들도 보았다. 그리하여 그는 "이런 세상이라면 백년도 잠깐 사이에 지나가버릴 것만 같다. 누추해진 이 몸이야 이젠 죽어도 좋다만 그조차 감사할 뿐이다"라고 감탄을 발한다. 티 한 점 없는 청명한 하늘은 이제까지 시인을 힘들게 하였던 대한민국의 수도 서울 위로 펼쳐진 미세먼지 자욱한 하늘을 금방 떠올리게 한다. 그 하늘에서 아무리 밝은 빛이 쏟아진다 해도 그 빛을 차단하는 도시의 오염된 대기를 뚫지 못할 것이다. 시인은 그 청명한 하늘 아래서 이제까지 모아 두었던 모든 한숨들을 미련 없이 토해낸다. 누추해진 이 몸은 죽어도 좋지만 그것조차도 감사할 수 있는 그의 세상을 만난 것이다.

이시환 시인은 그 자신이 기독교인이라고 말한 적이 없지만, 그의 집안은 기독교 집안이다. 아버지는 장로이고 어머니는 권사였다. 그래서인지 그의 시들 중엔 청교도적인 그의 양심을 내보이는 시들이 아주 많다. 희고 고운 것, 때 묻지 않은 순결한 것들을 갈망하는 내용의 여러 시들이 있다. 그의 이러한 청교도적인 의식들은 그가 시를 짓는데 본질적인 동력動力으로 작용하는 게 분명하다. 그리하여 그의 시들은 1620년 9월 2일 메이플라워May flower호를 타고 영국의 플리머스Plymouth 항을 떠나 새로운 순백의 세계로 떠나는 청교도들의 결의가 번뜩이는 듯한 통찰을 주기도 한다. 그의 산행 역시 그러한 맥락에서 생각한다면 그의 시를 이해하는 데 큰 도움이 될 것이라 생각한다. 언급한 대로, 그의 산행은 우선적으로 그 청명한 하늘을 보기 위함이었다고 할 수 있다. 그의 시 「자작나무 숲에 갇히어」는 그의 내밀한 본연의 의도를 아주 잘 드러내 보이고 있다.

어느 날 문득,
가을 자작나무 숲에 갇히고서야
살아야 하는 이유를 깨닫게 되네.

어느 날 문득,
한 순간이었지만 네게 미치고서야
살아야 하는 의미를 깨닫게 되네.

뒤돌아보면 적지 아니한 세월
산다고 마냥 뒹굴었어도

온전히 갇히어보지 못했고,

제대로 미쳐보지 못했기에

내 생의 절망이 없었고

속박이 없었으며

불꽃이 없었던가.

비록, 썩어가는 장작개비가 될지언정

살아서 파란 하늘로, 하늘로 치솟는

저들의 묵언 정진하는 자태가

게으른 나를 흔들어 깨우네.

시인은 자작나무 숲에서 자신의 존재를 다시 한 번 인식한다. 나무들에게 갇힌 그의 위로 하늘이 보였다. 그리고 그를 가둔 그 자작나무들이 바로 그 하늘을 향하여 위로 위로 오르고 있음을 알았다. 이때 그의 코키토 에르고 숨[Cogito ergo sum; 나는 생각한다. 그러므로 나는 존재한다.]은 다시 한 번 그 자신을 일깨운다. 그리하여 저 혼탁한 소음의 도시에서 자의 반 타의 반으로 용납하였던, 언어를 부리는 시인의 적인 매너리즘mannerism의 그물을 떨쳐내 버린다. 이제 그는 다시한 번 살아야 할 의미를 깨닫게 되었다. '뒤돌아보면 적지 아니한 세월/산다고 마냥 뒹굴었어도/온전히 갇히어보지 못했고,/제대로 미쳐보지 못했기에/내 생의 절망이 없었고/속박이 없었으며/불꽃이없었던가.//비록, 썩어가는 장작개비가 될지언정/살아서 파란 하늘로, 하늘로 치솟는/저들의 묵언 정진하는 자태가/게으른 나를 흔들어 깨우네.' 그는 자작나무 숲에서 마침내 새 하늘을 보았다. 존재하는 모든 것들의 가장 높은 자리에 있는 하늘, 티 한 점 없는 깨끗한 본래의 하늘을 본 것이다. 이 하늘은 이시환 시인이 출산하고 싶은 진정한 한 편의 시이다. 그리고 그 자신이 살고 싶은 인생이며, 그가 되고 싶은 참다운 한 사람의 시인, 언어를 부끄럼 없이 부릴 줄 아는 시인이기도 하다. 그는 이 하늘을 만나기 위하여 산행을 시작한 것이다. 그리하여 마침내 그 하늘을 보았고, 이제 그는 코키토의 새로운 한 계단을 오르고 있는 것이다. 이미 많이 보아온 깨끗한 하늘이지만 그는 그 하늘을 다시 한 번 보고자 했고 -그것은 시인의 몸부림이고 겸손일 것이다- 그는 마침내 다시금 그 하늘을 본 것이다. 그리고 이미 쌓아온 그의 시심 위에 한 계단 높이 오른 저 이데아의 환희로 기뻐하는 것이다.

2. 산을 보고 배우기

이시환의 시편들 중엔 고독을 소재로 한 내용들이 많이 있다. 그는 어쩌면 그가 지닌 청교도적인 의식 때문에 여러 문제들로 인하여 고독과 벗해야만 하는지도 모른다. 청교도의 윤리는 그 날(edge)이 너무 예리하여 부정하게 와 닿는 것들은 잔인할 정도로 잘라버린다. 이것은 시인에겐 생명을 지키는 좋은 무기일 수도 있지만 그 무기로 인하여 시인은 고독해질 수밖에 없다. 어떤 경우엔 가정적으로, 사회적으로는 당연히, 문단적으로도 고독해질 수 있다. 앞에서 그의 산행의 변辯을 들어보았지만, 그의 고독은 인간들과의 부딪침으로 더욱 견고해졌던 것을 알 수 있다. "사람과 사람 사이의 관계도 별반 다르지 않는 것 같다. 늘 내가 먼저 베풀어야 하고, 내가 먼저 양보해야 겨우 관계가 원만하게 유지되는 경향이 있다. 따지고 보면, 이것

도 위선적인 겸손만큼이나 피곤한 일이다. 그래서 나는 지난 해 여름
철부터 조용히 산행山行에 몰두했다. 시간만 나면 배낭을 메고 산으
로 갔다. 짧게는 너댓 시간에서 길게는 예닐곱 시간씩 홀로 걸었다.”
이시환 시인은 20년 가까운 세월 동안 격월간지「동방문학」을 발행
하고 있다. 이러다 보니 그는 많은 문인들과, 책을 만드는 관계자들
을 만나야만 한다. 여기에서 오는 여러 내음들과 잡음들, 사람과 사
람 사이의 꼬이고 뒤틀린 부분들은 그의 의식에 늘 공해 이상의 압력
을 가할 수도 있는 것이다. 이런 의미에서 그의 산행은 만남의 대상
을 과감하게 바꾸어버리는 대 결단이었다고 볼 수 있는 것이다.

　말을 부리는 시인에게서 만남의 대상을 바꾼다는 것은 굉장한 의
미를 지니는 것이다. 그는 그 대상을 '산'으로 잡았는데, 한국 시단의
중견인 그는 자연의 존재를 익히 알고 있으리라. 자연은 사물의 근
본적인 원형으로, 저 순수하고 맑은 자연을 예술의 전 존재로 설정
하고 창작되는 시는 인간이 의식과 언어로 창조한 또 하나의 소자연
이라고 할 수 있다. 이제 그는 저 창조주의 완전한 예술 작품인 산을
만남과 대화의 상대로 택한 것이다. 전에도 틈틈이 자연을 벗 삼아
대화했겠지만 이번의 그의 산행은 그의 인생과 그의 시를 근본적으
로 개량하겠다는 단호한 의지가 전제되었음을 그의 시들은 보여 주
고 있다. 그리하여 그는 산들을 만나며, 그들을 보면서, 그들이 말하
는 묵언의 말들과 그 대화를 들으면서 다시금 공부를 시작한다. 그
의 시「자연의 아름다움」에서 그는 다음과 같이 노래한다.

　　　돌 하나를 빼어 내어도 무너져 내리고
　　　돌 하나를 더 쌓아 올려도 무너져 내리고 마는

그것, 바로 그것이라네.

이 시는 자연주의 문학의 선구자라 불리는 플로베르Frauberta, Gustave의 적어설適語說을 대하는 것 같다. 작가가 하나의 문장을 통하여 어떤 의미를 전달하고자 할 때 그 문장을 이루는 용어들은 단어마다 최적의 유일한 하나로서 자기 위치를 점유한다고 플로베르는 말했다. 자연은 처음부터 이 질서를 아는 이에 의하여 만들어진 완벽한 예술이다. 작은 돌 하나를 빼어 내어도 그 질서가 흐트러진다. 거기에 돌 하나를 얹어놓으면 더더욱 볼썽 사나워진다. 시인이 부리는 글자 하나, 부호 하나하나는 그 노래 안에서 제 자리를 찾아야 한다. 그래야만 소우주의 완전한 모습으로 지상의 한 자리를 차지하게 한다. 그리하여 모든 존재와 어울리는 아름다운 선율을 발하게 된다. 시인의 공부는 계속된다. 다음은 그의 시 「묘산妙山」이다.

산에 오르고자
사방팔방에서 모여든 사람들로
만남의 광장은
붐비는 새벽시장만 같네.

하지만 그 소란스러움도 잠시
그들이 일제히 산에 들기 시작하면
이내 산은 그들을 어디로 다 숨기어버렸는지
산속은 텅 빈 채 고요하기만 하네.

그렇듯,

저 위에서는 물기만 조금 비쳐도

저 아래에서는 콸콸 흐르는

물줄기를 내어 놓는 것이

실로 묘함이란

그가 품은 세계의 깊이에 있고

그 깊은 곳에서 품었던 것들을

다시금 내어 놓는 비밀에 있네.

　　이시환 시인은, 인간이 토해내는 역한 말들을 삼키듯 잠재우는 산의 놀라운 포용력에 놀란다. 돈을 벌기 위해 밤잠도 없이 떠들어대는 매스 미디어mass media의 공해와, 서점을 가득 메운 책들이 담고 있는 언어들의 혼란함, 그리고 문사라는 이름으로 문학을 매매하는 이들의 어리석은 말들까지도 순식간에 잠재우는 산의 흡인력과 그것을 맑은 물로 재생시키는 신비함에 놀라는 것이다. 푸른 뽕잎을 비단실로 바꾸는 누에가 자연의 작은 경이를 보여 준다면 산은 신을 자칭하는 인간의 야생적 포효를 잠재우는 거대한 신비의 성城인 것이다. 그의 공부는 계속된다. 다음은 그의 시「북한산 형제봉에서」이다.

북한산 형제봉에 올라

바위에 걸터앉고 보니

그래도 이놈이 든든하구나.

믿음직스럽구나.

훤히 내려다보이는 저 아래 세상이야
말만 무성한 시대이거늘
그 우거진 잡초더미 속에서
숨어 사는 독사에게 발등 물리지 않고
그 거친 욕망의 숲속에서 일렁이는
불길 같은 바람에 흔들리거나 휩싸이지도 않고
묵묵히 스스로를 지켜내는 모습이
실로 든든하구나.
믿음직스럽구나.

한 생을 다 탕진하고서야 쏟아내는
통한의 눈물과 함께 범벅이 된
뉘우침이란 말 아닌 말과
깨우침이란 말 아닌 말이라면
그 절실함이 사람을 바꾸고
능히 세상을 바꿀 수도 있으련만

헤픈 눈물은 있으나 갱신의 뼈저린 노력 없이
너도 나도 좋은 말들만 쏟아놓지만
한낱 앵무새의 지껄임에 지나지 않으며,
제 삶속에서 우러나오는 한 모금의 생수 같은
간절한 말이 아니라

여기저기서 주어 담은

굴러다니는 말들이고 보면

우리들의 잔칫상은 늘 화려하고 요란스러우나

속빈 강정처럼 우리를 실망시키듯이

도무지 사람을 바꾸지 못하고

도무지 세상을 바꾸지 못하네.

말이 무성한 시대

피곤한 세상을 살며

애써 빈 수레 끌지 말고

두 다리 성할 때에

북한산 형제봉이라도 올라

바위에 걸터앉아 보시라.

아무리 좋은 말이라 할지라도

각성되지 않고 실행되지 않으면

한낱 바람에 날리는 쭉정이일 뿐

풍파에 시달리고 세파에 멍들지라도

말없이 말하는 네가

차라리 믿음이 가고 정이 가는구나.

마주 보고 서서 서로를 그리워하는

바위 형제의 묵언이여.

네게는 간절함이라도 있고

네게는 나눠줄 체온이라도 있지.

말을 풀어먹으며 평생을 살아야 하는 시인에게 있어서, "너희는 선생된 우리가 더 큰 심판을 받을 줄 알고 선생이 많이 되지 말라. 우리가 다 실수가 많으니 만일 말에 실수가 없는 자라면 곧 온전한 사람이라. 능히 온 몸도 굴레 씌우리라"(성서 야고보서 3:1-2)고 한 성서의 경종은 언제나 필요한 것이다. 그는 북한산 형제봉에 올라 저들 형제가 천만년 세월을 능히 버티며 한 자리에 앉아 한 모습으로 다정히 대화하는 비결을 터득하였다. 인간은 제멋대로 지껄이며 살다가 한 생을 탕진하는 경우가 허다하다. 저들이 석양녘에야 돌아와 꺼이꺼이 울면서 후회의 설움을 토해낸들 그 말의 열매가 얼마마한 효력이 있겠는가. 헤픈 눈물은 있으나 뼈저린 갱신의 노력 없이 뱉어내는 말들 또한 얼마나 공허하겠는가. 앵무새처럼 같은 말만 되풀이하거나 유사한 말들만 복사 전파시키는 그 비굴함과 어리석음이 다른 생명체에게 가하는 타격은 어떨 것인가. 남의 말을 교묘하게 도용하지만, 정작 실천은 없는 지식인들의 말들이 이 세상의 티끌 하나를 제대로 치울 것인가. 어쩌면 저들은 치워야 할 쓰레기를 이 세상에 또 버려놓는지도 모른다. 아니, 인간의 영혼을 혼란하게 하고 병들게 하는 주범들일지도 모른다. 그러나 형제봉의 두 형제는 늘 이 깨끗한 높은 세계에서 자신들의 기품을 지키며 무언의 대화를 나누고 있다. 어쩌면, 그 내용은 이 지상의 모든 시인들이 쓰고 싶은 형제 사랑에 대한 한 편의 빛나는 시일 것이다. 화해와 평화를 가져오는 진정한 생명의 시일 것이다. 또한, 항상 그 자리에 정좌해 있는 그들의 모습은 꼭 해야 할 말만 하고 말을 아끼는, 어둔 세상을 깨우는 선지자적인 시인의 표상일 수도 있다. 시인은 그 지조나 정조에 있어서 영원히 변치 않을 두 친구를 산에서 만났다. 아마도, 그들은 무언의 말들을 통하여 시인에게 많은 것들을 가르쳐 줄 것이다. 특별히, 세상을 감동시키고 변화시킬 불멸의 시를 쓸 수 있는 어떤 영감을 주리라 믿는다. 이처럼 시인은 산행을 통하여 많은 것을 배우게 되는데, 그배움은 즐거움이 크다. 그러나 배움이 큰 만큼 어려움도 있게 마련이다. 산에도 '깔딱고개'라는 게 있다. 그의 시「깔딱고개」는 해학적인 즐거움을 더하게 하면서, 거기엔우리의 인생을 위로하는 감동이 있다.

신발끈 동여매고서 오르고 오르다 보면
숨이 차오르고 가슴 답답해져 더 이상 참기 어려운,
그래서 딱 한번쯤 쉬어갔으면 하는 고개가 있네.

허리띠 졸라매고 경쟁 투쟁하다시피 허둥지둥 살다보면
몸도 지치고 마음까지도 찢겨 다 놓아버리고 싶은,
그래서 딱 한번쯤 뒤돌아보며 쉬어갔으면 하는 고비가 있네.

먼저 간 사람들은
그 때 그곳을 '깔딱고개'라 부르고,
그 때 그 고비를 '위기상황' 내지는 '전환점'이라 부르지만
그 고통의 정점을 넘어서야 비로소
새 힘을 얻고 새 희망으로 앞만 보고 걸을 수 있네.

가장 참기 힘들고 가장 견디기 어려운
고비마다 놓여있는 그놈의 깔딱고개는

오르막길에도 있고 내리막길에도 있으며,

산행길에도 있고 멀고 먼 인생 항로에도 있네.

이시환 시인은 산행에서 만나는 숨이 차오르는 고비를 '깔딱고개'라는 말로 다소 익살스럽게 표현했지만 산을 오르는 전문가들에겐 깔딱고개는 의미심장할 것이다. 시인이 산을 오르는 것과 사적인 목적을 가지고 산을 오르는 이들은 어떤 동기에서는 일치한다. 그러나 그들의 마음이 모두 같지는 않다. 포수는 사냥을 하기 위하여 총을 들고 산을 오른다. 등산가는 필요한 장비를 갖추고 산의 정상을 오르기 위해서 산에 든다. 심마니는 바구니를 들고 산삼을 캐고자 산을 오른다. 지네나 뱀을 잡기 위하여, 산열매를 따고 산나물을 뜯기 위하여 산을 오르는 이들도 있다. 이들은 하나같이 깔딱고개를 만나게 되는데, 이 고개를 넘지 못하고 영영 저 세상으로 가버리는 이들도 종종 생겨난다. 그러므로 깔딱고개는 산이 지닌 아름다움 이면에 존재하는 산의 무서움이며, 인간을 능히 이기는 힘이다. 시인은 이 깔딱고개가 산행 내내 존재한다고 말한다. 그리고 우리의 인생길에도 이 고개는 있다고 말한다. 이제 시인은 산행을 통하여 서서히 인간이 직면한 현실의 문제로 생의 의식을 되돌리고 있다. 그러면서 깔딱고개의 극복과, 극복을 위한 인내와 근신의 필요성을 말해주고 있다. 이것은 시인이 의식 깊은 곳에서 희구했던 생에 대한 그 자신의 태도이다. 겸허함, 겸손으로 말해질 수 있는 인간 내면의, 성숙한 자아만큼 익은 깊이이다. 시인의 이러한 공부는 산행山行이 고행苦行으로 여겨지면서 그 절정에 이르게 되며, 가을날 영광의 꽃다발을 받으며 환희의 기쁨에 젖는다. 그의 두 편의 시 「고행」과 「가을 산길을 걸으며」에서 그는 다음과 같이 노래한다.

지난 여름은
길고도 짭짤했다.

미련한 짓인 줄 알면서도
산행山行을 고행苦行으로 여기면서
무던히 땀을 쏟아냈고
심히 몸을 혹사시켰으니 말이다.

그러나 하루아침에 물러서는
그 완강했던 여름 끝자락에서
찬바람은 쉬이 불어오고
삭신의 구석구석을 쑤시듯
대지엔 비가 촉촉이 내리고
나는 그 소리에 밤잠을 설치기 일쑤인 것이

여름을 난 고단한 이 몸에도
단풍이 들려나보다,
비온 뒤 맑은 햇살 속
노적봉露積峰*의 시월 나뭇잎처럼
물이 되어 흐르고 싶다.
-시「고행」전문

녹음 짙어 하늘조차 보이지 않던 길에
초목들에 단풍이 들기 시작하더니
하룻밤 사이에 다 지고 말아
낙엽이 수북이 쌓여 있다.
문득, 새 양탄자가 깔린 길을 걷자니
새삼, 살아가는 일만큼 거룩한 것도,
아름다운 것도 달리 없다는 생각이 든다.

그래, 하루해는 점점 짧아지고
아침저녁으로는 일교차가 커지면서
가을비가 몇 차례 촉촉이 대지를 적시고 나면
찬바람이 불기 시작하고
산천의 초목들이 앞 다투어 목숨을 불태우듯
그 잎들에 울긋불긋 물들이기에 바쁘지만
끝내는 모조리 떨어뜨리고 만다.

겨우내 얼어 죽지 않고
새봄을 기다리는 저들의 고육지책이련만
사람의 눈에는
그것이 그리 아름다울 수가 없다.

따지고 보면,
생로병사라는 과정을 거치지 않는 게 없다지만
그렇게 살아가는 일만큼

진지한 것도 없고,

거룩한 것도 없으며,

아름다운 것도 없어 보이는 것이

내게도 가을은 가을인가 보다.

-시 「가을 산길을 걸으며」 전문

시인에게 있어서 산행은 사실상 고행이었다. 오랜 시간을 제한된
도시의 공간에서 활동했고, 영혼과 육체가 썩어가고 무디어 가지만,
언어의 날이 녹슬었지만 그 나름의 이유를 대면서 만족하지도 않은
잔을 계속 들이켰던 행습을 바꾼다는 것은 쉽지 않은 일이었다. 산
행의 유익함을 알지만 대부분의 인간들이 산행을 결단하지 않는다.
창조주는 솔개를 자연에 보내어 40년된 자기의 부리와 발톱을 부수
게 하고 털도 뽑게 함으로써 남은 30년을 준비시키지만, 인간들은
그것을 보면서도 자신의 병든 갑옷들을 부수려고 하지 않는다. 녹슨
칼들을 갈려고 하지 않는다. 그러나 뱀은 허물을 벗지 않으면 죽는
다. 시인은 여름 내내 무던히도 땀을 쏟던 시간들을 회상한다. 삭신
이 쑤시고 밤잠을 이루지 못하는 만만치 않은 산행길이였지만 계절
은 여지없이 가을로 접어들었다. 그리하여 그의 피곤한 영혼에 대지
를 촉촉이 적시는 단비가 내렸고, 이제 산은 오색의 단풍으로 물들
기 시작했다. 잘 익은 과일처럼, 산들은 단풍들로 덮이기 시작했다.
시인에게는 여름 내내 땀 흘렸던 보람들이 그 화려한 산의 변신을
통해 가슴 가득 밀려들었다. 언제인가는 이러한 시인의 가을이 올
것이다. 아름다운 나의 시편들이 세상이라는 산 위에 이처럼 잘 익
은 과일의 모습으로 때로는 출렁이면서, 때로는 불타오르면서 고단

한 인생들을 위로하고 저들에게 새 힘을 공급할 것이다. 지금보다는 훨씬 더 강하게 인생을 사랑하는 힘을 심어 줄 것이다. 그리고 그 아름다운 단풍이 지듯, 산이 낙엽들을 흙으로 보내고 나무들을 앙상하게 벗겨버리듯 인생들로 하여금 모든 허망한 것들을 버리게 만들 것이다. '산천의 초목들이 앞 다투어 목숨을 불태우듯/그 잎들에 울긋불긋 물들이기에 바쁘지만/끝내는 모조리 떨어뜨리고 만다.' 시인은 작품 「화계사 뒷산을 오르며」에서 가을산이 주는 교훈을 더욱 절절하게 표현하고 있다.

> 밤새 내리던 비는 그치고
> 돌연, 찬바람 불어오는데
> 이 가을 다 가기 전에
> 꼭 한 번 다녀 가라시기에
> 모처럼 화계사 뒷산을 오르네.
>
> 산비탈에 우뚝 선 나무
> 제 옷가지들을 벗어 흩뿌릴 때마다
> 공중으로 높이 날아오르는
> 한 무리 새떼 되어 눈이 부시고
>
> 이미 알몸으로 칼바람을 맞는 계곡에서는
> 보잘 것 없는 나목들이 저마다 붉디붉거나
> 보랏빛 작은 열매들을
> 한 섬 가득 내어 놓는데

그것들이 보석인 양 꽃인 양
황홀하기 그지없네.

그래도 늦가을이라고
저들은 다 버릴 줄 아는데
그래도 겨울이 다가온다고
저들은 다 내어 놓을 줄 아는데
그대는 무엇을 움켜쥐고
무엇을 걱정하는가.

시인은 이제 맑은 시심이 요구하는 최상의 상태인 '자기 비움'이란 거울 앞에 섰다. 그리고 오염되고 혼탁한 저 생의 야영지에서 살아가는 일이 인생의 가장 거룩한 본업임을 다시 한 번 곱씹게 된다. 가장 치열한 산은 맹수들과 독사들이 우굴거리는 정글인 것을 시인은 새로운 코키토 위에서 새롭게 정리하였다. '따지고 보면,/생로병사라는 과정을 거치지 않는 게 없다지만/그렇게 살아가는 일만큼/진지한 것도 없고,/거룩한 것도 없으며,/아름다운 것도 없어 보이는 것이/내게도 가을은 가을인가 보다.' 여전히 전인미답의 상태로 남겨진 깊은 산에서 생존을 위해 24시간 깨어, 죽을힘을 다해 싸우며 살아가는 저 밀림의 생명들처럼, 이제 시인은 참으로 강하게, 열심히, 시인답게, 사랑의 메신저로, 펜을 세상을 살리는 총이나 검으로 알고 살아갈 것이다. 그리고 자신이 쥐고 있다고 느끼는 자신의 모든 것들을 한 편의 거룩한 시를 위하여 기꺼이 내어놓을 것이다.

3. 나를 좀 더 깊이 살펴보기

산행을 통하여 시인이 배운 것, 시인이 터득한 것은 일일이 말로 표현할 수 없는 그 이상의 것들이다. 그러나 그 무엇보다도 가장 큰 수확은 그 자신을 찬찬히 살펴본 것이다. 소월은 그의 무르익은 사랑으로 마침내 '산유화'를 피워냈다. '산에는 꽃 피네/갈 봄 여름 없이/꽃이 피네./산에는 꽃이 지네/꽃이 지네/갈 봄 여름 없이/꽃이 지네'라고 산을 노래했다. 그러나 이시환 시인은 그의 시「오봉」을 통해 산봉우리들을 우뚝우뚝 솟아오르게 한다.

세상의 모든 현상이 그러하듯이
세상의 모든 결과에 이유 있듯이

네가 거기 있을 때에는
다 이유가 있을 게다.

네가 그리 있을 때에는
다 이유가 있을 게다.

네가 거기, 그리, 있을 때에도
다 이유가 있는 법이다.

아슬아슬한
네 위태로움이 더없이 신비롭고

보기 드문
네 신비로움이 더없이 아름다운 데에도

다 이유가 있을 게다
다 이유가 있을 게다.

그 봉우리가 거기에 존재하는 이유, 그 이유가 있다. 그 바위, 그
자작나무, 그 소나무, 그 진달래꽃이 거기 그 자리에 존재하는 분명
한 이유가 있다. 그 이유 때문에 심심산천에 핀 흰 도라지꽃 한 송
이는 세상에서 가장 아름다운 꽃이 되는 것이다. 그리고 지상에 존
재하는 모든 생명체들은 그 나름의 고귀한 가치가 있는 것이다. '아
슬아슬한/네 위태로움이 더없이 신비롭고/보기 드문/네 신비로움
이 더없이 아름다운' 것이다. 시인은 이제 자신에게로 시선을 돌렸
다. 저 봉우리들의 아슬아슬함, 한없이 위태로워 보이지만 창조주
는 거기에 저들을 두었다. 따지고 보면, 인간은 누구 한 사람 안정된
영혼이 없다. 하나같이 위태롭다. 신을 자칭하지만 공중을 날자 생
각하면 한 마리의 새만도 못하다. 헤엄을 치자 생각하자면 한 마리
의 미꾸라지만도 못하다. 향기를 뿜어보자면 길가의 작은 야생화만
도 못하다. 그래서 인간은 항상 아슬아슬하다. 그러나 거기에 우리
를 둔 것은 어떤 이유가 있을 것이다. 나의 시는 어디까지 왔는가? 아
슬아슬하고 위태로운 지경에 있지 않을까? 훗날 누구인가가 나의 시
를 읽고 큰 실망을 할지도 모른다. 그러나 나의 시가 거기에 있는 것
은 다 이유가 있다. 나는 이제 그것을 알았다. 그리하여 나는 나의 모
든 연약한 것들로부터 벗어난다. 그리고 행여 나보다 더 연약한 어

떤 것들이 있지 않나 주위를 살펴본다. 존재하는 모든 것들이 거기에 있는 것은 다 이유가 있다. 시인은 마침내 이 명제를 스스로 시인하였다. 이제 그는 모든 존재들로부터 자유로워질 것이다. 그리고 자신이 창작하는 시들이 그 존재 이유를 갖도록 하기 위하여, 기왕이면 본연의 사명을 다하며 존재하도록 하기 위하여 더 많은 것들을 생각할 것이다. 더 치열한 노력을 기울일 것이다. 그리고 모든 연약한 생명들을 이해하고 보듬을 것이다. 시인은 이제 그의 먼 미래까지도 들여다본다. 그의 시 「향로봉에 앉아서」에서 그는 아래와 같이 노래한다.

> 내게 허락된
> 내 몸 안의 기름이 닳아가는구나.
>
> 때가 되면
> 나의 등잔도 바닥을 드러내고
> 심지까지 돋우어 가며 태우겠지만
> 불꽃은 점점 사그라져 갈 것이다.
>
> 원하든 원치 않든
> 마침내 불은 꺼지고
> 나는 텅 빈 등잔이 되어
> 어둠의 바닷속으로 잠기어갈 것이다.

이시환 시인은 산행을 통하여 눈에 보이지는 않지만 조금씩 조금씩 쉬지 않고 소진되어가는 자신의 기력을 느끼고 있다. '내게 허락된/내 몸 안의 기름이 닳아가는구나./때가 되면/나의 등잔도 바닥을 드러내고/심지까지 돋우어 가며 태우겠지만/불꽃은 점점 사그라져 갈 것이다.' 인간이 그 어느 날 이 지상에서 자신이 홀연히 사라질 것에 대하여 생각하는 것은 좋은 일이다. 사실 시인들의 경우 어떤 사람들보다도 먼저 자신의 사라짐을 느끼는 것이다. 타고난 감성이 그러한 구조로 되어 있다고나 할까? 인간에게 가장 심각한 문제인 죽음이 시인의 첨예한 감각에 맨 먼저 와 닿는 것은 당연한 이치이다. 시인은 여기서 허무의 심연을 맴돌다 한 고개를 넘는 인생의 음률을 발견하게 되고, 그의 시는 이 음률을 잘 활용함으로써 더욱 아름다운 노래를 지을 수 있는 것이다. 그리고 시인이 꼭 가져야 할 겸손한 마음도 갖게 되는 것이다. 시인은 자신의 육체적인 종말을 염두하고, 모든 인생이 직면하는 진정한 사라짐의 미학을 창조해야 할 것이다. 내가 사랑하는 지상적인 것들을 언어를 통해 잘 분해하여 향기로 날려야 한다. 그리고 이 지상의 아슬아슬한 생명들에게, 인생이 홀연히 사라져버린 이후의, 보이지 않는 삶에의 환상도 심어 주어야 한다. 죽음에서도 희망을 가져야겠다고 생각했지만 끝내 희망을 찾지 못하고 고독하게 죽어간 샤르트르의 고독은 미학이라고 볼 수 없다. 여기에 시인의 어려움이 있다. 나는 종교인이 아니라며 꺼져가는 나의 불꽃을 가만히 바라보면 안 된다. 시인의 불꽃은 죽음 앞에서 더욱 뜨겁고 더욱 거룩하게 타올라야 한다. 이시환 시인은 그의 최후에 대해 '원하든 원치 않든/마침내 불은 꺼지고/나는 텅 빈 등잔이 되어/어둠의 바닷속으로 잠기어갈 것이다'라고 노래한다. 어떤 의지가 분명하게 엿보이지는 않지만, 그의 산행에서 그가 소멸되어가는 자신을 새롭게 느낀 것은 앞으로의 그의 시작을 위해 큰 성과라고 생각한다. 필자가 이 말을 자신 있게 하는 것은 그의 시「산행山行」때문이다.

나는 걷는다.
살아있기에 걷는다.
걸어서 갈 수 있는 데까지
어디든 가보런다.

걸으면서,
세상이 내게 하는 말을 엿듣고
내 몸이 내게 하는 말을 귀담아 들으며
세상을 향해 내가 하고 싶은 말을 중얼거려도 본다.

나는 오늘도 걷는다.
살아 숨 쉬고 있는 한 걷는다.
나의 걸음 멈추는 순간이 곧 죽음이고
죽어서는,
한 줄기 바람이 되고,
불덩이 되고, 물이 되고, 흙이 되어서,
끝내는 너의 품으로 돌아가런다.

이시환 시인은 산행을 통하여 죽음의 능선을 넘는 시인의 결연한 모습을 보여 준다. 그는 죽음 이후의 소망으로, '한 줄기 바람이 되고,/불덩이 되고, 물이 되고, 흙이 되어서,/끝내는 너의 품으로 돌아가련다.'라고 말한다. 바람과 불과 물과 흙은 이 지상이 존재하는 한 영원히 있을 것들이다. 그는 자신이 영원한 한 존재, 시인으로 남을 것을 확신하고 있다. 바람과 불과 물과 흙이 영원한 시의 소재인 것을 감안하면, 시인은 참으로, 하늘같은희고 깨끗하고 높은, 영원과 합일하는 시를 창작하리라는 자신의 꿈을 진술하게 표현했다고 볼 수 있겠다. '끝내는 너의 품으로 돌아가리라' 그 품은 지상 최대의 시라고 말할 수 있는 산山일 수도 있겠고, 그의 시詩일 수도 있겠다. 물론, 어쩌면 그가 만나게 될 그의 신神일 수도 있다. 중요한 것은 그의 정열적인 의지이다. 산행으로 시작된 그의 허물벗기는 죽음조차 넘어서는 말의 힘을 획득하는 쾌거를 보여주고 있다. 그의 빛나는 눈동자가 계속 발견할 산의 구석 구석지들은 그의 시편들을 통해 지금보다 더욱 빛나는 아름다운 노래들도 승화될 것을 믿는다.

마무리 말

살펴본 대로 이시환 시인의 산행에 대한 연작시들은 이 세상을 살아가야 하는 인생들에게 많은 것들을 생각하게 만든다. 특별히 그의 시가 보여주는 우수성은 그것들이 서민의 옷을 입고 자신을 진술하게 개방한다는 것이다. 이것은 곧 시인의 진실이며 마음일진대, 이러한 시들이 갖는 특징과 효과는 이 지상의 모든 연약한 인생들에게 꿈과 용기를 준다는 것이다. 이것은 곧 시가 인생들에게 필요한 이유이기도 하다. 오랜 기간 동안 시작 생활을 해온 시인은 어느 날 산에 오른다. 겉으로는 세속사회의 염증에 대한 반동 같았으나 산행의 진짜 이유는 바로 우리 인생들의 문제를 해결하기 위함이었다. 물론, 그것은 근본적으로 시인 본인의 축적된 오물들을 비워내기 위함이었다. 가도 가도 끝이 없어 보이는 황량하기 그지없는 인생길, 걸어보고 싶은 이상의 거리들은 잿빛으로 물들다 더욱 멀어지고, 꿈은 영영 사라져버릴 것처럼 우리의 시간들은 자꾸만 속절없이 흘러간다. 이럴 때 이시환 시인은 배낭을 짊어지고 산을 오른다. 그리고 그 마음을 시에 담아 전해 준다. 이를테면, 함께 산을 오르자며 아예 일을 포기하고 누워 있는 자들을 깨우고, 갈 길 몰라 방황하는 자들을 청량한 공기가 있는 산으로 데리고 가 염증 나는 자신을 좀 더 살 만한 인생으로 생각하게 만든다. 이러한 역할을 담당하는 시인으로서의 그의 끊임없는 노력과 성실한 자세는 그의 글을 대하는 모든 독자들의 훌륭한 귀감이다.

시심이 오염되었다 싶으면 다시 높은 하늘을 찾아 자신의 원점을 회복하고, 거기 그 모습으로 변함없이 앉아있는 산을 통해 배우고, 전보다는 더 깊이 자신을 돌아보고, 그러면서 익어가는 그의 시는 시간이 흐르면서 감동의 맛을 더해간다. 이제 기쁜 마음으로 또 하나의 기대를 해보는 것은 이시환 시인의 완성을 향한 성실한 노력과 청교도적 윤리가 시에 입히우는 리듬의 껍질을 좀 더 얇게 하리라는 그 희망이다. 너무 희게 빤 옷가지들이 너무 희어 금빛 쏟아지는 저 하얀 하늘로 훌훌 날아가 버리는 그런 빨래처럼, 시인의 절박함과 격렬함이 그의 시에서 성취되기를 바라는 것이다. '자작나무 숲에 갇히어'서 그가 토하였던 그 통렬한 고백들이 그의 시편들에서 꽃으로 피어나기를 바라는 것이다. 그렇게 되면, 산에 피는 꽃의 아름다움과 새들의 노랫소리가 시인의 시를 통해 우리의 영혼을 지금보다도 더 평화롭게 만들어 줄 것이다. 그리고 나무들이 주는 푸른 정열과 계곡을 흐르는 물소리들이 우리의 영혼을 더욱 젊고 활기차게 만들어 줄 것이며, 깨끗하게 정화시켜 줄 것이다. 시인은 그 자리에서 산의 단풍과 합하는 시를 계속 지어내고, 그 곱게 물든 영혼의 단풍은 위태로운 인생들의 영혼을 언어의 미학을 통해서 붙잡아 줄 것이다.

시, 그 견자見者의 길

- 이시환 시집『몽산포 밤바다』에 부쳐

　여행이 그러하듯 시를 쓰는 작업도 결국은, 단지 행선지가 목표가
아니라, 진정한 자아를 찾아나서는 쓸쓸한 행위이다. 이시환 시인은
제12시집『몽산포 밤바다』에서 자신을 탐색하기 위해 길을 떠나는
방랑자의 긴 여정을 진솔하게 보여주고 있다. 그의 시에서는 상처
난 들짐승의 포효소리가 간간이 메아리친다. 지성과 야성을 겸비한
시인으로서, 격월간지『동방문학』을 발행하며 문단의 리더로 활약하
고 있는 그의 내면에 은닉한 그 아픔의 진원은 과연 무엇일까?

　이시환 시세계의 가장 큰 특질 중의 하나는 종교적 성찰이다. 그가
순례자처럼 사막을, 혹은 유적지를 떠돌며 펼쳐 나아가는 시적 사
유는 어느 성직자의 그것 못지않게 진지하고 깊이 있는 인간에 대한
고찰과, 그 인간의 한계를 초월하려는 의지로 가득 차 있다. 그 내공
의 결과로, 그는 감히 인류의 역작인 '만리장성'을 "끝내 해갈이 되어
도/가뭄이 그리워지는 갈증", "인간의 욕망이 욕망을 짓이기면서 쌓
아올린/장엄한 무지", 또는 "제 손등으로 떨어지고 마는/담뱃재 같

은 것"이라 표현할 수 있는 것이다. 이시환 시가 참신하게 느껴지는 것은 이처럼 신선한 각도로 세상을 응시하기 때문이리라. 그의 종교적 호기심은 끝이 없어 오늘도 그는 잠결에도 성경을 넘기며 새로운 해석을 시도하기도 하고, 불교와 이슬람교 비교연구에 심취하기도 한다. 휘황한 불빛 속으로 뛰어드는 부나방 같은 우리는 "어디로 가는 것일까?"라는 '우문'을 되뇌며 우주 천체에 시선을 돌리기도 한다. 시 '더위나기'에서 그는 텅 빈 공간에서 구도자적인 자세로 고요의 성을 쌓으며 우주만물과 교감을 나눈다 :

그렇게 고요의 성城 안에 머물러 있게 되면 가끔씩 비단결 같이 부드러운 바람이 소리 없이 내 알몸을 휘감았다가는 슬그머니 풀어 놓기도 한다. 그렇게 바람의 꼬리가 내 성을 빠져 나갈 때마다 내 마음 속한 구석에 높이 매달아 놓은, 작은 풍경風磬이 흔들리면서 내는 낭랑한 소리가 바람에 벚꽃 날리는 듯하다.

나는 그 풍경소리가 꽃잎처럼 쌓였다가 쓸리는 곳으로 천천히 발걸음을 옮겨 놓으면서 높고 푸른 하늘을 올려다보며 미소를 짓는다. 아니, 낮 기온이 섭씨 47도가 아닌 470도나 되도록 태양열이 작열하는 저 금성의 지옥 같은 황량한 지표면을 홀로 걸어가고 있다고 상상하니 말이다.

시적 상상력이 가장 아름답게 전개되는 장면이다. 보들레르에 의하면 시인이란 "형체를 보면서 동시에 그 안에 숨겨진 소리를 듣는 자이고, 풍겨오는 향기 속에서 형체를 보는 자이고, 힘 안들이고도 꽃들과 말없는 사물들의 언어를 깨닫는 자"라고 한다. 1년 내내 머리맡에 마른 야생꽃차 100가지를 두고 자며 "내가 백두산 기슭 꽃밭 어귀에 쪼그리고 앉아있는 듯" 착각을 하는 시 「선물」이나, "너만의 숨결이 일렁이는/산비탈"에 핀 국화의 뜨거운 눈빛과 그 안에 숨어든 햇살과 바람을 풀어내는 「국화차를 마시며」에서도 이시환은 탁월한 감각으로 야생화나 국화차의 향기에 취해 자연과 보들레르식의 상응을 경험하게 된다.

이시환 시세계의 또 다른 특질 중의 하나는 페르조나Persona의 문제이다. 칼 융Carl Jung에 의하면 페르조나는 인간이 사회적 인습이나 전통의 요구와 그 자신의 내적 원형Archetype의 요구에 부응해서 채택하는 가면을 의미한다. 분석심리학에서 외적인격이라고도 불리는 페르조나는 진정한 내가 아닌 남에게 보이는 나를 뜻한다. 이는 사회가 인간에게 부여하는 역할이나 배역인 셈인데, 지나치게 페르조나가 강조된 삶은 갈등을 유발하기도 한다. 칼 융의 심리구조 모델에서 페르조나는 자아와 외부 세계를 연결해주는 중재자이며, 아니마Anima와 아니무스Animus는 자아와 내부 세계 사이를 연결해주는 중재 기능을 수행한다. 그런데 이시환은 「하이에나」에서 자신을 비롯한 피 냄새와 사체 썩는 냄새를 좇아 어슬렁거리는 하이에나와 동일시하고 있다 : "그 하이에나 같은 내가/인간의 욕망이 질척거리는/천박한 자본주의 사회 뒷골목을 배회한다." 문학적 진실과 현존하는 진실이 그토록 다른 것을 절감하듯, 이 시에서 우리는 그동안 짐짓 고상하게 탈을 쓰고 성인군자처럼 행세하는 자신과, 자신의 진면목은 솔직히 다름을 고백하고 있는 시인의 모습을 유추해 볼 수 있다.

그 위선의 버거움이란…! 좋은 시란 고유성과 역사성을 동시에 담고 있어야하는 것이라 한다면, "먹고 먹어도 늘 허기진 누리꾼"인 잠 못 이루는 현대인을 다룬 이 시는 우리시대의 풍속도를 대변한 훌륭한 시라해도 과언이 아니다.

한편, 시「가시나무」에서 시인은 스스로를 "나는 가시나무"라고 선언한다. 아무도 그 그늘에서 쉬어갈 수도, 새들조차 깃들 수도 없는 사막의 가시나무. 작가가 어떤 정신적 외상을 입었기에 시의 바닥에 이런 자학적인 신음소리가 깔려 있는 것일까? 한 때는 "삶을 바꾸고 세상을 개혁하자"던 초현실주의자들의 야망처럼 "단 한 줄의 시구가 사람을 바꾸고/세상을 바꿀 수 있다"고 믿으며, "쉼표 하나의 질감을/온몸으로 느끼며 몸서리"(「남풍南風」) 치던 시인은 이제 「自序」에서 그토록 눈부시던 시가 왜 그리 아름다웠는지 모르겠노라고 실토를 한다. 그래서 그는 「뒤돌아보며」에서처럼 "저 뜨거운 중심에/온몸을 던져 보았는가." 또는 "세상의 안도 밖도 아닌/변방의 어정쩡한 촌놈은 아니었는지." 자문해보는 것이다.

청소년기의 긴 방황을 후회하며 이시환은, 조용히 책이나 즐겨 읽던 내성적 문학 소년이 법관이나 세상을 호령하며 사는 훌륭한 지도자가 되기를 바라셨던 부친의 아들에게 품었던 지나친 기대를 회고하곤 한다. 어쩌면 그것이 결정적으로 시인의 자아 정체성의 문제와 그의 시에서 방어기제로 나타나는 여러 현상을 유발했을 수도 있다고 본다. 그리스어의 어원으로 '상처'를 의미하는 '트라우마Trauma'가 은밀한 곳에 총알처럼 깊이 박혀있는 것이리라. 하여 꿈과 현실, 실상과 허상 사이의 괴리는 언제나 시인을 잠 못 이루게 한다. 「불면不眠」에서처럼 시인은 늘 깨어있는 각성의 시간들을 즐기며, 시세계 전반에 걸쳐 소승불교의 자세를 넘어 대승불교의 자세로 깨달음을 얻어 세상을 구원해보려는 노력을 보여주고 있다.

그런데 「서울매미」에서와 같이 "그래도 살겠노라고/그래도 사랑하겠노라고/이른 아침부터 앙칼지게 노래 부르는" 도시매미와, 시 「풍경」 속의 한여름 고향의 적막을 낡은 그림처럼 찢어 나풀거리게 하고 "은사시나뭇잎들을/반짝반짝 흔들어 놓는" 시골매미의 대조는 흥미롭다. 이 매미의 상반된 두 얼굴이 바로 고향을 떠나온 시인이 가끔 노출시키는 '슬픔'의 근원은 아닐까? 지금까지 우리는 모순적인 삶에 순응해보려는, 혹은 저항해보려는 부질없는 시도를 끝없이 반복하며, 폭넓은 주제로, 다양한 소재 하나하나에 세심한 배려를 아끼지 않으며, 비교적 건강한 시를 쓰는 이시환의 페르조나 이면의 공허를 잠시 들여다보았다.

단지 3년간의 시작활동으로 프랑스문학사에 획기적인 기적을 불러일으켰던 혁명적 시인 랭보는 악동이요 천재였다. 인류에게 불을 훔쳐다준 프로메테우스에 비유되며 초현실주의의 선각자로도 추앙되었다. 그는 세인들에게 끊임없이 놀람과 경악을 선사하며, 스스로 시인의 최고 경지인 견자(見者, Le Voyant, 보는 자)가 되어 미지의 세계와 진정한 삶, 절대적인 것을 찾으려는 피나는 노력을 하였다. 심지어 시인을 '저주받은 위대한 사람'이라고까지 표현하며, 고통스럽게 자기 자신의 육체와 정신을 파괴하면서까지 현실과 환상이 겹치는 새로운 세계, 우주와 절대세계를 탐색하였다. 그는 이를 실현하기 위해 '언어의 연금술'을 시도하는데, 이는 '향기, 소리, 빛깔 등 모든 것을 요약하는' 감각적 시어를 창조하는 일이었다.

비옥한 영혼을 연마하며 신비의 영역을 보고 새로운 세계를 구축하려는, '시, 그 견자의 길'을 구도자의 자세로 묵묵히 가고 있는 이시환 시인이 이제 슬픔을 내려놓고, 바람 든 무 속 같은 머릿속을 비우고, 시 안에서 밖을 제대로 바라보길 기원한다. 그래야 어느 날 그의 소원대로, 삶과 죽음이 교차하는 갠지즈강의 모래알같이 수많은 사람들 중에서, 그가 특별한 모래로 반짝일 수 있지 않겠는가. 누군가의 가슴에 감동의 파문으로 번질 멋진 시를 쓰며….

6

존재의 초월을 위한 바람의 변주곡

- 이시환 산문시집 『대공』에 부쳐

시를 쓰는 행위는 부단히 존재의 공허함을 채워가는 작업이다. 이 시환의 시 밑바닥에 짙게 깔려있는 허무의식도 이와 무관하지 않다. 주로 1980년대와 1990년대의 그의 정신세계를 엿볼 수 있는 51편 이 수록된 산문시집 『대공』에서, 우리는 1991년 발표한 첫 시집 『그 빈자리』 이후 시인이 끊임없이 탐색해온 종교적 성찰과 시적 자아 의 성숙 과정을 발견하게 된다. 자유·반항·열정으로 점철되어지는 젊은 시절에 쓰인 대다수의 시들은 '의식적인 삶'을 살아온 그의 발자 취임에 틀림없다. 젊은 날의 뜨거운 절망과 찬란한 희망이 교차하는 이 시집에서, 시인의 지칠 줄 모르는 지식과 창작에 대한 열정이 작 품을 통해 발산되어, 그의 인생관과 우주관이 견실한 방향으로 확장 되어가는 모습을 볼 수 있다는 것 또한 독자로서 누리는 큰 기쁨이 아닐 수 없다.

시인과 탈

'안과 밖', '이쪽과 저쪽', 혹은 '좌左냐 우右냐'의 선택을 강요받고 사는 어두운 시대의 시인들은 긍정과 부정을 드러내지 않고 진실을 표현하기 위해 때로 가면 속에 숨는다. 작품「네거티브 필름을 들여다보며」나「강물」,「웃음 흘리는 병病」, 그리고「각인刻印」등에서 엿볼 수 있듯이 암울한 시대의 정의로운 시인은 '바보' 혹은 '또라이'라 불리며 사회로부터 외면당하고 외로울 수밖에 없기 때문이다.

산문시의 진정한 묘미를 느낄 수 있는「유야무야」는 사건이나 행위를 재현한다는 점에서 서술적 성격을 띠고 있다. 다시 말해, 현대시의 대표적 형식을 기술할 때 채용되는 용어를 빌리자면, 이 시는 이야기를 노래한 시로서 '서술시narrative poem'에 해당한다. 그런데 중요한 것은 이 시의 구성원인 화자는 페르소나persona, 즉 허구적 인물이라는 사실이다. 시인의 경험적 자아와는 구분되는 페르소나로서의 화자에 의해서 어머니와 아버지라는 대상이 관찰되고 전달됨으로써 이 시는 객관성과 독창성이 확보되고 있다 :

아버지는 싸돌아다녔다. 거짓말을 보텔 양이면 한시도 집에 붙어있질 않았다. 여러 사람들 앞에서 행세하기를 좋아했고 대접 받기를 좋아했다. 대신, 어머니는 절간 같은 집을 지키면서 나이답지 않게 폭삭 늙어 버렸다. 아버지가 바깥사람들에게 친절을 베풀고, 웃고, 즐거워하는 사이 꼭 그만큼 어머니는 속이 썩으면서 허리가 굽어갔다. 언제부턴가 무당처럼 성경구절을 외우는 것이 중요한 하루일과가 되어 버린 우리 어머니. 어머니의 꿈자리가 사납던 날, 아버지는 집 앞 시골길에서 교통사고를 당했다. 차에 부딪혀 왼쪽 대퇴골이 부러졌고 부서졌다. 아버지가 누워 있던 병실을 찾는 사람들로 시골병원은 붐볐고, 아버지는 그들 앞에서조차 애써 태연한 척 몸에 밴 친절을 가꾸고 있었다. 입원 3일째 되던 날 큰 수술을 했다. 수술실 밖에서 기다리는 집안 식구들은 더욱 초조했다. 바로 그날 그 시각, 우리 집엔 도둑이 들었다. 창문은 뜯겨져 있었고, 장롱이며 침대 밑이며 할 것 없이 구석구석에서 온갖 것들이 다 불거져 나왔다. 방 가운데엔 부엌칼도 나와 날이 서 있었고, 땅문서 집문서를 포함한 갖가지 서류들이 나뒹굴고 있었다. 가져갈 것은 다 가져갔다. 가져가지 못한 것이 있다면 그들 눈에 보이지 않는 것들이다. 이 또한 완벽했다. 모든 것이 제자리에 있을 뿐이다. 그토록 조금도 빈틈을 주지 않는 세상. 그것을 손바닥에 올려놓기라도 하면 하, 뜨거운 것, 귀여운 돌멩이 같은 것이다. 어느덧 희끗희끗해진 머리칼 속으로 새가 집을 짓는 줄도 모른 채 어머니는 '뿌린 대로 거두리라'를 눈을 감고 되뇌이면서 속을 삭이고, 정말이지 그에겐 아무 일이 없었던 것처럼 아무 일이 없었던 것처럼 유야무야 목숨만 타들어갔다. -「유야무야」전문

작품 속의 화자는 바깥세상에서 인기 좋으신 한량 같은 아버지와 집안에서 체념한 채 기다리며 사시는 어머니를 대조시키며, 어처구니없이 당한 교통사고와 도둑이라는 두 사건을 담담히 이야기하며 인과응보라는 주제를 환기시키고 있다. 야스퍼스가 '비극이란 진실을 깨우치는 기호(Chiffre des Seiten)'라고 말했듯이 인용 시는 한 가정의 비극적 체험이 삶의 진실을 깨우치는 기호임을 재확인 시켜주고 있다.

여기서 주목할 것은 경험적 자아로서의 시인은 감히 아들로서 '아버지는 싸돌아다녔다.'라는 표현을 하기가 힘들었을 것이다. 그러나

페르소나라는 탈속에 숨은 시적 자아로서의 화자는 경험적 자아의 굴레를 벗어나 자유롭게, 마치 어머니의 입장에서 아버지를 응징하는 듯한 말투로 서두를 시작하고 있다. "탈을 씀으로써 비로소 자기를 객관화하고 진리를 말하고 세계에 대한 태도를 보이는 것이 시의 특이한 존재 방식"이라고 김준오가 『현대시와 장르 비평』에서 언급하듯, 이시환은 이외의 다른 시에서도 종종 가면이 주는 자유로움에 힘입어 자신의 목소리를 한껏 드높인다.

작품 「유야무야」에서 어머니의 인생을 버겁게 하는 가해자로서의 미운 시적 이미지의 아버지는 작품 「아버지의 근황」에서 훨씬 순화된 모습으로 등장한다 :

서울이 답답하다며 평생을 시골에서만 사시는 아버지는, 살고 있는 집에서 대략 1킬로미터쯤 떨어진 밭에 배나무 5,000 그루를 심었다. 올해 처음으로 수확하는 기쁨을 누리면서 더욱 바빠진 71살의 아버지.

(…)

배밭의 단내가 더해 갈수록 이른 아침부터 신경전을 펴는 아버지와 까치는, 오늘도 숨바꼭질하기에 바쁘지만 그렇게 한 철을 나고 보면 이미 짓궂은 친구가 되어 있다. 할 일이 없을 때엔 서로의 안부가 궁금해지는 친구가 말이다. -작품 「아버지의 근황」중에서

새벽부터 일어나 배밭을 돌보며 배를 쪼아 먹는 까치들과 하루 종일 전쟁을 하시는 연로하신 아버지의 모습에서 어느덧 폭군의 위력은 사라졌다. 얄미운 까치와도 그저 친구가 되어버리는. 문득 연민

의 정을 느끼게 하는 이 시에서 화자와 아버지의 거리는 한결 가까워진 듯하다. 시인과 그의 젊은 시절 밉살스럽게만 여겨졌던 아버지가 동화되어가는 과정이 아버지와 까치의 신경전을 통해 극적으로 치환되어 있다.

공간과 바람

이시환이 즐겨 쓰는 테마 중의 하나는 '바람'이다:

내가 낮잠을 즐기는 낮에도 캄캄한 수면실의 출입문틀과 유리문 사이의, 그 좁은 틈으로 끊임없이 바람이 지나며, 아니, 허공虛空이 무너지며 소리를 낸다. 문이 열리는 정도와 바람의 세기에 따라 그 소리가 달라지지만 일 년 열두 달 위험스럽게 다가오는 벌떼 소리 같기도 하고, 어찌 들으면 이 안과 저 밖이 내통하는 소리 같기도 하다.

그런 바람의 연주를 들을 수 있는 곳이 어디 이곳뿐이랴. 저 외로운 나무와 나무 사이에서도, 그 외로움이 모여 있는 숲과 숲 사이에서도, 넓고 좁은 빌딩과 빌딩 사이에서도, 높고 낮은 지붕들 사이에서도, 크고 작은 골목에서도, 평원에서도 시시때때로 달라지는 바람의 연주를 들을 수 있듯이 사람과 사람 사이 마음의 틈에서도, 하늘과 땅 사이 그 깊은 틈에서도 나는 바람의 연주를 듣는다.

눈에 보이는 세계와 보이지 않는 세계를 은밀히 잇는, 그 좁은 틈으로 대공大空이 무너져 내리며 만물을 일으켜 세우는 소리 소리를 듣는다. -작품「바람의 연주演奏」전문

매우 탁월한 청각적 이미지의 형상화를 보여주는 인용 시의 시적 대상은 '바람'이다. 그 시적 상징성을 존재론적으로 고찰해보면, 바람은 죽음과 삶의 이원적 의미를 내포하고 있다. 이 시에서 '허공虛空이 무너지며' 내는 소리요, '안과 저 밖이 내통하는 소리'이기도 한 이 바람은 다른 시에서는'내 살 속 깊은 곳 어둠의 씨앗을 흔들어 깨우'기도하고, '내 살속 깊은 곳 어디 또 다른 나를 흔들어 깨우'(작품 「바람소묘」)는 원소이기도 하다. 발레리는 「해변의 묘지」에서 '바람이 분다, 살아야겠다!'라고 살고자하는 욕망을 불러일으키는 바람을 노래했다. 그러나 새로운 생명을 소생시키는 이 부드러운 바람은 죽음을 유발하는 파괴적인 타나토스의 무서운 얼굴을 동시에 지녔다. 그래서 시적 상상력에 있어서 바람은 원형적으로 삶과 죽음을 동시에 상징한다. 그러므로 이 시에서 '대공大空이 무너져 내리며 만물을 일으켜 세우는 소리'는 때로 '이 땅 위로 서 있는 것들을 모조리 쓰러뜨리'(작품 「겨울바람」)는 위력을 과시하기도 한다.

또한, 이 시에서 주목할 것은 화자가 제시하는 바람이 생성되어가는 상황이다. 여러 상황의 병렬적 제시를 통해 시간을 공간화 시키고 있다. 낮잠이라는 정지된 시간 속에 바람이라는 유체가 흘러들어와 퍼지며 생성과 소멸이라는 불멸의 테마를 아름다운 변주곡으로 연주하고 있다. 한편, 다른 시에서 시인은 바람을 통해 자신의 인생론을 들려주기도 한다 : '저마다 제 빛깔대로 제 모양대로 제 그릇대로 머물다가 그림자 같은 공허 하나씩 남기며 알게 모르게 사라져 간다는 것, 그 얼마나 그윽한 향기더냐, 아름다움이더냐.'(작품 「대숲 바람이 전하는 말」). 가시세계와 불가시세계를 넘나들며 이렇듯, 바람은 일상적 존재성을 뛰어넘어 진정한 자아에 이르려는 시인의 끊임없는 화두가 되고 있다. 그래서 그는 거친 이 세상을 항해하며 떠돌다가도 고향을 향하는 회귀본능처럼 '내 자궁 속 또 하나의 어둠을 쓰다듬으면서 나는 바람이 되어 돌아와야 한다.'(작품 「바람소묘」)고 다짐한다.

이시환의 시세계에서 바람은 때로 시인과 우주를 잇는 매체로 등장한다 :

> 그렇게 고요의 성城 안에 머물러 있게 되면 가끔씩 비단결 같이 부드러운 바람이 소리 없이 내 알몸을 휘감았다가는 슬그머니 풀어 놓기도 한다. 그렇게 바람의 꼬리가 내 성을 빠져 나갈 때마다 내 마음 속한 구석에 높이 매달려 있는, 작은 풍경이 흔들리면서 내는 소리가바람에 벚꽃이 날리는 듯하다. -작품 「더위나기」 중에서

도심의 무더위 속에 명상으로 더위나기를 시도하고 있는 인용 시는, 시적 화자가 우주만물과 교감을 느끼며 바람과 동화되어가고 있는 과정을 그린 아름다운 정경을 보여준다. 화자는 시적 상상력의 전개를 통해, 한여름의 작열하는 콘크리트 아파트를 벗어나 바람을 타고 푸른 하늘을 날아 금성의 지표면을 홀로 걷게 된다. 구원 없는 현실, 이 황폐한 세상을 벗어나 신적 비밀로 인도하는 아리안느의 실을 찾으려는 정신적인 시도가 이루어지고 있다고 해도 과언이 아니다. 비좁은 방에서 우주로 확장된 허무의 공간에서 시인은 자아와 사물과 세계가 모두 경계를 허물고 하나가 되어가는 신비로운 체험

을 경험하고 있다. 우리가 기억해야 할 것은, 바슐라르가 『공간의 시학』에서 지적하듯이, "시 속에 존재하는 공간은 실제의 공간은 아니지만 우리의 상상력을 통해 구현되고 그 가치를 갖는다."는 점이다. 정적인 이미지로 출발한 이 시는 마침내 역동적인 이미지로 마무리를 하면서, 안에서 밖으로, 아래에서 위로의 변증법적 사유를 거슬러 올라가며, 무아경의 상태에서 우주와 합일을 하는, 시인의 우주론적 자아탐구의 다면적 면모를 보여주고 있다. 마치, 명상을 통한 존재의 초월을 예감하듯이….

성sex과 삶의 본능

초현실주의의 주된 탐구 중의 하나는 에로티즘이다. 프로이트의 정신분석학에 지대한 영향을 받은 초현실주의자들은 그의 꿈의 이론, 성욕설을 바탕으로 인간에 대한 전적인 이해를 시도했고, 욕망의 폭로를 통하여 인간에 대한 인식을 좀 더 확대시킬 수 있다고 믿었다. 정신의학을 전공했던 브르통은 초현실주의의 시적 혁명을 위한 하나의 해결책으로 '무의식의 탐험'을 제시한다. 1905년 발표된 프로이트의 성의 이론에 관한 세 논문에 의하면 억압된 것의 주된 내용이 성이고, 성본능은 가장 지속적인 자연적 충동이라 한다. 그리고 히스테리, 꿈 등은 억압된 본능(리비도)의 변태적 만족이라 풀이한다. 성의 활동과 정신생활의 관계를 검토한 이 연구에서 그는 에로티즘이란 쾌락본능을 활성화시킴으로써 억압의 횡포에서 인간을 해방시키는 것이라 말한다.

이시환의 시에서도 가끔 무의식에 잠겨 있는 억압된 욕망에 대한 탐구가 시도 된다. 작품 「바람소묘」('내 자궁 속 또 하나의 어둠을 쓰다듬으면서')나 「잠」('한 줄기 빛살이 어둠의 자궁을 후비기 시작한다.')에서처럼, 그의 작품에서 '자궁'이라는 어휘가 빈번히 발견되는 것도 이런 이유에 연유한다. 작품 「나사」에서 그는 나사를 '등을 돌리고 있는 것들조차 마주보게 하는, 살아있음의 큰 숨, 남근男根'이라 표현하기도 하고, '깊이 박힌 채 눈을 뜨고 있는 몸살 같은 뜨거움' 혹은. '눈에 보이는 것과 보이지 않는 것 사이를 잇는 난해한 길'이라 묘사하기도 한다. 더 나아가, 다른 작품에서 그는 '정치와 섹스는 한 통속'(작품 「정치와 섹스」)이라 실토하기도 한다. 한편, 작품 「산山」은 리비도가 시각적 이미지로 전개되는 근사한 화폭이다 : '손끝에 와 닿는 당신의 두 개의 젖꼭지. 그 꼭지 사이의 폭과 골이 당신의 비밀을 말해 주지만 가늠할 수 없는, 그 깊은 곳으로 이어지는 사내들의 곤두박질.' 하지만 그의 에로티즘이 가장 아름답게 은유적으로 전개되는 작품은 시 「오랑캐꽃」이다 :

> 하늘을 바라보고 누워 있는 나의 배 위로 배를 깔고 누워 있는 너는
> '황홀'이라는 무게로 나를 짓누르네. 짓눌려 헉헉 숨이 막힐 때마다
> 나는 햇살 속 저 은사시나무 잎이 되어 반짝거리지만 이쪽과 저쪽을
> 넘나드는 너는 세상 가득 출렁이네. -작품 「오랑캐꽃」 전문

이시환의 에로티즘의 특징은 인간의 욕망에 내재한 야누스적인 두 얼굴 중에 죽음의 본능보다는 삶의 본능 쪽으로 무게가 기울어 있다. 그래서 그는 남근으로 상징되는 나사에 대해 '알몸에 박힌 세상의 구원'이라는 표현까지 서슴지 않는다. 또 성행위를 하며 '기쁨과 슬픔이 분화되기 전의 울음을 천지간에 쏟아놓는 여자'(작품 「우는

여자·2)는 '구석구석 알몸 속으로 숨겨진 슬픔의 씨앗들'(작품 「우는 여자·1」)을 일제히 싹을 틔워 몸 밖으로 배출하기도 한다. 눈에 보이지 않는 불가시한 세계의 신비로 우리를 인도하는 자궁 속의 조용한 흔들림이 논리를 무너뜨리며 인간의 의식을 깨우기 때문일까? 간과해서는 안 될 것은 리비도는 사랑으로 승화될 때 비로소 진정한 삶의 생명력을 지니게 된다는 점이다.

결어

조선 후기의 예술의식을 연구한 최준식이 한국미의 원형을 '자유분방함'에서 찾았듯이, 이시환이 이 시집 『대공』에서 선택한 산문시의 형태는 어쩌면 한국인이 자유분방한 감정을 표출하기 위한 가장 적합한 형태가 아닐까 생각한다. 정형시에 비해 산문시는 시인이 자신의 즉흥적이고. 소박하고, 해학적이고, 역동적이고, 여유로운 여백을 보여주기에 안성맞춤이기 때문이다. 이시환의 산문시는 우리 속악의 시나위 가락을 닮았다. 흐드러져야 맛이 나며, 기량이 난숙한 경지에 이르러야 비로소 가능한….

산문시가 지루한 하나의 넋두리가 아니라 영롱한 언어로, 독자에게 한 알 한 알 사리를 줍는 듯한 즐거움을 느끼게 해주고, 더욱 사랑받을 수 있다면 얼마나 좋으랴. 언어의 간결미와 한없이 고고한 품위와 높은 자존감이 돋보이는 작품으로, 앞으로도 이시환이 산문시를 거듭 발전시켜 주리라 믿어 의심치 않는다. 글쓰기를 통하여 보다 완성된 삶의 경지에 도달하기 위한 그의 피나는 노력이 그의 시 세계의 지평을 더욱 드넓게 열어 줄 것이기 때문이다.

7

김 준 경

解脫的 구경과 임과의 合一

-이시환의 시집 『바람소리에 귀를 묻고』에 대하여

1

이시환 시인의 시집 『바람 소리에 귀를 묻고』(1999)는, 이 시인의 개성 있는 독특한 서정세계와 사상을 집약적으로 형상화해 내고 있다. 얼른 보기에 시집의 분량이 빈약한 것 같으나, 동어반복만 하고 있는 요즘의 다른 시집들에 비교해 볼 때에, 오히려 이시환 시인의 용기 있는 시집 만들기가 더욱 빛이 난다.

필자는 서평을 많이 써 보았지만, 대부분이 비슷한 소재의 동어반복 아니면 난삽하고, 일반 독자가 읽기에 힘든 시인만의 잡설인 경우가 많았다. 이 시인의 시집은 그런 류의 시집들과는 달리 자신의 솔직하고 정직한 시정신의 궤적을 그리고 있다.

이 시인은 우선, 「시인의 말」속에서 다음과 같이 말한다.

그들 앞에서 바짓가랑이를 걷어 올리고/종아리를 하루 빨리 내밀고 싶다.

이는 시인의 치열한 시정신의 표출이다. 자신의 시에 대해 고압적이고 자랑하려는 시인들의 시적 태도에 비교해 볼 때에, 이 시인은 매우 겸손하다. T. S. 엘리어트의 시구, "우리가 최종적으로 얻어야할 미덕은 겸손이다."라는 말이 이 시인의 시적 태도에 들어맞는 것이다.

필자는 이전에 시인이 지녀야 할 태도로서, ①치열성 ②탐구성 ③윤리, 도덕성을 든 바 있다. 이시환 시인은 시적인 치열성과, 자신의 현재의 시에 안주하지 않으려는 탐구성을 지니고 있다. 세 번째인 윤리 도덕성은 본인만이 알 수 있는 영역이기 때문에 그에 대한 언급은 할 수 없다.

2

이시환 시인은 먼저 이 시집 속에서 생生의 해탈적 구경을 말하고 있다. 이는 한국 현대 서정시의 주류를 이루는 축이다.

저마다 제 빛깔대로 제 모양새대로 머물다가/그림자 같은 공허 하나씩 남기며 알게 모르게 사라져 간다는 것,/그 얼마나 그윽한 향기더냐. 아름다움이더냐. -작품 「대숲 바람이 전하는 말」 중에서

인생은 공허하지만, 또 쓸쓸하게 사라져가지만, 이를 아름답게 본다는 것은 뛰어난 시적 통찰洞察이다. 이 시인은 또한 허무적인 인생에 대한 관조觀照를 하고 있다.

이대로 공중으로 떠가다 보면 나는 분명 없어져 버리고 말 것이다./

어젯밤 목구멍을 타고 내려가던/캡슐 속의 작은 미립자들처럼 물에
녹아 풀어져 버릴 것이다. -작품 「기차여행」 중에서

이는 다분히 불교적 세계관이다. 色即是空, 空即是色(반야심경)이라
고 하며, '空'사상이 아니던가. 이시환 시인은 이처럼, 고승처럼 인생
에 대해, 허무에 대해 관조하고 있다. 한편, 이 시인은 첨단 과학시대
에 사는 사람들의, 말씀으로 대표되는 이성logos의 부재를 아쉬워하
고 있다.

요즈음 칼 속에는/어둠의 말씀도, 빛의 말씀도 없다.//말씀 없는 칼
만/요란스럽다. -작품 「칼」 중에서

기독교와 서양 철학에서도, "태초에 말씀이 계시니라"(요한복음 1:1)
고 하면서, 神과 말씀을 동일시한다. 그런데, 이 시대에는 그러한 진
리의 말씀은 없고, 추악한 칼만 요란스러운 것이 현대의 모습임을,
이시환 시인은 날카롭게 주시하고 있는 것이다. 이는 분명, 시대와
사회를 보는 이 시인의 혜안慧眼인데, 시인의 시대와 역사의식이 돋
보이는 것이다. 다른 한 편의 시를 보아도 그러하다.

사람들은 그저 돈이 아니면 칼로/칼이 아니면 입으로/그 공허를 위장
하려 하지만/공허가 사람들을 방생하고 있네. -작품 「방생」 중에서

현대사회의 공허감은 이 시인의 말대로라면, 말씀으로 상징되는
로고스, 즉 문학을 비롯한 인문학의 쇠미함으로 인함이다. 또는, 종

교 역할의 쇠미함도 그 이유가 될 수 있겠다. 첨단 과학시대를 사는 현대인의 모습인 것이다. 이런 시대에 이 시인은 깊은 고요와 내면의 평안을 추구하는 현대 시인의 모습을 다음과 같이 보여주고 있다.

> 잔잔하다. 아주 고요하다./그래, 그 속을 알 수가 없다.// -(中略)- 그런 호수 하나 앞가슴에 지니고 산다면……/그런 적막 하나 앞가슴에 지니고 산다면……/ -작품 「호수」 중에서

3

한편, 이시환 시인은 이 시집의 3부 「당신을 꿈꾸며」 연작시에서, 임 즉 당신과의 합일을 꿈꾸는 시인의 사랑의 정신을 노래한다.

> 얼마나 더 그리워 그리워해야/당신의 나라 당신의 그리움이 될 수 있나요/얼마나 더 꿈을 꾸고 꾸어야/당신의 나라 당신의 눈빛으로 머물 수 있나요/ -작품 「당신을 꿈꾸며·2」 중에서

> 거두어 가소서, 나를 거두어 가소서,/당신의 나라, 당신의 하늘과 땅으로. -작품 「당신을 꿈꾸며·4」 중에서

이 시인은 보다 초월적인 당신, 즉 임과의 합일을 위 시구에서 꿈꾸고 있는 듯하다. 그리하여 이 시인은 다음과 같이 말한다.

> 내가 타버리고 남은 당신의 가슴 위에/당신이 무너져 내린 내 가슴

위에/웅장한 또 하나의 새 城이 솟고 있음을/눈이 부시게, 부시게 솟

고 있음을/ -작품 「당신을 꿈꾸며·5」중에서

위 구절은 임, 사랑과의 합일을 통한 새로운 이상적 인간관계와 하

나의 새로운 세계를 구축하려는 시인의 꿈이다. 새 성城은 강력한 사

랑의 세계를 상징하는 것이다. 그리하여 이 시인은 다음과 같이 말

한다.

당신의 우수 어린/고즈넉한 눈동자 속으로 걸어 들어가// -(中略)- 그

리하여 그 깊고 푸른/당신의 精靈으로나 살고파. -작품 「눈동자」중에서

임과의 완전 합일, 이는 물아일여요 사랑의 완성이다. 17세기 영

국의 형이상학파 시인인 존 단John Done의 작품 「벼룩The Flea」을 보

면, 벼룩이 남자와 여자의 피를 동시에 빨아들였으니, 벼룩을 죽이

면 그 속에서 합일한 남과 여를 죽이게 되므로, 벼룩을 죽이지 말라

는 奇想(Conceit)이 나온다. 이 시인의 임과의 사랑의 열의는 그와 같

은 경지이다. 그러나 이 땅에 쓰여지는 서정시의 백미 중의 하나는

이 시인의 다음과 같은 시이다.

내 가슴 속 깊은 하늘에도/별들이 총총 박혀 있고,/내 가슴 속 황량한

벌판에도/줄지은 풀꽃들이 눈물을 달고 있다./바람이 분다./

-작품 「벌판에 서서」중에서

4

이시환 시인의 이 시집은 그리 두껍지 않은 분량에도 불구하고, 한국 현대 서정시의 주류를 잇는 큰 성취이다. 이는 미당 서정주와 박재삼, 이동주, 그리고 이전의 김소월과 영랑으로 대표되는 한국 서정시의 또 한 번의 발화이다.

필자는 이번에 이 시인의 이 시집을 읽으면서, 다소 산문체적인 시적 형태에도 불구하고, 시적으로 잘 정제되어 있으며, 운율미 또한 뛰어나다는 점을 강조하고 싶다.

현대시는 운율과 비유로써 정립되기도 하는데, 그 운율미가 산문시적인 형태에도 불구하고, 잘 세련되어 있다. 다소 아쉬운 점이 있다면, 모더니즘적인 현대시적 어법, 즉 메타포라든지, 상징, 아이러니 등의 측면이 부족하다는 것인데, 이는 운율미로서, 그리고 넘쳐흐르는 서정성으로서 훌륭히 극복되고 있기는 하다.

여태까지의 이시환 시인의 시적 성취는 가히 중견 시인의 경지에까지 이르고 있는데, 앞으로도 그의 시적 역정을 꾸준히 지속해 나가기를 바라는 것이다. 그리고 시적인 실험이랄까, 나름대로의 전통성 안에서 안주하지 말고, 미래지향적인 아방가르드 정신으로 새롭고도 참신한 시세계를 열어주기를 바라는 것이다. 요즘의 시들은 각각의 특색을 이루는 듯이 보이면서도, 천편일률적인 면들이 많은 것이 사실이다. 이시환 시인은 그런 면들을 잘 극복하여, 서정성 안에서의 안주를 탈피하여 나름대로의 독특하고 고유한 시세계를 열어갈 것으로 기대한다.

김 준 경

불교적 성찰과 인생론
-이시환의 불성佛性시집『애인여래』에 대하여

　이 시집의 제목인『애인여래』는 저자 자신의 말에 따르면, '여래如來란 불경에서 말하기를 진리의 세계를 깨달은 사람, 또는 진리의 세계에서 법(法=眞理)을 설하기 위해 오신 사람'으로 풀이한다고 한다. '부처님이 처음으로 자신을 일컬어 여래라 하였다하며, 그를 나의 편안한 친구처럼 여기고 그의 말에 대해서 긍정도 하지만, 부정도 하며, 더러는 질문까지도 던진다.'라고 시인은 말하고 있다.

　모든 종교는, 자체 내에 교리가 있고, 규율이 있고, 진리관이 있다. 이 시인은 그 가운데에 불교에 대하여 의문을 가지고, 또한 부정하기도 하면서, 진리의 세계를 알고자, 다시 말하면, 체득하고자 이 시집을 통해서 많은 탐구를 하고 있다.

　이 시집은 2부로 나뉘어져 있는데 제1부는「여래에게 1~55」까지 이르도록 여래와 함께 화자(Persona)는 끝없이 말을 나누고 있다. 반면, 제2부는 일반적인 인생론에 대해, 어쩌면 제1부에서와 같은 탐구 과정을 거친 이로서 나름대로 인생을 느끼며 생각하며 관조하는 과정에서 누린 정서를 노래한 것이 아닌가 싶다.

이시환 시인은 먼저 불교의 반야심경에 있는 말씀인 '色卽是空 空卽是色'의 진리를 깨닫고 다음과 같이 말한다.

마음, 그 마음 안에 모든 것이 있나니
마음의 임자가 되라 하셨나요?
-작품 「여래에게·2」에서

물질세계는 허망하다. 참 마음자리를 잘 지키는 것이 진리에 부합하는 삶이다. 이 시인은 또 불교의 생사관生死觀을 말한다.

그대 말마따나
이 몸은 더럽고 냄새 나며,
피가 담겨있어 결국은 썩어 없어질 것이지만
-작품 「여래에게·4」에서

이 시인은 불교적 허무주의의 인생관이 아니라 긍정적인 가치관을 제시한다.

이 세상 모든 일이 덧없다하나
그 덧없음 속에서 온갖 꽃들이 피었다 지고

지는 일조차 새 씨앗을 잉태하는
자궁의 긴 침묵일 뿐
-작품 「여래에게·8」에서

태어나고, 늙고, 병들고, 죽을 수밖에 없는 것은

고통의 바다이기도 하지만

분명, 우리들을 구원해 주는

눈부신 한 송이 커다란 꽃이기도 하네.

-작품 「여래에게·9」에서

위의 시구는 불교의 허무주의적 인생관을 초극하는 역설paradox이다.

한편, 불교에서는 욕망desire을 자제해야 한다고 말하는데 이 시인은 역설적으로 다음과 같이 건강한 욕망의 적극적인 수용의 자세를 보이고 있다.

욕망, 욕망, 그것이야말로

자신을 가두는 그물이기도 하지만

자비를 베푸는 원천이기도 하네.

-작품 「여래에게·23」에서

기독교에서는 예수를 믿으면 영원한 생명, 곧 영생永生을 얻는다고 한다. 그런데 이 시인은 다음과 같이 일종의 해탈解脫의 경지에까지 이르렀다.

사실, 영원히 살고자 하는 생각 자체가

부질없는 욕심이고 집착일 분

태어나 늙고 병들고 죽는 과정이야말로

한 떨기 아름다운 꽃이어라.

-작품 「여래에게·29」에서

생로병사의 심각한 인생고를 극복하는 명구名句라고 말할 수 있다. 서양의 음악가 구스타프 말러Gustav Mahler도 자신의 심각한 인생고를 예술적으로 잘 승화시켜 놓았는데, 피안彼岸을 동경하는 말러의 인생고를 잘 느낄 수 있다. 이 시인도 심각한 인생고를 꽃에 비유하는 대담성을 보이고 있다.

이 시인은 가끔씩 불교에 대해 냉소주의적인 면모도 보인다.

아하, 그래서 공즉시색 색즉시공이군요.

아하, 그래서 법도 없고, 법 아닌 것도 없군요.

아하, 그래서 여래의 가르침은 여래의 가르침이 아니군요.

-작품 「여래에게·38」에서

결국은, 이 시인은 불교 사상을 전면적으로 수용한다.

그리하여 모든 것과의 연緣이 끊어져

공간도 없고 시간도 끊긴

세계의 소용돌이가 되어라.

아니, 있고 없음에서 영원히 벗어나라.

-작품 「여래에게·54」에서

제1부의 시들이 직설적이고 함축적인 대화체라면 제2부는 정서

적이고 비유적이면서 동시에 음악적이다. 어떤 의미에서는 제1부는 탐구과정이라면 제2부는 그 결과인지도 모르겠다.

> 내 가슴속 황량한 벌판에도
> 줄지은 풀꽃들이 눈물을 달고 있다.
> 바람이 분다.
> -작품 「벌판에 서서」에서

눈물은 진실이다. 인간적 희로애락을 자각하며 진실을 깨닫는다. 또한, 이 시인은 언어를 초월하는 대자연의 섭리와 진리를 느끼고 있다.

> 이미 말을 버린,
> 저 크고 작은 바위들이 내 스승이 되네.
> -작품 「상선암 가는 길」에서

이시환 시인은 다산多産의 시인이요, 문학평론가이다. 이번에 내어 놓는 시집 『애인여래』는 자신의 불교적 인생관에 대해 나름대로 회의하기도 하고, 절망도 하면서, 그러나 인생을 꽃으로 보는 탐미주의자와 같은 도를 깨우친 시인이라 하겠다. 다만, 특정 종교에만, 특히 불교에 치우쳐 상념의 폭이 좁아진 듯해서 좀 안타깝지만, 나름대로 기독교와 천주교에도 관심을 가지고, 보다 더 원숙하고 깊이 있는 시세계를 보여 주기를 바라고 싶다.

김준경

운율에 풀어놓는 道의 길과 깨달음

-이시환의 시집『상선암 가는 길』을 읽고

1

'현대시modern poetry'를 논할 때에 생각해 볼 수 있는 가장 기본적인 도식은 '현대시modern poetry = 운율meter + 비유metaphor'로 말하곤한다. 그런데 오늘날에는 앞의 운율보다도 뒤의 비유에 무게 중심이옮겨져 있는 형편이다. 그만큼 옛 시와 오늘의 시는 형식적인 면에서 많이 달라진 것이다.

길고 길었던, 화려한 20세기를 거쳐서 21세기에 당도한 영국의 현대시도 운율체계를 잘 지키는 부류가 있는가 하면, 전적으로 무시하는 부류도 없지 않다. 그러나 영시에서는 약강격(弱强格:iambic), 강약약격(强弱弱格:dactyl), 강약격(强弱格:trochee)이라 하여 매우 과학적인 운율체계가 과거에서부터 현재에 이르기까지 지켜져 오고 있다고 말할 수 있다.

우리의 경우에는 과거의 시가나 시조에서의 음수율을 운율체계로볼 수 있는데 오늘날까지 잘 지켜지고는 있다. 그만큼 노랫말로서출발한 시는 운율이 대단히 중요한 요소로 작용했던 것이다.

그러나 오늘날의 시는 노래로 불리어지는 게 아니라 그저 소리 내어 읽는 정도로 그치고 말기 때문에 정형적인 외형률은 거의 다 사라지고 편 편마다의 독자적이면서 자유로운 리듬 감각으로 대체되어 있다.

최근에 필자가 읽은 이시환 시인의 시집 「상선암 가는 길」(신세림, 2004)은 한국적 내재율이 아주 강하게 작동되고 있는 것을 느끼고 확인할 수 있었는데, 딱히, 7.5조니, 3.4조니, 3음보니 하는 외형률이 아니라 작품 내부에서 자연적으로 흘러나오는, 그래서 소리 내어 읽어도 흥이 절로 나는 일정한 리듬 감각이 살아나고 있다. 필자는 이것을 우리 시의 전통적 운율이라고 말하고 싶은데 물론 이 점에 대해서는 별도의 연구가 구체적으로 진행되어야 한다고 본다.

어쨌든, 필자는 자연스레 소리 내어 읽게 되는 흐름 곧, 내재율에 불교적인 명상과 선적 정신세계를 실어내고 있는, 매우 특수한 시적 성취를 이루고 있는 이시환의 시집 『상선암 가는 길』을 분석하여 그 주제와 두드러진 특징을 말하고자 한다.

2
시집 속의 첫 작품에서부터 시인은 언어를 초월하는 진리를 용하게도 직관적인 언어로써 표현해내는 데에 성공하고 있다.

> 하, 인간세상은 여전히 시끄럽구나./문득, 이 곳 중선암쯤에 홀로 와
> 앉으면/이미 말(言)을 버린,/저 크고 작은 바위들이 내 스승이 되네.
> -작품 「상선암 가는 길」 전문

불과 4행밖에 되지 않는, 매우 짧은 시이지만 실로 많은 아니, 실로 깊은 의미를 담아내고 있다. 말 많은 인간세상과 그 말을 버린 크고 작은 바위를 대비시키면서 오히려 침묵하는 돌덩이가 말 많은 인간의 스승이라는 단 한 마디의 말로써 인간세상을 적나라하게 드러내놓으면서 침묵의 무게를 실감하게 한다. 그야말로 촌철살인寸鐵殺人하는 절창絕唱이라 아니 말할 수 없다.

일평생 어찌 그리 즐거움만 있겠는가./어느 날 갑자기 슬프디슬픈 일도 닥쳐 올 수 있음을/예비해야 하지 않겠는가.//일평생 어찌 그리 괴로움만 있겠는가./어느 날 갑자기 기쁘기 한량없는 일도 밀물져 올 수 있음을/예비해야 하지 않겠는가.//길든 짧든 한 생을 다 지나고 보면/한 때의 즐거움도 괴로움도 다 헛것이었음을/어찌 되돌릴 수 있으리오.//아무리 붙잡으려 해도 머무르지 않고/아무리 버리려 해도 버려지지 않는 것이/우리네 꿈같은 인생 그 실상이네 그려.
-작품「하루하루를 살며」전문

위 작품에서 보는 바와 같이, 시인은 기본적으로 불교의 '공空'과 '무無'에 대해서 깊이 천착하고 있다. 일상의 즐거움과 슬픔에 대해서 너무 집착하지 말라는 의미에서 인생이 일장춘몽一場春夢임을 환기시키고 있는 듯하다. 그러면서 '유有'와 '무無' 곧 집착과 버림의 적절한 균형을 다음과 같이 노래한다.

작은 창문이지만 열어 놓고 살며/쌀쌀한 아침저녁 바람이 부는 것을 체감하며/이 가을에 숨을 쉬고 있다는 게/얼마나 큰 기쁨이더냐?//땅에 바싹 엎드려 지붕이 낮은 집이지만/두 다릴 쭉 뻗고/조용히 잠을 청할 수 있다는 게/얼마나 큰 행복이더냐?//이 한 잔에 맑은 물을 마시지만/더 이상 바랄 것도 없는/이 몸의 투명함과 가벼움이,/얼마나 큰 축복이더냐?//일백 년을 산다 해도/일백 억 년을 산다 해도/시작이 있으면 끝이 있고/끝이 있으면 시작이 있듯이/잠시 잠깐임엔 마찬가지.//길고 짧음을 잊고 사는 것이,/얼마나 농익은 맛, 그윽한 향이더냐? -작품 「가을의 오솔길에서」 전문

작은 창문이 딸린 낮은 집에 살지라도, 아니, 진수성찬이 아니라 맑은 물과도 같은 소찬을 소식하며 산다 할지라도 살아있다는 그 사실만으로도 큰 즐거움이고 행복이라는 가치관의 표현인 듯싶다. 더 나아가, 많고 적음에서, 높고 낮음에서, 길고 짧음에서 이미 초월한, 그래서 어떠한 굴레로부터 속박되지도 않는 안빈낙도安貧樂道와 해탈解脫의 경지를 여유롭게 표현해내고 있다. 필자는 부득이 '해탈解脫'이라는 용어를 빌려 쓰고 있지만 시인은 이미 '있음'과 '없음'에서조차도 영원히 벗어나라고 말한다. 과연, 인간의 굴레를 쓰고서도 그것이 자유롭게 이루어질 수 있는 것인가.

양 어깨 위를 짓누르는/무거운 짐들을 다 내려놓고, //하늘을 바라보며 누워 있는/몸뚱이조차 벗어놓아라./그리하여 우주를 떠도는 먼지처럼 가벼워진/그런 너마저 놓아 버려라.//그리하여 모든 것과의 연緣이 끊어져/공간도 없고 시간도 끊긴//세계의 소용돌이가 되어라./아니, 있고 없음에서 영원히 벗어나라.
-작품 「여래에게·54 -나의 진화進化」 전문

이 세상 모든 일이 덧없으니/그것은 나고 죽는 법이라?//나고 죽음이
다 끊어진 뒤/열반 그것이 곧 진정한 즐거움이라?//그대도 한낱 꿈을
꾸었구려./그대도 한낱 꿈을 꾸었구려.//이 세상 모든 일이 덧없다 하
나/그 덧없음 속에서 온갖 꽃들이 피었다지고//지는 일조차 새 씨앗
을 잉태하는/ 자궁의 긴 침묵일 뿐//그 덧없음 속에 머물지 아니한 것
없네./그 덧없음 속에 머물지 아니한 것 없네. -작품 「여래에게·8」 전문

　물론, 궁극적으로는 원하든 원치 않든 그렇게 될 수밖에 없을 것이
다. 그렇다고 모든 인생을 포기하고 먼지처럼 우주를 유영하듯이 살
자는 뜻은 아닐 것이다. 모든 존재는 '덧없음'이란 덫에 갇혀 있지만
그 안에서 꽃을 피우고 열매를 맺는다는 엄연한 사실을 직시하라는
암시가 깔려있기 때문이다. 자칫, 인생의 의미를 부정하거나 축소시
키는 허무주의자들의 말이나 태도처럼 비추어질 소지가 없지 않으
나 분명, 그렇지는 않은 것 같다. '자궁의 긴 침묵'이라는 단단히 응축
된 말이 그 단적인 증거이다.
　필자가 잘 못 이해하고 있는지는 모르겠으나, 김춘수 시인의 '무
의미無意味' 시론은 말이 되지 않는다고 생각한다. 의미 없는 시란 있
을 수 없으며, 설령, 있다 해도 그것은 말장난일 뿐 시의 윤리상 옳지
않다. 독일의 철학자 헤겔은 "존재하는 모든 것은 다 옳다."라고 했
는데 무의미는 의미가 존재하지 않는 것이기에 옳다고만 말할 수 없
지 않은가. 영국의 비평가 존. 드라이든(John Dryden)의 작품인 「Mac
Flecknoe」를 보면 '무의미'란 말이 엄청난 비난을 할 때에 쓰였음을
알 수 있다. 이야기가 잠시 옆길로 새어나갔지만 다시 원점으로 돌
아가서, 이 시인의 해탈의 마음은 순수한 동심의 세계와도 동일시되

는 경향을 띤다. 아래「폭설을 꿈꾸며」라는 작품이 잘 말해 준다.

어쨌든, 밤사이/눈이 많이많이 왔으면 좋겠다./어쨌든, 내일 아침엔/
세상이 온통 하얀 눈으로 덮여 있었으면 좋겠다.//그리하여, 움직이
는 사람도, 자동차도,/나는 새조차 없었으면 좋겠다./그리하여, 지구
촌의 62억 인류가 착한 마음으로 살고 있는지/저마다 생각해 보는 시
간을 가졌으면 좋겠다.//어쨌든, 하얀 세상을 바라보며,/인간의 오만
함도 비추어 보았으면 좋겠다./그리하여, 하얀 눈처럼 깨끗해지고,/
그 깨끗함으로 세상이 온통 뒤덮였으면 좋겠다.

-작품「폭설을 꿈꾸며」전문

그리고 시인은 여행에서 얻은 교훈을, 여행이라면 엄연히 현실세
계이지만, 아주 함축적으로 표현해내고 있다. 곧, 동서남북 지구촌
어디를 가도 사람 사는 곳이고, 사람 사는 곳이라면 그 빛깔과 모양
새와 향기가 다를 뿐 모두가 다 저마다 사연을 가지고 있다는 인식
이 그것이다. 그런데 그 사연이라는 것도 알고 보면 같은 하늘, 같은
땅의 역사라는 것이다. 시인의 시계視界가 얼마나 광대한 것인가를
짐작하게 하는 대목이다.

그것의 빛깔과 향기와 모양새가 다를 뿐/동서남북 지구촌 어디를 가
도/사람 사는 곳마다 이런 저런/사연이 있네.//그것의 빛깔과 향기와
모양새가 다를 뿐/동서남북 지구촌 어디를 가도/생명이 숨쉬는 곳마
다 이런 저런/아름다움이 있네.//그저 태어나 죽고 사는 일이건만/그
것으로 전부이고/그것으로 결백한/한 하늘 한 땅의/역사가 있을 뿐

이네. -작품「어디를 가나」전문

위 시와 유사한 구조와 내용을 갖는 또 다른 시 한 편을 더 보자.

지구촌 어디를 가고 또 가도/사람 사는 곳엔 사람의 어제와 오늘이
있네.//수많은 사람과 사람들이 대를 이어 오면서/아리아리 슬픔을
묻어두고/기쁨을 다 묻어두고/커다란 강물이 되어 흐르네.//지구촌
어디를 가고 또 가도/사람 사는 곳에 사람의 역사가 있듯/그 밉고 고
운 사람들을 다 한 품안에 두고서/함께 체온을 나누어 온 대자연의
모성母性이 있네./아슴아슴 세월을 다 묻어두고/태초의 말씀을 다 묻
어두고/한 숨결로 온갖 신비의 꽃을 피우네.

-작품「지구촌 어디를 가도」전문

지구촌 어디든 땅에는 사람의 역사가 있고, 땅에서 살아가는 사람
의 가슴 속에는 대자연의 숨결이 흐른다. 그래서 사람과 땅이, 땅과
사람이 '역사'라고 하는 한 울타리 안에서 하나가 되어 살아가고 있
다는 인식이 깔려 있다. 어쩌면, 시인은 인류의 역사를 슬픔과 기쁨
의 역사로 보고 있고, 그것을 다시 대자연의 모성으로 보고 있는지
도 모른다. 참으로 놀라운 시각이요, 발상이요, 거시적인 안목眼目이
아닐 수 없다.

3

이시환 시인은 젊었을 때부터 오늘(2009년 현재)에 이르기까지 지속
적으로 시와 문학평론 활동을 해온 중견 시인이자 평론가이다. 젊었

을 때에 시에 홍미를 잃고 시를 내던져 버린 프랑스 시인 A. 랭보와
는 전혀 다르다. 필자도 문학을 계속해왔지만 잠시 휴식을 취하던
시기가 있었다. 하지만 이 시인은 줄기차게 시집과 문학평론집을 발
간해 왔다. 특히, '신시학파 선언'까지 했던, 매우 탁월한, 중요한 시
인major poet이다. 물론, 그 신시학파 선언에 대해서는 별도의 연구가
필요하다.

　문제의 시집『상선암 가는 길』에는, 인생과 존재에 대한 통찰의 작
품집으로, 도를 깨우쳐가는 과정에서 얻어진 작품들로 가득 차있다.
연작시「애인여래」만을 읽어도 그가 무엇을 어떻게 생각하고 있는
지, 그리고 그것들을 '시'라고 하는 그릇에 어떻게 담아내고 있는지
판단할 수 있으리라 본다.

　부처가 어디 인디아에만 있으란 법이 있는가? 아니라고 생각한다.
오랜 기간 동안 명상을 해온 시인인지라 인생과 우리 사회를 바라보
는 시인만의 농익은 시선이 시작품을 완숙되게 한 것 같다. 나는 그
를 하산한 도인道人으로 여기며, 우리 한국현대시의 짧은 100년의 역
사에서 정신적인 사유세계의 영역을 확대 심화시킨 시인으로 기억
하고 싶다. 앞으로, 시인으로서, 그리고 문학평론가로서 해야 할 많
은 일이 기다리고 있다는 사실을 알고 있을 터이다. 부디, 하나하나
일구어 나가 우리 '한국문학사'라고 하는 커다란 산맥의 높은 봉우리
가 되어 솟아나기를 기대해 마지않는다. 다만, 필자가 원하는 바, 한
두 가지는, 문학의 대 사회적 기능 회복이다. 다시 말해서, 인간은
본질적으로 혼자 살 수 없기에 부족部族이 있고, 종족宗族이 있고, 사
회社會가 있고, 민족民族이 있고, 국가國家가 있다. 따라서 순수서정시
를 쓰는 것은 시의 본령을 지키는 일이긴 하지만 동시대contemporary

의 문제와 공동체community 사회의 관심사에 대해서도 애정 어린 눈으로 바라보아 주고, 함께 호흡해 주기를 바란다.

주문하고 싶은 또 하나의 말은, 현대문학의 맹목적인 난해성 곧 나쁜 의미의 모더니티를 극복하는 일이다. 문장을 구사함에 있어 지나치게 현학적인 수사에 의존한다거나 공유될 수 없는 주관적 정서를 묘사해 내는 일에 급급해 하는 경향성을 배제해야 한다는 생각한다. 물론, 이 점에 관한 한 이 시환 시인에게 해당되는 문제는 아니라고 본다. 굳이 이 자리에서 이를 언급함은 오늘날 너무 많은 시인이나 작가들의 작품들을 보면 알아먹을 수도 없고 알아들을 수도 없는 것들이 범람하는데, 그들과는 변별성을 지녀야 한다는 점을 강조하기 위함이다. 솔직히 말해, 어떤 작가들은 독자들이 작품의 내용을 해독하느라 헤매는 동안에도 한가로이 손톱이나 깎고 있다면 그것은 문학을 모독하는 처사라고 생각된다.

바야흐로, 21세기에 들어와서는 전 세기의 모더니즘과 포스트모더니즘을 지양, 극복해야 하는데, 그러자면 우리 한국의 현대시의 전통이, 다시 말해, 최남선으로부터 소월, 만해, 미당, 영랑 등의 시적 전통을 잇는 일이 매우 요긴하다고 본다. 여기에 사상적 깊이를 더해서 한국 현대시의 위대한 전통great tradition을 잇는 일에 나는 이 시인이 크게 기여하리라 믿는다.

김준경

투명한 서정성과 낭만

-이시환의 『서화를 위한 이시환의 시작품 56편과 기타 시구』에 대하여

『시서화의 이론과 실제(2000년)』라는 책 속에 담겨진 이시환의 56편의 시들은, 이 땅에서 쓰여지는 서정시 가운데에 투명성 있는 낭만이 무엇인가를 여실히 보여주고 있다. 서충렬 선생의 시서화 작품 50점을 나란히 싣고 있는 이 작품집에서, 이 시인은 시서화의 이론과 실제에 대해서 나름대로의 견해를 피력하면서, 자신의 56편의 서정시들을 보여주고 있다.

이시환 시인은 자신의 시작품에서 먼저 '당신이나 임과의 합일'을 꿈꾸는 측면을 보인다.

그리하여 그 깊고 푸른/당신의 精靈으로나 살고파

-작품 「눈동자」 중에서

사랑하는 임과의 합일을 꿈꾸는 시편으로서는, 가령, 영국의 현대 시인 스티븐 스팬서의 시구, "사랑하는 여인과 한 육체가 되고자"라는 구절이 있기는 하다. 그러나 이시환 시인은 그 합일이 영적이고

정신적인 합일이라는 점에서 보다 차원이 높다. 이는 또한 낭만주의적 신비감을 보여주는데 영국의 시인 존 키츠John Keates를 생각나게 하기도 한다.

「하산기」라는 작품에서는 허무한 인생에 대한 체념과 달관, 그리고 인생에의 긍정을 나타내 준다.

> 내사 무엇을 더 바라겠는가./버릴 것 하나 없는 당신의 품안에서/잠시 머물다가 훌쩍 떠나는 것을. -작품 「하산기」 중에서

그러나 이 시인의 작품 중 가장 아름다운 서정적 구절은 별과 풀꽃의 눈물이 순수하면서도 영원함이요, 생명력을 상징하고 있는 다음의 구절일 것이다.

> 내 가슴 속 깊은 하늘에도/별들이 총총 박혀있고,/내 가슴 속 황량한 벌판에도/줄지은 풀꽃들이 눈물을 달고 있다. -작품 「벌판에 서서」 전문

이 시인은 작품 「귀거래사」에서는 H. 헷세의 낭만적 방랑과 자유의 정신을 읊은 시구와 비슷한 모습을 보인다.

> 저 하늘의 구름처럼/저 강물의 풀잎처럼/그리움만 가득 싣고 돌아가네. -작품 「귀거래사」 중에서

이시환 시인의 이번 작품들은 18세기 말과 19세기 전반에 걸쳐 영국에서 일어났던 낭만주의 시문학 운동Romantic Revival의 시세계와

유사한 측면이 많다. 다음의 구절을 보라.

> 그렇게 귀를 한 번 더 닦아 보아요./이 땅에서, 이 하늘에서 넘쳐흐르
> 는,/바람의 강물소리 들려요./바람의 고삐를 풀어 놓는 손과 손이 보
> 여요. -작품「눈을 감아요」중에서

즉, 자연과 물상을 소재로 하는 시들이 많으며, 이는 바로 낭만주의적 서정성과 직결된다. 다만, 이는 현실도피는 아니고, 시의 본령이라 일컬어지는 순수 서정의 표출인 것이다. 자연 물상에 대해 인간은 무엇을 느끼는가? 그 태초의 원형적 순수미와 때 묻지 않은 신선함과 건강한 생명력을 느끼는 것이다. 이 시인의 시집에 자주 나오는 풀꽃, 벌판, 봄바람, 하늘, 호수, 백목련, 나무, 바다, 산, 꽃, 단풍, 오랑캐꽃 등의 시적 소재들은 그러한 낭만주의적 시 정신을 이야기해 주는 것이다.

낭만주의가 역사상의 한 시대를 지배했던 문예사조인가, 아니면 문학, 예술에 항상 통시적으로 존재해온 핵심적 요소인가의 문제는 많은 학자들이 논의해 온 바이다.

김 준 경

인디아 여행에서의 눈물
-이시환의 인디아 기행시집『눈물 모순』을 읽고

1

시환 형이 기행시집이란 것을 펴냈다. 인디아 여행을 하고서 그에 대한 감회를 시로 풀어쓴 것인데『눈물 모순』이 바로 그것이다. 솔직히 말하여, 나는 기행시집을 별로 좋아하지 않는다. 미당 서정주나 김춘수의 여행시집을 좋아하지 않은 것처럼 형의 시집도 그런 류라는 이유에서 처음부터 내 마음을 끌지는 못했다.

그런데 머리맡에 놓여있는 형의 시집을 한 편씩 한 편씩 읽게 되면서 여타의 일반적인 기행 시들과는 전혀 다른 느낌이 들어 호기심이 발동했던 게 사실이다. 그 전혀 다른 느낌이란 무엇일까? 한참을 생각해 보았는데, 그것의 핵심은 형만의 '진실'이었다. 인디아를 여행하면서, 보이고 들리는 풍물에 대한 관찰이 세밀하고, 그에 대한 자신만의 느낌과 생각이 또한 진술하면서 진지하고, 비교적 장시長詩이어서 읽기에 긴 호흡이 요구되기도 했지만, 또한 편 편의 이야기[敍事]들이 커다란 하나의 주제의식 속으로 다 들어가고 있다는 생각이 들었다. 마치, 요새는 잘 찾아볼 수도 없는 훌륭한 한 편의 긴 영화 같다고나 할까, 그런 시집이라는 생각이 자꾸 들었다. 하긴, 어느 누가 특정의 한 나라를 여행하고서 단행본 시집을 묶어내기라도 했던가. 있다면 여러 나라들을 여행하고서 쓴 작품들을 한데 모아 한 권의 시집으로 묶어낸 사례는 있었지만 한 나라에 대한 단행본 시집은 아니지 않는가.

2

먼저, 형의 기행 시에서는 매우 뛰어난 수사법이 단연 돋보인다는 사실을 말하지 않을 수 없다. "사막의 모래알조차 그대로/밤하늘의 별이 되는 광활한 세상(작품 「인디아 序詩」 중에서)"을 노래하면서, 모래알이 곧 밤하늘의 별이 된다는 놀라운 메타포가 나를 압도한다. 이는 20세기 모더니즘과 신비평에서나 볼 수 있는 대담하고 멋있는 비유라고 생각하기 때문이다. 또 한편으로는, 평범한 사람들에게 애정 어린 시선을 주는 따뜻한 시구를 많이 선보이고 있는데, 이는 자유 민주주의의 기본이요, 철칙이라 말하기 이전에 따뜻한 인간애를 지녀야 하는 시인으로서 기본적인 심성心性이라 하겠다.

엘로라, 엘로라,/우리에게 그대는 무엇이며,/우리에게 그대는 누구인가?/그 많고 많은 신神의 한 이름인가?/한 때 권세를 누렸던/ 왕 중의 왕이 거느린,/아름다운 애인愛人인가?/아니면, 그저 살기 위해서,/오로지 살아남기 위해서/ 하나뿐인 생명을 바치고/하나뿐인 목숨을 바쳤던/풀잎 같은 백성들의/절망이라도,/희망이라도 된단 말인가?// -중략- 그저 바람결에 흔들리다가 /흔적도 없이 사라져가는,/저 푸른 풀잎이/나의 성城이요,/그저 부드러운 햇살에 미소 지으며/순간으로 영원을 사는,/저 돌에 핀 작은 꽃이/나의 궁전임을.
- 작품「엘로라」중에서

　위 시에서 보는 바와 같이 '풀잎 같은 백성들이 자신의 성城'이라
는 놀라운 발견은, 시인의 고유하고도 적합한 깨달음이라고 생각한
다. 이는 미국의 시인 W. 휘트먼의 풀잎Leaves of Grass 사상과도 통하
는데, 풀로 빗대어지는 평범한 민초들의 가엾은 삶에 공감을 표하고
있는 시적 화자persona는 욕심 없는 자연물을 한없이 사랑한다. "그
저 바람결에 흔들리다가 흔적도 없이 사라져가는, 저 푸른 풀잎이
나의 성城이요, 그저 부드러운 햇살에 미소 지으며 순간으로 영원을
사는, 저 돌에 핀 작은 꽃이 나의 궁전"이라는 인식이 바로 그것이다.
시공을 초월하는 아름다움 그 자체요, 진리라고까지 말하고 싶다.
　그리고 형은 종교의 허위의식을 비판하기도 한다. 종교의 허위의
식이라기보다는 그것을 믿는 인간의 무지를 꼬집는다. 어디까지나
인간 삶은 상식으로써 이해되고 통용되어야 한다. 그 상식에 반하거
나 어울리지 못하는 종교적 교리들은 인간의 무지와 허위를 반영하
고 있을 뿐이다. 시대상황에 따라 그 상식도 변하지만 그 시대와 그
사회의 상식에 따른다고 하는 것은 매우 중요하다. 왜냐하면, 상식
이 무시되는 종교는 대단히 위험하기 때문이다.

　여기도 궁전,/저기도 궁전!/이곳도 성城,/저곳도 성!/이것도 사원,/저
　것도 사원!/이 드넓은 땅 가는 곳마다/곳곳에 널려 있는 게/궁전이고,
　성이고, 사원이네.//요새 같은 성이 많다는 것은/약탈 방화 살인을 일
　삼는/전쟁이 많았다는 뜻일 터이고,//화려한 궁전이 많다는 것은/백

성들의 피를 빨아먹는/권력자가 많았다는 뜻일 터이고,//무력한 사원과 신전이 많다는 것은/고달픈 세상 의지가지없는/절망뿐이었음을 뜻하지 않겠는가.//나는 보고 또 보았네,/딴 세상 같은 궁전들을 돌아 나오며/헐벗은 백성들의 몸에 밴 체념과 슬픔을.//나는 보고 또 보았네,/전설적인 성문을 빠져 나오며/황폐해진 벌판에 이는 먼지바람을.//나는 보고 또 보았네,/퇴색한 사원의 신전을 에돌아 나오며/신이라는 이름으로 감춰진/인간 무지와 허구를.

- 작품 「인디아에 궁전과 성 그리고 사원」 전문

위 시에서 보는 것처럼 '무력한 사원과 신전이 많다는 것은 고달픈 세상 의지가지없는 절망뿐이기 때문이라'는 형의 놀라운 판단은 단연 돋보인다. 그러면서도 형은 '중생'이랄까 '민초'랄까 그들에 대한 한없는 연민의 정을 느끼는 것 같다. 사실은 이 점이 내 맘에 든다.

-상략- 그로부터 줄잡아/ 이천 오백 년이란 세월이 흐른 지금,/그이 대신에 이방인인 내가 서있네./ 그가 바라보았을/강가 강의 덧없는 강물을 바라보며,/그가 거닐었을/강가 강의 모래밭을 거닐며/나는 생각하고 또 생각하네./분명, 그가 바라보았던 강은 강이어도/그 강물 이미 아니고,/분명, 그가 거닐었던 모래밭은 모래밭이어도/그 모래 이미 아니건만/ 변한 게 없는/이 강가 강의 무심無心함을.//그동안 얼마나 많은 풀꽃들이/이곳저곳에서 피었다졌으며,/얼마나 많은 사람들이/그 풀꽃들처럼 명멸明滅되어 갔을까?//무릇, 작은 것은 큰 것의 등에 올라타고/큰 것은 더 큰 것의 품에 안겨/수없이 명멸을 거듭하는 것이/생명의 수레바퀴이거늘/ 이를 헤아린들 무슨 의미가 있으

며/살아 숨 쉬지 않는 것이 어디 있겠는가.

- 작품 「강가 강의 백사장을 거닐며」 하반부

시적 화자는, 부처님이 과거에 거닐었을 '강가' 강이라 불리는 '갠지스' 강변의 모래사장을 걸으면서 '그동안 얼마나 많은 풀꽃들이 이곳저곳에서 피었다졌으며, 얼마나 많은 사람들이 그 풀꽃들처럼 명멸明滅되어 갔는가'를 생각한다. 동시에 그 덧없음을 초월하고자 부처님처럼 모래밭을 걸으면서 명상에 잠겨 있다. 그리하여 형은 '무릇, 작은 것은 큰 것의 등에 올라타고, 큰 것은 더 큰 것의 품에 안겨, 수없이 명멸을 거듭하는 것이 생명의 수레바퀴이거늘, 이를 헤아린들 무슨 의미가 있으며, 살아 숨 쉬지 않는 것이 어디 있겠는가.'라고 중얼거리면서 애써 초연함을 드러내고 있는 것이다.

아무래도 형은, 인디아라는 나라를 여행하면서 얻은 것이 있다면 그것이 바로 '눈물'이라고 생각한다. 눈물은 각성된 정서, 최고의 감정인 바 "하염없이 흐르는 내 눈물이 마침내 물결쳐 가(작품「사막투어」)"는, 근원적인 양심의 참회를 체험하였기 때문일 것이다. 이는 김현승 시인의 '눈물'과도 상통한다고 볼 수 있는데, 형은 인디아의 풍물을 통해서 인간 삶의 여러 양태를 경험하는 과정에서 휴머니즘에 기초한 눈물을 흘렸던 것이리라.

3

사람이 여행을 하면 보다 원숙해지고 성숙된 삶을 산다고들 한다. 필자도 비록, 국내여행이지만 많이 돌아다니면서 대도시에서 느낄 수 없는 풍물들을 나름대로 보고 느껴왔다.

영국의 낭만주의 시인인 W. 워즈워드나 그 외에 많은 시인들도 여행을 적지 않게 한 것으로 안다. 특히, 워즈워드는 여행 작가로서 수많은 작품들을 섰다. 그처럼 우리의 시인들도 워즈워드나 형의 경우처럼, 여행을 통해서 시적인 상상력과 영감 얻기를 바라는데, 문제는 현대사회가 너무 복잡하고 까다로워서 그것들이 쉬이 떠오르지 않을 것이라는 점이다.

아무튼, 기행시의 새로운 지평을 열어 놓은 형의 시집『눈물 모순』은 명작의 하나로 손 꼽을 수 있다고 본다. 사적인 얘기이지만, 형은, 내가 어려웠을 때 여러모로 도와준, 잊을 수 없는 고마운 분이다. 특히, 나에게 시적인 통로를 열어주었는데, 나의 변변치 않은 작품들을 '동방문학' 지에 적극적으로 소개해 주고, 나는 그 문인들 모임에 나가서 적지 않은 교분을 쌓게 되었었다. 지금은 다 아련한 추억이 되었지만 동동주를 마시면서 문학에 대한 여러 가지 이야기를 할 수 있었던 것도 바로 그 때였다.

그리고 사족이 될지 모르겠지만, 전적으로 나의 오판인지도 모르겠지만, 문학에 대한 형의 열정과 실적에 비하면 세상이 잘 알아주지 않는 것 같은데, 이제는 적당히 자신을 노출시키는 일을 외면만 말고 해야 된다고 생각한다. 내가 구입해 준 4종의 한국현대문학사를 보아도 형의 이름이 거명 거론되지 않는데, 내친 김에 한 마디 더 한다면, 형은 시를 쓰고 문학평론까지 하는 사람이긴 하지만 실제비평보다는 이론비평에 무게를 두는 듯하다. 나처럼 실제비평을 더 많이 했으면 하오. 이론도 중요하지만 작품론이나 작가론도 중요하다는 사실을 인식해 주기를 바란다는 뜻이다. 다 형을 위해서이오.

내가 다녔던 S대 영문과(나는 영어교육학과를 다녔지만)에서는 문학 작품론을 많이 읽는데 국문과에서는 작품론이 부족하다는 게 나의 판단이다. 아무튼, 국문학연구도 보다 활성화되고, 이론과 실제가 균형이 맞기를 바라면서, 형이 하는 동방문학과 형 개인의 문학적 성취가 있기를 바랄 뿐이오. 욕심을 부리자면, 형의 작품세계가 제대로 조명되어 정당한 평가 작업이 이루어지기를 기대하고, 더 솔직히 말하여, 인디아를 여행하고서 수많은 시작품들이 쏟아져 나왔지만 형의 장시長詩「인디아 서시」만한 것이 있었던가? 나는 그 작품을 면밀히 분석하여 세상에 드러내고도 싶었지만 현재의 나의 역량으로서는 불가능한 일임을 알기에 못했다오. 편하다고 내가 형에게 두서없이 한 이 말들에 대해서 오해 없으시기를 바라고, 나의 솔직한 마음을 헤아려 주기를 바라마지 않소.

강 정 중(姜晶中)

*韓國人의 詩心을 읽는다[對譯의 現場에서·4]

어느 누구의 것도 아닌 하늘과 바람과

　왜 시를 쓰느냐고 말을 들으면, 거의 시인들은 그저 잠자코 있던가, 아니면 왜 당신은 살고 있습니까, 라고 진지한 얼굴로 반문하는 사람도 있을 것이다.

　무언가 글을 쓴다는 행위는, 결국 자신을 표현하는 일이 되겠지만 그러나 시인에게 있어 자기표현은, 저 애틀란타의 언덕길을 달리던 아리모리 유우꼬[有森祐子] 씨가, 어쩌면 의식하고 있었을 것으로 생각되는, 자기 자신에의 '價値' 그것을 위해서의 표현 　- '달리는 것은 나의 표현이다' 라고 아리모리 씨는 말한 적이 있다 - 　과 같은 것과는 좀 다른 점이 있을 것이다. 역시 같은 마라토너였던 기미하라 켄지[君原健二] 씨는, 그리스의 고대 스타디움의 하얀 계단을 우러러 보면서 "달리는 것은 나의 작품입니다." 라고 말하고 있었는데, 그 말에 보다 깊은 사상과 같은 것을 나는 느꼈다. 달리는 것도 좋고 시를 쓰는 행위도 좋지만 궁극적으로 보면, 그 행위에서 찾아지는 것이 미美라고 한

주) 有森裕子 : 애틀란타 올림픽 여자 마라톤 동메달리스트
　　君原健二 : 멕시코 올림픽 남자 마라톤 은메달리스트

다면, 그 미는 무상無償인 것일 것이고, 자기를 처음으로 칭찬해주고 싶을 - 이건 아리모리 씨의 말 - 정도로, 자기 자신에의 '價値'가 인정 된다고 하더라도, 그것은 누구의 것도 아닌 하늘과 바람과 같이 어 디까지나 보편적인 존재가치로서 우리들에게 태고로부터 무상으로 주어져 있는 것임에 틀림이 없을 것이다. 그것이 누구나 갖고 있는 시심詩心과 같은 것이라고 나는 생각하고 있다. 기미하라君原 씨의 말 에 크게 느끼게 된 것도 그가 무엇과의, 또는 타인과의 대비적인, 자 기만이 이룰 수 있는 '價値'가 아니라 그저 '無常'을 향해서 자신만의 작품을 완성시키려고 달리고 있었다고 생각되기 때문이다.

기미하라[君原] 씨가 말한 '나의 작품'이라는 것은, 즉 인간이 달린 다는 것이 어떠한 의미를 지니는가에 대한 자기 확인이었을 것이고, 분명히 그 테마는 '왜 당신은 살고 있습니까?'라는 반문이 되는 것이 아닐까? 더 친근한 예를 들어서, 지금 말하려 하는 내용을 알기 쉽게 적어 보기로 하겠다. 그런데, 순진한 애기의 웃는 얼굴을 보고, 화를 내는 사람은 이 세상에 아무도 없을 것이다. 며칠 전에 전차 속에서 젊은 어머니에게 안겨있는 애기와 우연히 눈이 마주쳐서, 그 때 나 는 나 자신은 아직 희망적이구나, 라는 생각을 마음 속 깊이 되새기 게 되었었다. 왠지 그 애기가 나를 보고 웃어주었기 때문이다. 고맙 게 생각을 했다. 이러한, 그 누구의 것도 아닌 무상의 미의 세계에, 현실로서, 우리들은 지금 살고 있지 않은가.

자신을 표현한다는 것은, 즉 그 행위 속에서 새로운 자기, 지금까 지 깨우치지 못했던 자기 자신을 발견하는 것이 될 터이고, 그 누구 의 것도 아닌 참된 생명의 빛을 얻게 될 수도 있을 것이다.

어떤 말기 암으로 고생을 하는 사람이 말하고 있었다. 하늘과 수

목, 공원의 풀꽃, 모든 것들이 눈부시게 보인다, 라고. 그의 말에는 사는 것에 대한 자기표현의 드높은 곳에서만이 얻어지는 숭고한 것이 있다고 나는 느꼈었다. 그에게서 배우게 된 그 숭고한 것은, 벌써 타자와의 상대적인 가치판단을 초월해 있고, 또한 그것은 '그 누구의 것도 아닌 하늘과 바람'과 같이 누구나 받아 즐기는 생명의 은혜와 같은 것으로 나에게는 실감되었다.

하오의 전차 속에서 손으로 짠 하얀 이쁘장한 양말을 신은 애기가 나에게 미소를 보내 주었다는, 지극히 조그마한 두 인간의 행복감에 있어서의, 마음의 움직임이 얼마나 소중한 것인지, 나는 이루 말할 수 없는 생각을 하고 있었던 것이다. 이 나이가 되어서, 갑자기, 어린 애들의 극히 자연스런 모습에 자꾸만 마음이 쏠리게 되는 것은, 언젠가 자기표현의 드높은 곳에서 보이게 될, 저 눈부심이 나의 마음속 어딘가에서도 예비를 하고 있는 탓임에 틀림이 없을 것이다.

그 누구의 것도 아닌 하늘과 바람, 물과 종소리 등에 관해서 쓴 작품들 중에서, 여기 전후 출신의 젊은 시인, 이시환李是煥의 秀作 두 편을 들어서 소개를 하겠다.

어쩌다
내 무릎뼈를 쭉 펴면
밤새 흐르던 작은 냇물소리 들린다.

더러
동자승의 머리꼭지를 찍고
돌아가는 바람의 뒷모습도 보인다.

꼭두새벽마다 울리는
법당의 종소리도 차곡차곡 쌓이고

눈 깜짝할 사이에
지상의 꽃들이 피었다 진다.
-작품「下山記·1」전문

　작자는 산 깊은 절에서 새벽까지 좌선이라도 하고 있었던 것일까.
냇물이 자기 몸의 뼛속을 흐르고 있었다는, 영원에의 직감을 적은
시어에서, 이 시인의 뛰어난 시적 자질을 읽을 수 있었다.
　그리고 당연시 되고 있듯이, '바람'이라는 것이 어떤 비유로 사용
되었든지 간에 우리들에게는 바람의 뒷모습밖에는 보이지 않는다는
사실을 깨우치고, 그 뒷모습을 종소리와 공명하도록 배치시킨 점도
내 마음에 든다.
　하얀 눈처럼 쌓여 있었던 것은 새벽마다 작자의 마음을 사로잡곤
하던 본당本堂　- 원작에는 법당法堂으로 되어 있으나 일역에서는 本堂으로 했
다 -　의 종소리의 잔영이고, 바람의 발자취라고도 할 수 있는 지상
의 덧없는 시간의 흐름이, 끝 연에서 환시적인 모습을 띠고 나타나
고 있다.

미루나무 푸른 잎에는
푸른 잎만한 하늘이 반짝거리고

종알대는 까치 새끼들에겐

까치 새끼만한 하늘이 실눈을 뜬다.

깊은 산 깊은 계곡에는
깊은 산 깊은 계곡만한 하늘이 뿌리 내리고

너른 들 너른 바다에는
너른 들 너른 바다만한 하늘이 내려와 있듯

사람 사람마다
다른 하늘이 숨쉬고

지나가는 바람에게도
지나가는 바람만한 하늘이 걸려 있구나.

-작품 「하늘」 전문

'그 누구의 것도 아닌 하늘과 바람'이기에, 우리들에게도 각자의 하늘과 바람이 될 수도 있는 법이고, 그러한 하늘과 바람의 눈부심 속에서 근원적인 고독의 세계가 있는 것을 생각해본다면 '無償의 美'의 숭고함이 어떤 것인지를 알 수 있을 것도 같다.

부자간뿐이 아니라 연인 사이에서도, - 죽음도 그렇지만 생각이나 마음이나 슬픔마저도 공유할 수가 없듯이 - 이 세상에서 그 어느 것 하나도, 누구와도 공유할 수 없다하더라도, 모두가 자신에게 부여되어 있는 '무상의 미'를 한껏 빛내주기를 절실히 바라마지 않을 수 없다.

하늘과 바람과 같이, 내 마음의 진실을 보여준 저 애기의 맑은 눈동자도, '누구의 것도 아닌 久遠의 寶石'으로, 우리들에게 태고로부터 無償으로 부여된 것이 아니었던가, 하는 점을 다시금 깨우쳐 알게 된 듯하다. (1996.11.14)

13.

키타오카 쥰코(北岡淳子)

한 편의 시와 새와…

- 이 글은 지난 1997년 7월 20일에 일본의 靑樹社에서 발행된
〈靑い花〉에 실린 글을 심종숙 시인이 번역한 것임

　오늘은 올해에 두 번째 태풍 상륙이란다.

　오후부터는 우리 집 정원에 있는 나무들도 심하게 흔들리기 시작
했다. 나도 시어머니도 레이스로 된 커튼을 살짝 젖히면서 거실 창
문 앞으로 가지를 드리운 층층나무를 훔쳐본다. 그리고 서로에게
"새가 무서워하니까 훔쳐보지 마."라고 말한다. 그러나 결국 어느 쪽
도 그 말을 지키지는 않는다.

　시골마을에 있는 우리 집은 작은 새들이 찾아오지 않는 날이 없지
만 올해는 눈앞에 서 있는 층층나무의 세 갈래로 갈라진 나뭇가지
사이로 오리가 둥지를 틀고 있다. 둥지를 만들 당시에는 엿보기기
만 하면 휙 도망갔지만 지금은 알을 품고 있는 듯 가만히 동쪽으로
얼굴을 향한 채 조금도 움직이질 않는다. 눈동자도 움직이지 않지
만 그것으로도 새는 우리를 보고 있는 것이라고 시어머니께서 말씀
하신다. 흔들리는 나뭇가지 사이에 있는 둥지에서 조각상처럼 꿈적
도 하지 않는 어미 새의 모습에서 위엄마저 느껴진다. 무사하길 바
랄 수밖에 별도리가 없지만 이 새의 모습을 보고 있자니 나는 한국

의 시인 이시환 시인이 생각난다.

그의 작품에 관해 강정중 시인이 "시를 쓰는 행위가 궁극적으로 '美'라고 한다면 그 미는 無償의 것일 터"라고 이미 말한 바 있지만 작품 「하늘」, 「下山記」 두 작품을 소개하고 있는 「누구의 것도 아닌 하늘과 바람과」라는 글을 모두 읽어버린 것도 그 이유 가운데 하나이다.

내가 특별히 좋아하는 작품 한 편을 소개하고 싶다.

　　텅 빈 내 가슴 속을 파고들어 앉아/거친 숨을 쉬는 한 마리 귀여운 들
　　짐승./너는 이 땅 위로 서 있는 것들을 모조리 쓰러뜨리고,/시방 가아
　　만 두 손으로 내 몸뚱어리 구석구석을/쓸어내리는 뜨거운 진흙, 눈먼
　　광인이다./목을 매어 소금기 어린 풀꽃을 터트리는/내 가슴 속 너는.
　　-이시환의 작품 「겨울바람」 전문

이 작품은 한일 전후세대 100인 시선집 『푸른 그리움』에 발표된 自選 시이다. "시는 나의 내부의 손이고, 눈이며, 귀일지도 모른다." 라고 이시환 시인은 쓰고 있으나 이 시의 투명감 있는 아름다움과 비유의 멋들어짐은 내부의 손도 눈도 귀도 모두를 집결시켜 승화시킨 데에 있지 않나 싶다. 깊은 맛이 우러나는 사랑의 시다. 겨울바람이며, 격하게 숨을 토하는 한 마리의 들짐승이기도 한 사랑의 한 모습을 그대로 포용하고 인식하려 하는 시인의 가슴 속에 있는 대지의 풍요로움이라 할까….

나는 정원에 있는 층층나무에 둥지를 튼 새는 바로 그 사랑의 모습

을 구상화시켜 내게 지금 보여주고 있다. 태풍이 부는 밤, 비와 거칠게 불어대는 바람에 세차게 흔들리고 있는 층층나무 위에서 어미 새는 바싹 목을 움츠리고서 알을 계속 품고 있다. 새는 비유를 살거나 하지는 않지만 곧바로 無償의 사랑을 행동으로 나타내며 살아가고 있다. 그러한 아름다움을 시로 승화하는 말의 역할은 내부의 손이나 눈, 귀를 기울이고 있지 않으면 안 될 것이다.

내일 아침은 태풍이 지나가고, 틀림없이 맑게 하늘이 개일 것이다. 또, 서로 "새가 우리의 눈을 무서워하니까 훔쳐보지 마." 하면서도 커튼을 살짝 젖히고 층층나무에 둥지를 우리는 엿볼 것이다. 새초롬이 머리를 들고 동쪽을 바라보는 어미 새의 눈에 우리들은 어떤 모습으로 비춰질까 등등을 생각하면서, 이야기하면서 말이다.

김승봉

대립과 역설을 통한 융합의 시도

-이시환 시인의 작품세계

1

이시환 시인의 시에는 대립과 역설이 있다. 그는 대립을 통해서 사물의 형形을 분명히 해 주는가 하면, 역설을 통하여 주제를 한결 강하게 부각시켜 준다. 그리고 그 대립과 역설의 지향점은 늘 융합으로 지향하고 있다. 그렇다면, 그의 작품을 완전하다고 말해도 좋은가? 아니다. 결코 그렇지는 않다. 완전은 모든 시인들의 꿈일 뿐, 결과물은 아니기 때문이다. 이시환 시인은 늘 완전을 꿈꾸는 시인이다. 그렇기 때문에 그의 시에는 완전을 이루지 못하는 시인의 고독이 있고, 고통이 있고, 방황이 있고, 몸부림이 있다.

2

이제, 이시환 시인의 대표적인 20여 작품들의 내용과 구조를 각각 살펴보고, 전체적으로 어떠한 구조를 가지고 있는지를 고찰해 보기로 하겠다.

「안암동 日記」는 시인이 체험한 삶의 진술한 내용을 담고 있는 작품이다. 시인이 접하고 있는 현재의 상황은 도시의 찬란한 문명과는 단절되어 있는 가난한 삶이다. 그러나 시인은 역설적으로 행복하다고 말하고 있다. 그런데 그 행복하다는 고백이 전혀 행복하게 들리지 않는다. 세상의 들끓는 소리가 들리지 않아 언제든지 곤히 잠들 수 있어서 행복하다고 노래하는 시인의 가슴에는 자신의 처지에 대한 아픈 냉소가 있다. 흙집은 가족의 행복을 위한 최소한의 물리적 공간이다. 그러나 시인은 그러한 물리적 공간에 머물지 않는다. 그는 상상력을 발휘하여 하늘과 별을 자신의 공간에 끌어들인다. 그리고 가난이라는 현실이 아무렇지도 않은 듯 별을 바라보면서 꿈을 꾼다. 시인에게 있어서 별은 현실의 어려움을 지탱하게끔 하는 힘의 매개체이다. 따라서 가족들에게 꿈이 있는 한, 행복한 것이다. 하늘의 별, 그것은 행복의 표상이다. 지상의 가난, 거기에는 삶의 애환이 있고, 아픔과 고통이 있다. 그러나 시인은 행복을 위해서 자신의 삶의 터전인 땅을 버리지 않는다. 도리어 그 안에서 하늘을 꿈꾸며 자신의 삶에 안분지족安分知足하는 지혜를 터득한다.

「달동네」 역시 가난한 삶에 대한 애환을 노래하고 있는 작품이다. 어쩌면, 이 작품도 시인이 직접 경험한 내용을 표현하고 있는 작품일지도 모른다. 이 작품에는 비교적 시인의 감정이 별다른 여과 없이 드러나고 있을 뿐 아니라, 다른 작품들에 비해서 자세한 묘사와 서술이 돋보이고 있다. 그래서 사실적이다. 시인은 길고 긴 가난에 쓰러지지 않고, 끝까지 이겨내려고 몸부림치는 모습을 보여주고 있다. 눈물을 흘려야 할 상황이지만 눈물을 흘리지 못하고 참으며, 속으로만 흔들릴 뿐이다. 그러한 몸부림은 시인이 늘 새로운 세상을 희망하고 있기 때문에 가능하다. 이시환 시인은 꿈꾸는 시인이다. 인고忍苦의 시간이 지나면 행복이 온다고 굳게 믿는 꿈이 그를 지탱하게 한다.

「풀꽃연가」는 풀꽃을 통해서 인간의 사랑을 노래하고 있는 작품이다. 그러나 특정한 대상끼리의 운명적인 사랑은 아름답기 때문에 외롭고, 고요하고, 위태롭기마저 하다고 시인은 말한다. 역설적이다. 이 작품에서 시인은 많은 것 중에서 유일한 하나, 바로 그것의 향기를 자신의 몸속으로 끌어들인다. 그러나 시인은 동시에 그 사랑이 영원히 자기 속에 머물지 않는다는 사실에 불안해하고 있다. 아니다. 어쩌면 그렇게 왔다가 이미 떠나가 버린 사랑을 그리워하면서도 한편으로는 체념하려고 애쓰고 있는 것으로 볼 수도 있다. 이별의 몸부림을 겪은 후 시인은 결국 사랑의 덧없음과 가시적인 아름다움의 허무를 깨닫는다.

「바다」는 시인이 추구하는 꿈의 세계이다. 시인은 그 바다를 보고 있다. 그러나 시인은 그 바다에 도달하지 못한다. 그래서 "돌아 돌아 길이 끝이 나는 그 곳에"에 바다가 있다고 말하고 있을 뿐이다. 바다는 내면의 세계다. 지고지순한 사랑의 세계일 수도 있다. 누구나 꿈을 꿀 수 있지만 다다르지 못할 세계이다. 그 곳에는 아무도 이르지 못했다. "아무도 밟지 않은 바다"라고 시인은 분명히 서술하고 있다. 시인은 지금 어디에 위치해 있는지 도무지 알 수가 없다. 어찌되었든, 시인은 그 바다를 보고 있다. 길이 끝나는 곳에 있는 바다를 보

고 있다. 그러나 바다를 잡지는 못한다. 그래서 아쉬움이 있고, 절망
이 있다. 그래서 시인은 "아, 바다가 보인다."는 감탄문을 토해낼 수
밖에 없다. 그의 계속되는 서술로도 그가 보고 있는 바다는 구체적
으로 그려지지 않는다. 시인은 분명히 꿈의 세계를 추구하고 있지만
그 세계가 너무나도 불투명하다.

「坐禪」은 다비식의 한 장면을 떠올리게 하는 작품이다. 그래서 그
분위기가 엄숙하고, 비장한 느낌마저 들게 한다. 시인은 이글거리며
타오르는 불길 속에 자신의 몸을 집어던진다. 그리고 자신을 태우는
것이 바로 자신에게서 나오는 기름임을 인지한다. 시인은 다비식의
한 장면 속에서 결국 자신을 집어삼키고 마는 인간의 무한한 욕망을
알아차린 듯하다. 자신의 욕망이 다 사라진 뒤에나 느낄 수 있는 무
아無我의 경지. 시인은 욕망을 다 태워버린 뒤, "뜨거움이 뜨거움이
아닐 때/빠알간 불꽃 속에 누워/미솔 짓는" 자신을 새롭게 발견한다.
이러한 깨달음은 실로 선적禪的이다. 역설적이다. "한 마리 두 마리
세 마리/나비 떼를 날려 보내는" 무념無念·무상無想의 경지를 시인은
꿈꾸고 있다. 이러한 간절한 열망이 시인 자신을 다비식의 중심에
위치하게 한다. 그래서 시인이 불꽃 속에서 사라지고 있는 모습이
도리어 생생하게 설법하고 있는 것처럼 느껴진다.

「잠」에서 시인은 우선 지쳐 있다. 그래서 무작정 깊은 곳으로 빠져
들고자 한다. 그러면서도 시인은 끝까지 의식만은 버리지 않는다.
시인은 자신의 의식의 세계를 고집하면서도 몸뚱이만 잠 속에 빠져
들기를 원한다. 그래서 결과적으로 자신이 원하는 깊은 곳으로 빠져

들지 못하고 있음을 보여준다. 시인이 꿈꾸는 어둠의 세계는 비가 내리고, 뱃속을 아리게 하는 아픔의 세계다. 비는 이미 지쳐버린 시인의 영혼의 나래와 지쳐 쓰러져 누워있는 시인의 꿈들까지도 적셔버린다. 절망의 상황이다. 이 극한 절망의 상황, 바로 그 속에서 시인은 쾌감을 예감한다. 그 극한의 상황 속에서 다시금 자아를 되찾으려 한다. 자아를 찾는 노력을 통하여 그는 긴긴 터널을 빠져나가 비로소 새 생명을 잉태하게 하는 빛을 찾게 된다. 자신을 온전히 찾게 될 때 올바른 대상을 찾게 되는 비밀을 시인은 가르쳐 준다. 이 작품에서도 시인은 어둠과 빛의 대립, 절망 속에서 쾌감이라는 역설의 논리를 통하여 자아탐구의 과정과 그 결과를 말하고 있다.

「눈을 감아요」는 물질적이고 가시적인 세계를 넘어선, 정신과 내면의 세계를 제시하고 있는 작품이다. 그러나 표현이나 전개방식이 상투성을 벗어나지 못하고 있을 뿐 아니라 제목이 전체적인 내용을 포괄하지 못하고 있다. 어쩌면 시인은 이 시를 쓴 다음에 제목을 달기 위해서 고민했던 것 같지만, 만족할 만한 제목을 달지는 못한 듯싶다.

「下山記」는 하산下山을 통하여 인생을 비유하고 있는 작품이다. 수많은 선택의 기로에 서서 갈등하며 방황하는 인간의 모습을 보여주고 있다. 뿐만 아니라 결국, 자신의 자리를 찾아 조화를 이루며 살아가는 인간의 긍정적인 삶의 모습도 보여준다. 그리고 사회의 부조리에 대해서도 한 마디 핀잔을 준다. 그런데 마지막 부분에서 시인은 무책임한 체념을 보여주고 만다. "내사 무엇을 더 바라겠는가. 버릴 것 하나 없는 당신의 품안에서 잠시 머물다가 홀쩍 떠나는 것을." 바로 이 부분이 시인이 말하고자한 바, 이 시의 주제에 해당하는 부분이다. 얼핏 보면, 물질세계에 집착하지 않으려는 시인의 안분지족의 덕을 말하고 있는 듯하지만 앞의 내용들과의 관계에서 자세히 살펴볼 때, 시인의 이러한 선언은 현실도피로 보인다. 달관과 도피는 엄연히 구분되어야 한다. 참다운 안분지족은 현실의 도피에 있지 않고, 현실의 부조리를 끌어안고 몸부림치는 행동에 있는 것이지, 현실을 떠난 사유思惟에 있는 것이 아니기 때문이다.

「下山記·1」은 형식은 간결하다. 하산下山하면서 누구나 접할 수 있는 냇물소리, 바람, 종소리, 지상의 꽃이 소재로 등장한다. 그러나 이 시의 의미는 간단하지가 않다. 하산을 통하여 인생의 역경을 말하고 있기 때문이다. 시인이 접하고 있는 1연의 냇물소리는 좁은 계곡을 따라 흐르는 청아하고 맑은 물소리가 아니다. 그의 뼛속을 흐르는 아픔의 소리다. 이 시는 산의 정상을 이미 밟고 내려가는 인간의 모습을 노래하고 있는 것이다. 인생의 황혼을 향하여 한 걸음씩 걸어가고 있는 지친 인간의 모습을 보여 준다. 2연에 나오는 바람의 속성은 무정체성無停滯性이다. 결코 한 곳에 머무르지 않는다. 시인은 돌아가는 바람의 뒷모습을 바라볼 뿐이다. 그것을 붙잡고 싶어도 어쩔 수가 없다. 그렇게 자신의 곁에 있던 사물들이 떠나가는 것을 당할 수밖에 없다. 3연에 나오는 법당의 종소리는 죽음 이후 영원을 희구하는 사람들의 소박한 신앙으로 이해해야 한다. 그 신앙의 종소리가 꼭두새벽마다 울려 쌓인다는 것이다. 그리고 4연에서, 인간의 유한성과 변화무쌍한 자연을 노래하면서 시인은 하산을 통한 인생의 깊은 깨달음을 말하고 있다. 이 작품에는 불필요한 말이 없다. 화려하고 세련되게 꾸며진 것도 아니다. 너무나 정적이어서 이 시를 읽다 보면 숨을 내쉬기도 힘이 들지만 그 곳에서 강한 힘이 느껴진다. "더러 동자승의 머리꼭지를 찍고 돌아가는 바람"과 같은 표현은, 그 정적의 한 가운데에서 작은 미소를 머금게 하는 역할을 하는 것으로, 시인의 빛나는 재치라 하겠다.

「나사」는 융합을 추구하는 시인의 의지를 가장 잘 드러내 주고 있는 작품이다. 첫째 문장에서만 서술형 종결어미를 쓰고 있을 뿐 숨, 몸살, 흔들림, 고리, 논리, 것 등과 같은 명사형으로 문장을 끝맺고 있다. 이렇듯 명사형으로 끝맺는 종결방식은 이 작품을 꼭꼭 조여 주는 느낌이 들게 하고, 전체적으로 작품에 긴장감을 더해 주는 역할을 하고 있다. 시인은 이 작품에서 흑백의 논리를 극복하고, 유무상통有無相通을 가능케 하는 매개물로서의 '나사'를 통하여, "등을 돌리고 있는 것들을 하나하나 꿰어 줌으로 바로 서는" 삶의 진실을 말하려고 한다. 시인은 결코 독불장군이 아니다. 늘 조화와 융합을 꿈꾸는 자이다. 그래서 늘 자신의 연약함과 한계를 의식한다. 찬바람이라도 불면 흔들릴 수밖에 없는 자신의 한계를 철저히 인식하고 있다. 그래서 솔직하다. 이러한 솔직함은 작품 「네가티브 필름을 들여다보며」에서도 충분히 읽을 수가 있다.

융합을 시도하는 작품으로 「눈동자」를 빠뜨릴 수가 없다. 이 작품에서 시인은 "당신의 깊은 곳으로" 들어가 "당신의 정령"으로나 살고픈, 결국 하나가 되고자 하는 강한 열망을 노래하고 있다. 이 작품은 얼핏 보면, 연인의 진부한 사랑노래처럼 보일지도 모른다. 시인은 그러한 사랑을 포함한, 보다 정신적인 세계에 대한 사랑을 노래하고 있는 것으로 보인다. 그것은 자신일 수도 있고, 절대자일 수도 있다. 시인은 이 작품에서 그가 하나 되고 싶어 하는 대상을 찾아 집요하게 찾아들어가는 힘겨운 노력을 하고 있다. 걸어 들어가기도 하고, 유영해 들어가기도 한다. 그러나 적어도 이 작품에서 여전히 하나 됨의 꿈을 이루지 못한 채, 침몰하고 싶어 하는 시인의 아픔과 고독을 읽을 수 있다.

「살풀이춤」에서도 역시 융합의 시도를 읽을 수 있다. 춤은 우리네 삶의 한 단면이다. 춤에는 인간의 숨이 있고, 피가 있고, 종교가 있다. 시인은 다분히 종교적인 성격의 살풀이라는 춤을 통해서 이승과 저승의 융합, 나와 너의 융합을 꿈꾸고 있다.

「하늘」은 모든 것을 있는 그대로 포용하는 하늘의 속성을 통하여 안분지족의 철학과, 융합의 정신을 보여 주고 있는 작품이다. 「하늘.1」은 언어적으로는 시인이 달관하고 있는 것처럼 보여 지지만, 실제적으로는 시인 자신의 설움과 괴로움을 토로하고 있다. 앎이성과 감정의 부조화에서 비롯되는 갈등을 극복하기 위해 발버둥치고 있는 모습을 체념적으로 그리고 있는 작품이다. 이 두 작품은 동양적 세계관에 바탕을 두고 있다.

「구멍론」과 「귀거래시」는 생生과 사死라고 하는 동일한 주제를 가지고 있는 작품이다. 전자가 사물의 비롯됨에 더 많은 의미를 부여하고 있다면, 후자는 사물의 돌아감에 더 많은 의미를 부여하고 있다고 볼 수 있다. 그러나 사물의 비롯됨 없이 돌아감이 있을 수 없고, 돌아감 없이 비롯됨이 있을 수 없기 때문에 결국은 똑 같은 것이 되고 만다. 그러나 이 둘의 표현 방식은 사뭇 다르다. 「구멍론」은 상당히 관념적이고 서술적이다. 반면에 「귀거래시」는 서정적이고 음악적이다. 이시환 시인은 이 두 작품을 통해서 生생을 통해서 死사를 극복하고, 死사를 통해서 生생을 극복하려는 노력을 보여주고 있다. 결국, 그는 생과 사를 동전의 이면처럼 불가분의 관계로 인식하고 있다.

「네가티브 필름을 들여다보며」에서 시인은 흑백논리에 익숙해져 있는 사회와, 그 사회의 구성물일 수밖에 없는 자신의 편견과 독선에 대해서 반성한다. 그러나 그 반성이 심상치 않다. 외부의 상황을 내부로 끌어들여 자신의 것으로 만들어 버린다. 다시 말해서, 그는 사회의 문제를 자신의 것으로 끌어들여 그 책임을 지려고 한다.

「오랑캐꽃」에서 시인은 두 가지 저항을 하고 있다. 첫째는 무의도적으로 약한 자를 짓밟고 살아가는 인간의 무분별한 힘에 대한 저항이고, 둘째는 이 쪽과 저 쪽을 넘나드는 세상의 변화무쌍함에 대한 저항이다. 이 시에서는 나의 배와 당신의 배가 맞닿아 있지만 결코 융합은 이루어지지 않는다. 왜냐하면, 서로의 입장이 다르기 때문이다. 나는 피해자이고, 당신은 가해자이다. 당신은 황홀해 하지만, 나는 짓눌려 숨이 막힐 지경이다. 이런 불평등 속에서는 결코 융합이 이루어질 수 없다. 일방적인 희생만이 있다. 시인은 그 희생을 통해서 세상은 더욱 부시게 출렁인다고, 세상의 부조리함을 풍자하고 있다.

「겨울바람」은 역시 역설을 통하여 생명에의 희열을 노래한다. 시인은 겨울바람이라는 부정적 이미지를 따뜻하고 생명 있는 이미지로 바꾸어 버린다. 이는 시인이 그만큼 생명에 대한 강한 애착을 가지고 있음을 보여 주는 증거이다. 무생물인 겨울바람을 귀여운 들짐승으로, 뜨거운 진흙으로, 눈먼 광인狂人이라고 표현한다. 겨울바람의 무모한 기氣를 놓치지 않으면서도, 눈이 멀었기 때문에 시인은 겨울바람을 동정의 마음으로 이해하려고 한다. 그러한 이해의 바탕 위에서 시인은 겨울바람 속에서도 꽃을 피울 준비를 하고 있는 것이다. 시인은 겨울바람이 결국 풀꽃을 터뜨린다는 역설의 논리를 통하여 인고忍苦의 세월 뒤에 찾아오는 삶의 희열을 노래하고 있다.

「벌판에 서서」는 바람을 통하여 하늘과 땅, 그리고 인간을 이어주는 생명의 순환을 보여준다. 바람은 한 곳에 머무르지 않는 속성을 가지고 있다. 그래서 늘 자유롭다. 시인은 벌판에 서서 하늘에서부터 시작된 바람이 언 땅을 녹이고, 급기야 자신의 가슴 속으로까지 들어와 새로운 의미를 부여해 주는 과정을 노래하고 있다. 이 작품은 연 구분이 없이 16행으로 이루어져 있는데 내용상으로 볼 때에 두 개의 연으로 구분되어야 한다. 1행~16행까지를 하나로 묶고, 11행에서~16행까지를 하나로 묶을 수 있다. 그렇게 하면 앞 연에서 개관적 사실에 대한 바람의 역할을 노래하는 것이 되고, 뒤의 연에서는 시인 자신의 세계로 들어와 새로운 의미를 부여해 주는 것으로서의 바람을 노래하는 것으로 이해할 수 있다. 또한, 시인은 "바람이 분다.”라는 말을 다섯 차례나 반복하고 있는데, 이는 동일한 사실의 반복을 통해서 바람의 속도감과 생명력을 더해 주는 역할을 하고 있다. 물론, 이 작품에서도 시인은 하늘과 땅의 대립, 단단한 돌과 부드러운 흙의 대립 등을 보여주고 있다.

3
이상에서 살펴본 작품들 속에 드러나는 이시환의 작품세계는 다음과 같은 변증법적 구조를 가지고 있다.

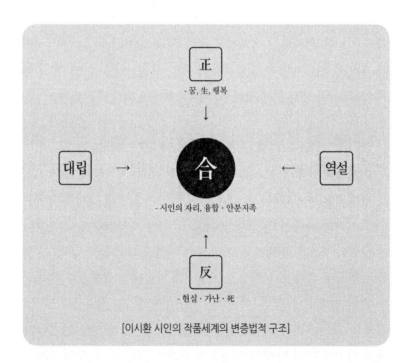

[이시환 시인의 작품세계의 변증법적 구조]

시인의 자리는 융합과 안분지족을 지향하는 합合의 위치에 있다. 바로 그곳에서 꿈의 이미지로 대표되는 정正의 세계를 꿈꾸지만 그것을 획득하지는 못한다. 왜냐하면, 시인은 현실로 대표되는 반反의 세계를 떠날 수 없기 때문이다. 시인은 그러한 갈등 속에서 늘 심한 대립을 경험한다. 그러나 그는 현실을 내팽개치지 않고, 역설의 논리를 통하여 융합과 안분지족이라는 합合의 자리로 이동시킨다. 시인의 시선은 여전히 정正이라는 꿈의 세계를 지향하지만 좌절된 삶의 자리, 바로 그곳에 융합이라는 임시 둥지를 틀고 있다. 앞으로 이시환 시인의 자리가 어느 쪽으로 이동할 지는 두고 볼 일이다.

이시환 시인에게는 자기만의 현미경이 있다. 그것은 그것을 가지고 사람들이 놓치기 쉬운 사물이나 장면을 클로즈업시켜 자세히 들여다본다. 그의 시에는 사물의 전체나 배경이 과감하게 삭제되어 나타나기도 한다. 이것은 그의 장점인 동시에 단점이다. 아무도 보지 못한 것을 자세히 들여다보면서 삶에 대한 깊은 의미를 찾아내는 것은 그의 장점이 되겠지만, 자칫 자신이 가지고 있는 렌즈의 색깔에 따라 사물이 잘못 비춰지게 될 때 야기될 수 있는 편견과 독선을 피하기 어렵다는 것은 단점이 되고 말 것이다. 따라서 자신이 정기正技로 가지고 있는 렌즈의 상태를 늘 점검하는 반성과 노력을 게을리 한다면 그는 편견과 독선에 빠질 위험성을 피하지 못할 것이다.

로마의 시인 호라티우스Quintus Horatius Flaccus가 "시작詩作의 근본은 분별력이다. 내용이 풍부한 시를 쓰기 위해서는 철학과 도덕론을 공부해야 한다."고 했다. 이시환 시인은 시적인 분별력은 탁월하다. 나름대로 인생을 관조하는 철학의 세계도 탄탄하다. 도덕론에 대해서는 아무도 평가할 수 없다. 시인 스스로 평가할 부분이기 때문이다.

문은옥

인간의 사랑과 시인의 허무

-이시환 시인의 작품세계

오래 전부터 이시환 시인의 작품을 평하고 싶었다. 아니, 평한다기보다는 무언가 얘기하고 싶었다. 왜냐하면, 그는 독설毒舌로 유명하기 때문에 나도 한번쯤 그의 시를 분석하고 싶었다. 물론, 그렇다고 독설을 위한 독설은 아니다. 그의 작품도 때로는 엉뚱한 수준?으로 내려와 있는 사실을 발견하기 때문이다.

차일피일 미루고 있었는데 마침 동방문학 4월호에 발표한, 김승봉 시인이 쓴 이시환 시인의 작품평을 읽어보게 되었다. 그 순간 작품을 보는 눈이 나와는 너무도 다르다는 점이 충격적이었다. 시인들의 작품평은 대체로 비슷한 색깔로 일치하게 마련인데 나의 경우는 정반대였기 때문이다.

작품 「오랑캐꽃」이나 「겨울바람」이나 「바다」를 읽는 느낌이 김승봉 시인과는 완전히 반대라는 사실이 충격이었지만 흥미를 느꼈던 것도 사실이다. 어쩌면, 이시환 시인의 시가 여러 가지 측면의 빛깔을 띠고 있기 때문인지도 모른다. 어쨌든, 원인 분석을 해보면 작품에 드러난 그의 성격은 굉장히 내성적이고, 참고 참는 데에서 희열을 느끼는 사람 같다.

김승봉 시인은 작품 「오랑캐꽃」에서 가해자와 피해자를 보면서 세상의 부조리를 보았다고 했는데, 나는 「오랑캐꽃」에서 '감전되는 듯한 사랑'을 느꼈다. 작품 「오랑캐꽃」이나 「겨울바람」의 제목을 '짝사랑'으로 바꾸어 읽어보라. 그러면 쉽게 이해가 될 것이다.

하늘을 바라보고 누워있는 나의 배위로/배를 깔고 누워있는 당신은/
황홀이라는 무게로 나를 짓누르고,/짓눌려 숨이 막힐 때마다 햇살
속/저 은사시나무 잎처럼 흔들리면서,/이 쪽과 저 쪽을 넘나들며/출
렁이는 세상이야 부시게 부시게 출렁일 뿐. -작품 「오랑캐꽃」 전문

사랑하는 사람을 생각하다가 설풋 잠이 들었을 때, 비몽사몽간에 사랑하는 이와 만남에 숨이 막혔고, 숨이 막혔다는 느낌은 그리운 감정을 억누르고 있을 때에도 오고, 갑자기 그 대상을 만났을 때에도 온다.

텅 빈 내 가슴 속을 파고들어 앉아/거친 숨을 쉬는 한 마리 귀여운 들
짐승./너는 이 땅 위로 서 있는 것들을 모조리 쓰러뜨리고,/시방 가아
만 두 손으로 내 몸뚱어리 구석구석을/쓸어내리는 뜨거운 진흙, 눈먼
광인이다./목을 매어 소금기 어린 풀꽃을 터트리는/내 가슴 속 너는.
-이시환의 작품 「겨울바람」 전문

작품 「겨울바람」에서는 희망보다는 암담한 어둠을 읽었다. '소금기 어린 풀꽃을 터트리는'에서 소금기란 눈물 그 자체이기 때문이다.

이룰 수 없는 사랑 같은 것을 가슴 밑으로, 밑으로 억누르는 슬픔 같은 걸 느끼게 한다. 이 작품에서 희망을 보았다는 것은 아마도 독자의 마음이 따뜻해서일지도 모르겠다.

> 아, 바다가 보인다./당신의/두터운 쉐타 가슴 속으로 누운/바다가 보인다./바다 위로 쓰러지는/더 큰 바다가 보인다./굽이굽이 돌아가면 거기/바다의 속살이 닿는다./아직 아무도 밟지 않은/은빛 꿈을 꾸고 있는 바다가,/꿈틀대는 중얼거림으로/부서지며 다시 일어서는/손 끝 바다가 보인다./돌아돌아 길이/끝이 나는 그 곳에. -작품 「바다」 전문

「바다」라는 작품은 길이 끝나는 곳에 바다가 보인다는 내용으로, 인내 뒤에 열매를 맺었다는 느낌을 받았는데, 김승봉 시인은 아쉬움과 절망을 느꼈다고 했다.

일단, 시가 이 세상에 나오면 느낌은 독자들 마음대로이지만 똑 같은 시를 가지고 이렇게 반대되는 느낌을 갖는다는 것은 인간의 마음 깊이를 헤아리기가 어렵다는 사실을 말해주는 것일까.

그리고 작품 「살풀이춤」을 통해서 모처럼 이시환 시인의 속내를 드러내었다고 말하지만 나는 그렇게 보지 않는다. 가슴 속의 격한 감정을 억누르고 달래다가 '너는 너이고 나는 나이고'에서 내성적인 성격으로부터 벗어나고 싶어 하는 마음이 드러났다고 보는 것이 옳을 것이다.

그러나 작품 「하늘·1」이나 「귀거래시」 같은 작품은 자칫 잘못하면 쉽게 써 버린 동시 같은 느낌을 줄 수도 있다는 점을 지적하고 싶다. 작품 「하산기·1」은 쉽게 읽히는 시이나 결코 아무나 쓸 수 있는 시

는 아니라고 생각한다. 쉽게 쓰인 듯하지만 「하산기·1」은 작품 「하늘·1」과 「귀거래시」와는 엄청난 수준 차이가 있다고 생각한다.

어쩌다/내 무릎뼈를 펴면/밤새 흐르던 작은 냇물소리 들린다.//더러 동자승의 머리곡지를 찍고/돌아가는 바람의 뒷모습도 보인다.//꼭두새벽마다 울리는/법당의 종소리도 쌓이고//눈 깜짝할 사이에/지상의 꽃들이 피었다 진다. -작품 「하산기·1」 전문

작품 「하산기·1」은 조용히 한 세상을 살다가 조용히 삶을 끝내는 느낌을 주고, 또 한편 긴긴 꿈을 꾸다가 깨어난 느낌을 주면서 거의 해탈의 경지에 이른 듯한 기분이다.

나는 떠가네./나는 떠가네./저 푸른 하늘에 흰 구름처럼 누워.//나는 떠가네./나는 떠가네./저 강물에 풀잎처럼 누워.//당신의 품에서 나와/재롱이나 실컷 부리다가/당신의 품으로 돌아가네.//저 하늘의 구름처럼/저 강물의 풀잎처럼/그리움만 가득 싣고 돌아가네.
-작품 「귀거래시」 전문

작품 「귀거래시」는 먼 훗날 다시 제3자의 입장에서 읽어보라고 하고 싶다. 잠시 잊은 듯 덮어두었다가 오랜 시간이 지난 후에 다시 읽으면, 왜 가볍게 쓴 듯한 느낌을 주는지 알 수 있으리라 본다. 자신은 오래오래 고뇌하고 힘들게 써낸 작품이라 할지 모르지만 내가 보기엔 진부한 시가 될 소지가 많다고 본다.

그리고 끝으로 지면을 빌려 말하고 싶은 게 있다. '김승봉 시인을

사랑한다.' 품앗이에서 이시환 선생님과 함께 동동주 한 잔 들이킬 수 있기를 희망한다. 작품 곳곳에서 드러나 있는 '허무'라는 빛깔의 감정에서 벗어날 수 있다면 앞으로 계속 좋은 날이 있을 것 같다는 생각이 든다.

　끝으로, 나는 문학이론가는 아니다. 그렇다고 남의 작품을 읽고 비평하는 사람도 아니다. 다만, 시들을 읽으며, 또는 쓰면서 내 나름의 느낌과 판단을 갖는, 평범한 사람일 뿐이다. 두서없는 글이지만 내 솔직한 마음이다. 너그럽게 보아주기를 바랄 뿐이다.

---

*이 글은 1999년 4월호 동방문학에 실린 김승봉 시인이 쓴 「대립과 역설을 통한 융합의 시도」라는 글을 읽고 문은옥 시인이 자신의 다른 견해를 솔직하게 밝힌 글이다.

16.

미혹도 깨달음도 마음의 씨앗

-시집 『애인 여래』를 읽으며

1

시집 『애인 여래』는 '여래如來' 시재詩材의 연작시다. 연작시는 한 땅에 같은 곡식을 해마다 심듯, 한 시재의 이어짓기다. 즉, 윤작의 뜻을 갖는다. 하나의 시재를 넓고 깊게 시화詩化해 줌으로써 독자에게 시인의 시심을 진지하게 음미하게 한다. 그 점에서 '여래' 시재의 이어짓기다. 여기서 필자도 이 시집의 미학을 꿰뚫어내는 심리학자이고 싶다.

2

'여래'는 석가모니 여래다. 부처님 10호의 하나다. 다타아가타多陀阿伽陀 · 다타아가도多陀阿伽度 · 달타벽다怛他蘗多의 음역이다. 진실 · 진리 곧 여시如是 · 여실如實과 도달 · 오다來格의 뜻이다. 부처님과 같은 길을 걸어 열반의 피안에 간 사람의 뜻이다. 곧 선서善逝와 도피안到彼岸의 뜻도 갖는다. 진리 도달의 사람이란 뜻이다. '여래' 같이 이상향에 도달한 사람이다. 이를 집약하면 '여래' 같이 길을 걸어 이 세상

바람 사막 꽃 바다 291

에 오신 사람, 또는 여실한 진리에 수순해 이 세상에 와서 진리를 보여준 사람이다. 이를 한역漢譯해 '여래'를 해석하되 "여如로서 내생來生한 사람"이란 뜻이다.

시집은 1부시 「여래에게」1~55까지 연작시와 2부시재를 통한 불심 깨닫기 등으로 나뉜다. 시집 또한 불도의 어휘로 일관된다. '보리수' '지혜' '생로병사' '번뇌' '탐욕' '집착' '무명' '윤회' '업' '고해화택' '극락' '지옥' '아귀' '축생' '보살' '중생' '열반' '대자대비' '공空' '무無' '고집멸도' '적멸' '무상' '오온五蘊' '연꽃' 등 무작위로 접해진다. 그로써 시집은 불법을 캔다. '여래'의 유교遺敎, 출현과 덕성, 교법으로서의 인연, 유식과 실상, 불성과 구제 등을 나름의 체득으로써 시화한다. 그 점에서 불심 깨닫기에의 수도적 의의도 갖는다.

3

시집의 서시序詩 「나의 독도獨島」는 '여래'가 나의 독도임을 은유한다. 독도는 "망망대해 가운데 솟아 있는 돌섬"이되 민족이 사수해야 할 우리 국토의 막내다. 그렇듯 내 "가슴 속에 품고" 살아갈 나의 독도로서의 '여래'임을 실토한다. 그로부터 '여래'의 마음을 캔다.

보리수 아래에서 웃으며 태어나시고/보리수 아래에서 도道와 법法 깨우치시고/보리수 아래에서 마침내 돌아가셨네.//신비하구나. 눈이 부신 그대여./만백성의 근심 걱정 덜어주기 위하여/ 어둠 속에 등불 훤히 밝히셨네.//탐욕의 재앙을 두루두루 일깨워주시고/무욕의 청정함 손수 보여 주시며/ 해탈하여 열반에 이르는 길 열어 주시었네.

「여래에게·20」전문

태자 싯다르타의 일생을 시화한다. 보리수 아래서 단좌해 최후 명상에 돌입했다. 깨달음을 얻기 전엔 결코 여길 떠나지 않겠다고 다짐했다. 그러나 불쑥불쑥 나타난 마음의 악마를 없애기란 참으로 악전고투였다. 그랬어도 마음의 악마를 찾아 찢어 없앴다. 그러다 샛별이 돋아날 때 드디어 악마와의 싸움은 그치고 마음은 먼동이 트듯 맑고 밝게 빛나며 마침내 깨달음을 얻어 '여래'가 됐다. 그때가 35세 80세 열반, 이후 불타, 무상각자, 석가모니, 세존, 석존, 여래로 불리며 45년간 전도를 계속했다. 녹야원의 가르침부터 대자대비의 교화였다.

> 물이 맑으면/ 물 속이 다 드러나 보이는데/ 사람의 마음이 이리 맑으면/ 마음속의 무엇이 다 드러나 보이는고? 「여래에게·1」전문

> 그 마음으로부터/천국과 지옥이 나오고,//한없이 깊을 수도 얕을 수도 있는,//마음, 그 마음 안에 모든 것이 있나니/마음의 임자가 되라 하셨나요?//그래, 이 몸의 주인은 이 마음이라 하지만/이 마음의 임자는 정녕 무엇인고? 「여래에게·2」전문

미혹을 헤맨 중생은 '여래'의 말을 잘 듣지 못한다. 이에 '여래'께선 스스로 미혹으로 뛰어들어 제도의 방편을 강구한다. 그것이 참마음 찾기다. 마음은 불타는 집과 같다. 중생은 집이 불탐도 모르고 거기서 산다. '여래'는 대자대비의 방편을 강구하사 중생의 마음 구제부

터 한다. 그럼에 '여래'를 상相이나 속성으로 찾으려 해선 안 된다. 상이나 속성은 '참여래'가 아니다. '참여래'는 마음의 깨달음 그 자체다. 마음을 깨닫는 순간이 '여래'와 만나는 때다.

미혹도 깨달음도 마음이 만든다. 마음은 그 씨앗이다. 더러운 마음에선 더러운 마음이 나타나고 맑은 마음에선 맑음 마음이 나타난다. '여래'의 경계는 번뇌를 벗어나 맑고, 사람의 경계는 번뇌로 더러워졌다. 이를 깨닫는 자는 '참여래'를 본다. 그럼에도 중생은 탐욕의 번뇌에서 못 벗어난다. 무명과 탐욕이 요동치기 때문이다.

> 욕망, 욕망, 그것이야말로/자신을 가두는 그물이기도 하지만/자비를 베푸는 원천이기도하네. 「여래에게·23」에서

욕망탐욕은 집착을 일으켜 번뇌에 빠진다. 불성을 더럽힌 번뇌는 두 가지다. 사리에 눈먼 이성의 번뇌[見惑]와 실제에 눈먼 감정의 번뇌[思惑]가 그것이다. 이성의 번뇌는 무명서 오고 감정의 번뇌는 갈애渴愛에서 온다. 무명은 무지요 갈애는 맹렬한 욕망이다. 그것들은 탐진치, 사견, 원한, 아부, 기만, 오만, 멸시, 불성실을 낳는 씨앗이다. 이것들로 세상은 불탄다. 그래서 세상은 고해화택이다. 이들 불은 자신을 태우고 남도 괴롭혀 몸과 입과 의意의 삼업三業을 짓게 한다. 이 불로 입은 상처의 고름은 거기에 닿는 중생들에게 독을 옮겨 악도에 떨어뜨린다. 그러나 위의 시에선 선한 욕망은 자비를 베푸는 씨앗임도 타이른다. 그럼에 마음 만들기가 '여래'에게로 가는 대로임을 지시해 준다.

어, 어제까지도 없던 꽃이 붉게 피었네./아, 그래서 공空의 자성은 색色이로구나./그래서 색은 공이다?/그래서 공은 색 없이 존재하지 않는다?//아하, 그래서 공즉시색 색즉시공이군요./아하, 그래서 법도 없고 법 아닌 것도 없군요./아하, 그래서 여래의 가르침은 여래의 가르침이 아니군요. 「여래에게·7」에서

몸과 마음은 인연의 조화로 자아가 아니다. 그래서 무상하다. 생로병사도 나의 바람이 아님에 뜻도 자아가 아니다. 마음도 인연의 모임임에 항상 변한다. 변하며 고인 것이 자아다. 세상엔 불가능 다섯 가지가 있다. 늙지 않음, 병들지 않음, 죽지 않음, 멸하지 않음, 다할 때 다하지 않음 등이다. 이 시집은 곳곳에서 이를 설한다. 중생은 이에 직면해 헛되이 괴로워하지만 '여래'의 법을 깨닫는 자는 이를 앎에 어리석은 괴로움을 하지 않는다. 일체는 무상하며 변하며 자아가 없음은 '여래'께서 세상에 오시거나 안 오시거나 관계없이 진리다.

일체는 "색불이공, 공불이색, 색즉시공, 공즉시색"이다. 색은 공과 다르지 않고, 공은 색과 다르지 않다. 색이 곧 공이요, 공이 곧 색이다. 오온五蘊도 이와 같다. 일체제법은 인연에서 나옴에 무상, 허무, 공허 그 자체다. 그래서 우주만물은 공에서 하나다.

세상은 인연임에 차별이 없다. 차별은 사람 생각에서 나온다. 하늘엔 동서남북이 없건만 그것을 차별함은 사람의 짓이다. '여래'는 차별을 떠나 세상을 뜬 구름으로 봤다. 일체는 무상의 환상임에 이를 취함도 버림도 모두 공이라 했다. 상의 차별로 봄을 떠났다. 아무런 말이 없는 곳에 무한한 말이 있고無言而無限言, 아무런 형상이 없는 곳에 무한한 형상無相而無限相이 있다. 시 「여래에게·39」에서 "그래,

꽃은 꽃일 뿐이다/ 그래, 똥은 똥일 뿐이다". "山是山 水是水 山不是
山 水不是水 山是水 水是山 山不是水 水不是山 山是山 水是水"의 속
뜻을 꿰뚫을 때 공의 경지에 이름을 타이른다.

> 만물은 다 너의 품에서 나와/ 너의 품으로 돌아간다.//그대는 정녕/
> 없음이 아니라 있음이로되//워낙 크고 깊은 속이어서/보이지 아니할
> 뿐이네. 「공空·2」 제2부에서

그렇다, 유무는 색에서 오고 공으로 간다. '여래'는 유무의 범주를
떠나 있음에 유무도 아니고 생기지도 멸하지도 않는다고 설한다. 일
체는 인연임에 물物 자체의 본성은 실제성이 없어 비유非有요 무도
아님에 비무非無라 한다. 그래서 일체는 '있다' '없다' 할 수도 없다. 그
럼에도 이에 집착함은 미혹을 부르는 원인이 된다, 세상은 꿈과 같
고 재보는 신기루 같다. 모두 아지랑이 같아 허무하다. 그렇다고 환
상의 세상을 떠난다 해서 진실의 세상도 상주불변의 세상도 있음이
아니다. 세상을 거짓으로 봄도 잘못이요 참이라 봄도 잘못이다. 그
것은 이치를 모르고 거짓세상이라 보거나 참세상이라고 보는 어리
석음에 있음이다. 지혜로운 자는 이 이치를 깨닫고 환幻을 환으로 보
고 꽃을 꽃으로 본다.

4

이상에서 이 시집이 구하고 호소한 바를 들었다. 한마디로 그것은
'여래'의 유교였다. 즉, '여래'의 영원한 구제와 방편이었다. 사람은
뉘나 깨달음의 본성을 갖췄다. 깨달음에서 중생은 자기 눈으로 '여

래'를 믿는다. 이처럼 중생으로 하여금 생사의 세계를 유전하도록 함도 이 눈과 마음이다. 그래서 나의 본심을 '여래'의 말씀으로써 밝혀 가야 한다.

천정의 보심이란 곧 불성이다. 불성은 '여래'의 씨다. 사람은 본래 깨달음을 갖고 있으면서 '여래'의 지혜의 빛을 가로막고 허상에 매달려 미혹의 세계를 헤맨다. 깨달음을 차별에서 찾으려하면 실패가 따른다. 그것은 참이 아닌 헛된 마음이기 때문이다. 그래서 망상을 털어버리면 깨달음에 젖는다. 그로써 불성은 그치는 일이 없다. 비록 축생·아귀에 태어나고 지옥에 떨어진다 해도 불성은 솟아난다. 본 시집은 그 안내인 점에서 의의를 더해 준다.

그리고 이 글을 끝맺으면서 한 가지 첨언하고 싶은 게 있다. 그것은 종교적 사실이나 가치관 그리고 그와 관련된 심상 등을 함축적이고 정서적이고 음악적이기까지 해야 하는 시로서 표현하기란 대단히 어려운데 조금도 부자연스럽지 않게 시문장 안으로 끌어들였다는 사실이다. 특히, 선택하는 시어詩語 하나하나에서부터 문장의 구조에 이르기까지, 그리고 어조語調 등 형식적인 요소와 시편에 녹아든 사상적 깊이에 대해서는 별도의 연구가 필요하다고 생각한다.

17

김은자

自然化된 人과 人化된 自然

-이시환의 산문시집『대공大空』을 통해 본 시인의 시세계

1. 들어가는 말

우연히 이시환 시인의 산문시집『대공大空』을 마주하게 되었다. 1980년대와 1990년대에 창작된 51편의 시가 실린 부피가 크지 않은 개인시집이다. 그럼에도『대공』이란 이름 때문인지 손에 쥐여진 원고에서 그 무게가 전해진다.

시인 이시환(1957~)으로 말하자면, 일찍 1981년에 대학을 졸업하면서『그 빈자리』를 펴냄을 시작으로 지금까지 550여 편의 작품을 창작하고, 이미 여러 권의 시집과 평론집을 펴내는 등 저력을 과시하는 중견시인이자 문학평론가이다. 그러기에 이번 시집의 출간도 새삼스럽지 않지만 다만 새롭고 세인의 관심을 끄는 것은 시집에 실린 시들 모두가 '산문시'란 점이다.

산문시散文詩란 한마디로 정의를 내리기에는 어렵지만 말 그대로 산문散文과 시(운문, 韻文)라는 서로 상반된 양식이 결합된 것이다. 다시 말해, 일반적으로 우리가 생각하는 시가 지닌 형식적 제약制約은 물론 운율韻律의 배열 없이 산문형식으로 쓰여진 시로 정형시와는

다른 자유시의 일종이라고 할 수 있겠다. 따라서 행과 연의 구분도 없고 운율적 요소도 없는 형식은 산문에 가깝지만 표현된 내용은 시詩인 만큼 당연히 시로서의 핵심적 요소인 은유, 상징, 이미지 등 내적인 표현장치나 시적인 언어를 택하고 있다.

산문시의 시초始初는「악의 꽃」으로 유명한 프랑스의 시인 샤를르 보들레르(Charles-Pierre Baudelaire, 1821.4~1867.8)의 "산문시는 율동律動과 압운押韻이 없지만 음악적이며 영혼의 서정적 억양과 환상의 파도와 의식의 도약에 적합한 유연성과 융통성을 겸비兼備한 시적 산문의 기적"이란 평評에서 찾아볼 수 있다. 실제로 그가「파리의 우울」 1869을 발표한 이래 산문시는 중요한 시의 한 부분으로 되었고, 특히 프랑스 문학에서 독특한 지위를 차지하였다.

그런가 하면, 한국 현대문학에서도 어렵잖게 산문시를 찾아볼 수 있다. 가장 일찍 주요한의「불놀이」 1919에서 그 전형典型을 선보인 바 있고, 1930년대 와서 정지용의「백록담」, 이상의「오감도」, 백석의「사슴」 등에서 탁월한 성과를 거두었으며, 이어 1950년대의 서정주의「질마재 신화」로 이어지고 있음이 확인된다.

그럼에도 불구하고 아직까지 산문시에 대한 세인의 관심은 부족한 편이고 문학이론적인 측면에서 장르의 성격 규명조차 이루어지지 않고 있다. 그런 의미에서 볼 때 시인은 "개인의 작품세계를 정리해나가는 과정"이라고 말하지만 산문으로 된 시만 골라 펴낸『대공大空』이란 시집은 사뭇 의미가 있지 않나 싶다. 게다가, 산문시에 대한 남다른 애착으로 그 매력을 공유하고자 시와 함께 실은「산문시의 본질」이란 글이 더해져 무게를 더해준다. 부담 없이 자연스레 소리 내어 읽게 되는 내재율에 의해 인간과 자연의 속삭임을 실어내는

『대공』에 대한 분석을 통하여 그 주제와 시인의 시세계를 부분적으로나마 살펴보고자 한다.

2. 自然과의 대화 시도

시골 태생으로 자연을 벗 삼아 자라면서 자연의 소리를 듣고, 그 움직임을 보며, 그것들의 변화를 지켜보는 일에 익숙해진 시인이어서인지 그의 시에는 자연과 물상物象을 소재로 하는 시들이 많다.

"자연 속에서 인간 삶의 지혜를 배우고, 내 몸속에서 자연을 읽을 수가 있었으니 자연과 인간관계 속에서의 진실과 아름다움이 나의 가장 큰 시적 관심이었다고 말할 수 있다"고 시인이 밝힌 바 있듯이 그의 시 쓰는 일은 아름답고 신비한 자연현상과 연관되면서 '자연을 베끼는 일'로 거듭나고 있다.

작품「서있는 나무」에 심상心象으로 등장하는 나무는 사람의 모습으로 봐도 무방하다.

서있는 나무는 서있어야 한다. 앉고 싶을 때 앉고, 눕고 싶을 때 눕지도 앉지도 못하는 서있는 나무는 내내 서있어야 한다. 늪 속에 질퍽한 어둠 덕지덕지 달라붙어 지울 수 없는 만신창이가 될지라도 눈을 가리고 귀를 막고 입을 봉할지라도, 젖은 살 속으로 매서운 바람 스며들어 마디마디 뼈가 시려 올지라도 서있는 나무는 시종 서있어야 한다. 모두가 깔깔거리며 몰려다닐지라도, 모두가 오며가며 얼굴에 침을 뱉을지라도 서있는 나무는 그렇게 서 있어야 한다. 도끼자루에 톱날에 이 몸 비록 쓰러지고 무너질지라도 서있는 나무는 죽어서도 서 있어야 한다. 그렇다 해서 세상일이 뒤바뀌는 건 아니지만 서있는 나

무는 홀로 서있어야 한다. 서있는 나무는 죽고 죽어서도 서있어야 한다. -작품「서있는 나무」전문

　시인은 나무는 "앉고 싶을 때 앉고, 눕고 싶을 때 눕지도 앉지도 못한다"고 하면서 살아있음의 소중함을 말해주고 있다. '~지라도'로 끝을 맺는 일련의 표현들은 겪게 되는 시련을 뜻한다. 시인은 그러한 시련 속에서도 '서있어야 하며' 심지어는 죽어서도 '서있어야 한다'고 피력한다. '서있는다'고 해서 시련이 닥쳐오지 않는 것도 아니고 또 '세상이 뒤바뀌는 것'도 아니지만 그러한 상황을 피할 수 없다면 차라리 꿋꿋하게 자리를 지켜야 함을 말해주고 있다.
　작품「함박눈」에서는 겨울에 내리는 눈을 빌어 자연에 대한 시인의 애틋한 짝사랑 같은 마음을 고백하고 있다.

　내가 가지고 있는 것이라고는 아무 것도 없습니다. 다만, 당신에게로 곧장 달려갈 수 있다는 그것과 당신을 위해서라면 당신의 이마에, 손등에, 목덜미 어디에서든 입술을 부비고, 가녀린 몸짓으로 나부끼다가 한 방울의 물이라도 구름이라도 될 수 있다는 그것뿐이옵니다. 내가 가지고 있는 것이라곤 아무 것도 없사옵니다. 다만, 우리들만의 촉각을 마비시키는 추위가 엄습해오는 길목으로 돌아서서 겨울나무 가지 끝 당신의 가슴에 잠시 머물 수 있다는 그것과 당신을 위해서라면 충실한 종의 몸으로 서슴없이 달려가 젖은 땅, 얼어붙은 이 땅 어디에서든 쾌히 엎드릴 수 있다는 그것뿐이옵니다. 나는 언제나 그런 나에 불과합니다. 나는 나이어야 하기 때문입니다. -작품「함박눈」전문

재미있는 것은 시인은 '당신'을 위해서라면 기꺼이 한 방울의 물과 구름이 될 수 있다고 한다. "이마에, 손등에, 목덜미 어디에서는 입술을 부비고", "충실한 종의 몸으로 서슴없이 달려갈 수 있다"고 한다. '눈[雪]'이란 심상으로 표현되는 자연에 대한 시인의 사랑은 '당신'이란 존칭어의 사용과 '옵니다'란 시어의 극존칭어미에서 더욱 간절하게 묻어난다.

> 이놈의 세상, 내 어릴 적 썩은 이빨 같다면 질긴 실로 꽁꽁 묶어 눈 감
> 고 힘껏 땡겨보겠네만 이땅의 단군왕검 큰 뜻 어디 가고 곪아 터진
> 곳 투성이니 이제는 머지않아 기쁜 날, 기쁜 날이 오겠네, 새살 돋아
> 새순 나는 그날이. 이 한 몸, 이 한 맴이야 다시 태어나는 그 날의 살
> 이 되고, 피가 되고, 힘이 된다면 푹푹 썩어, 바로 썩어 이 땅의 뿌릴
> 적시는 밑거름이라도, 밑거름이라도 되어야지 않겠는가. 이 사람아,
> 둥둥. 저 사람아 둥둥. -작품 「북」 부분

제목이 「북」이란 시이다. 시의 그 어느 부분에도 북에 대한 묘사는 없다. 그저 마지막에 '둥둥'하고 북치는 소리만 들려올 뿐이다. 시의 전반부는 물론 인용한 부분에서도 '썩은 이빨', '곪아 터진 곳 투성'등 부정적인 이미지가 가득하다. 그럼에도 시인은 곪아터진 살 위로 '새살 돋아 새순 나는 그날'을 기다리기에 절망적이지 않다. 결말의 '이 사람아, 둥둥, 저 사람아 둥둥'이란 시어는 우리민족 정서에 알맞은 가락의 하나로 특유한 흥겨움을 담고 있으며, 힘든 지금을 견디고 나면 머지않아 행복한 나날이 찾아올 것이라는 희망도 함께 안겨준다.

작품 「나사」에서는 '나사'라는 매개물을 통하여 '등을 돌리고 있는 것들조차 마주보게 하려'는 융합의 의지를 보여주고 있다.

불현듯 찬바람이 불면 내 몸뚱이 속, 속들이에서 일제히 쏟아져 나올 것 같은, 조용한 흔들림. 하양과 검정을 이어주는, 무너지며 반짝이는 논리, 눈에 보이는 것과 보이지 않는 것 사이를 잇는 난해한 길이다. 어루만지는 곳마다 스멀스멀 안개가 피어오르는, 알몸에 박힌 세상의 구원이다. -작품 「나사」부분

시인은 '하양과 검정' 이라는 한눈에 대조되는 흑백의 논리를 넘어 '눈에 보이는 것과 보이지 않는 것 사이'를 이어주려고 하고 있다. 다시 말해, 시인은 흑백이 공전하는 삶의 진실을 말하고자 한다. 서로 어울려져야 빛을 발하는 나사처럼 혼자서는 '찬바람'이 불면 '흔들리기'에 더욱 간절히 조화와 융합을 꿈꾸고 있다.

조화와 융합을 시도하는 작품으로 「로봇」도 빠뜨릴 수가 없다.

보이는 것과 보이지 않는 것 사이로 난, 수없는 난해한 길들을 은밀히 왔다갔다하는 정체불명의 숨이다. 그것은 아주 구체적인 기능을 갖는 부품과 부품의 결합으로 시작되지만 물질에 혼을 불어넣는 일로서 자신을 베끼는 불안한 공정工程이다. 열심히 로봇이 사람을 닮아 가는 동안 사람들은 점차 완벽한 로봇이 되어가면서도 여전히 꿈을 꾼다. 깊은 어둠의 자궁 속으로 길게 뻗어있는 뿌리의 꿈틀거림처럼 로봇이 나의 시녀가 되고 내가 로봇의 하인이 되는 것이다.

-작품 「로봇」전문

이 작품에서 시인은 로봇을 만드는 과정을 '부품과 부품의 결합'으로 물질에 혼을 불어넣는 '자신을 베끼는 불안한 공정'이라고 하면서도 말미에는 '내가 로봇의 하인이 된다'라고 말하고 있다. 로봇이 사람을 닮아가서 불안하다는 것에 출발했음에도 로봇기계, 나아가 물질문명에 대한 부정은 나타나지 않는다. 오히려 함께 공존하는 그런 세상을 시인은 바라고 있다.

그런가 하면 시인은 인화된 자연과의 끊임없는 교감을 시도하고 있는데 이는 시의 서정성을 찾기 위한 노력이며 서정성이 주는 낭만에 대한 추구라고 보아진다. 시집에 자주 등장하는 바람, 나무, 강, 산, 꽃, 단풍 등의 시적 소재들이 산문시임에도 불구하도 서정성이라는 시의 특성을 확보하게 하고 있다.

3. 人의 독백

이시환의 산문시 곳곳에는 활발하게 움직이는 사람의 형상이 등장한다. 이런 사람들은 '수많은 시인의 분신'들로 시인 자신 내지는 인간의 목소리를 토해내고 있다. 다시 말하여 작품에 등장하는 어린이도, 아버지도, 친구도, 나아가 예수의 모습도 모종의 의미에서 결국은 시인 자신이며 시인과 함께 이 시대를 살아가는 우리들의 모습이다. 사람들은 자신의 욕망으로 인해 살아가는 이 세상에 대해 많은 것을 바라고 있기에 결국 욕구불만족에서 오는 수많은 병을 앓고 있다. 그리움, 편집증, 외로움 등 그 이름도 다양한 병에서 벗어나고자 하는 시인의 노력이 보인다.

먼저, 작품「그리움」부터 보도록 하자.

너는 알아들을 수 없는 방언方言. 아니면 판독해 낼 수 없는 상형문자. 아니면 가늠할 수 없는 어둠의 깊이이고, 그 깊이만큼의 아득한 수렁이다. 너는 나의 뇌수腦髓에 끊임없이 침입하는 바이러스이거나 그도 아니면 치유불능의 정서적 불안. 아니면 여린 바람결에도 마구 흔들리는 어질 머리 두통頭痛이거나 징그럽도록 붉은 한 송이 꽃이다. 시방, 손짓하며 나를 부르는 너는, 차라리 눈부신 억새 같은 나의 상사병이요. 그 깊어가는 불면不眠의 나락奈落이면서 추락하는 쾌감快感이다. -작품 「그리움」 전문

현시대를 살고 있는 우리라면 누구나 한번쯤을 앓아보았을 그리움이란 병을 언어의 마술사인 시인이 아니라고 할세라 수많은 명사로 환치置換하고 있다. '방언', '상형문자', '어둠의 깊이', '수렁' 등 일련의 표현을 얼핏 보면 아무런 연관이 없는 것처럼 보이나 '난해難解하다'는 공통점을 갖고 있다. 그런가 하면 '꽃'을 제외한 모든 명사는 부정적인 의미를 지니며 꽃마저도 예쁜 꽃이 아닌 '징그러운' 꽃이라고 한다. 그만큼 그리움이란 지독한 것임을 말해주고 있다.

약삭빠른 세상 사람들은 그런 나의 소리 없는 웃음을 눈치 채고 그 때부터 내게 손가락질을 하며 '바보'라 불렀습니다. 그 때부터 나는 그들 앞에서 빈틈없는 바보가 되었고, 나는 바보가 아닌 위인들의 업적과 치부를 들여다보며 또 하나의 웃음을 참을 수가 없었습니다. 그 뒤로 세상은 온통 웃음덩어리라는 것을 슬프게도 나는 알아 차렸습니다. 때문에 내겐 실없이 웃는 버릇이 생겼고, 언제부턴가 웃음을 질질 흘리고 다니는 병病이 되어 깊어만 갔습니다.

-작품 「웃음을 흘리는 병」 부분

작품 「웃음을 흘리는 병」은 제목부터가 아이러니다. 기쁨과 즐거움의 표현인 '웃음'을 '병'이라고 한 것은 결국 '병'이 '병'이 아님을 역설적으로 말해주고 있다. 다시 말해, '웃음'이 병이 되는 그런 세상의 아이러니를 풍자하고 있다. 이는 단순한 어휘의 나열에서 오는 것이 아니라 '바보'와 '위인', '업적'과 '치부'같은 어휘의 병치竝置가 만들어내는 잔잔한 리듬감에서 비롯된다.

작품 「각인刻印」 전편에서는 부제목에 붙인 것처럼 편집증을 앓고 있는 한 사나이의 고충을 담고 있다. 편집증증상을 갖고 있는 사나이를 '또라이'라고 부르지만 그것을 부정하면서 시인은 '나는 나이어야 한다'고 외치고 있다.

또한, 시집의 마지막 작품인 「봄날의 만가輓歌」와 첫 작품이 되는 「네거티브 필름을 들여다보며」는 이야기의 서두와 결말처럼 서로 호응을 이루고 있으며, 시인이 던지는 삶의 본질에 대한 끊임없는 질문과 답을 시어로 풀어내고 있다.

있거나 이루었다고 아니 가는 것도 아니고, 없거나 이루지 못했다고 먼저 가는 것만도 아니고 보면 더는 허망할 것도, 더는 쓸쓸할 것도 없다. 세상이야 늘 그러하듯 내 눈물 내 슬픔과는 무관하게스리 아무 일도 없었던 것처럼 여전히 분망奔忙하고 분망할 따름, 이 분망함 속에서 죽는 줄 모르로 사는 목숨이며, 한낱 봄날에 피고 지는 저 화사한 꽃잎같은 것을. 아니, 아니, 이 몹쓸 바람에 이리저리 쓸려가는 발밑의 티끌 같은 것을. -작품 「봄날의 만가輓歌」 부분위의 시에서 시인의 삶에 대한 태도를 보아낼 수 있다. "있거나 이루었다고 아니 가는 것도 아니고, 없거나 이루지 못했다고 먼저 가는 것만도 아니다"란 것은 생生과 죽음에 대한 깨달음의 표현이다. 죽음을 겸허하게 받아들이는 순간 가장 인간답게 살 수 있게 된다. 하기에 사람의 의지와 무관하게 흐르는 세상이고 봄날에 피고 지는 '꽃잎'같은 인생임에도 시인은 '허망하지'도 '쓸쓸하지'도 않다고 한다. 죽음을 넘어 죽음마저도 긍정적으로 받아들이고 있다는 것이 놀랍다. 시의 마지막에 삶이 '바람에 이리저리 쓸려가는 발밑의 티끌' 같다는 표현에서 시인의 그러한 의식은 무가내無可奈와 탄식歎息을 넘어 달관達觀의 경지에 이르렀음을 말해주고 있다.

이 외에도 시집에는 가족애와 우정을 다룬 시가 몇 수 된다. 「하나님과 바나나」, 「안암동일기」, 「아버지의 근황」, 「어머님 전상서」, 「벗들에게」 등 시편들은 그 일부가 문체상에서 말 그대로의 일기나 서신에 가까워 정녕 산문시라고 볼 수 있겠는가 하는 의문이 들기도 하지만 가족과 친구와 함께하는 가장 정답고 삶다운 모습을 보여줌으로써 읽는 내내 마음 한편이 따뜻해나는 정이 가는 것임은 분명하다.

4. 맺는 말

이시환의 『대공大空』은 산문시집에도 불구하고 시적으로 정제精製되어 있다. 산문적인 형식에도 불구하고 시마다 분명 내재율이 존재하여 서정시와는 다른 운율의 미를 지니고 있다.

산문시라서 그런지 다소 화법이 직설적이고 함축성이 약한 편이어서 아쉬움이 남는다. 여러 시편에는 고독과 허무의 감정이 흐르고 있지만 이 또한 부정적이라고 보아지지는 않는다. 단지, 시인의 관심을 갖고 있는 '인생무상人生無常'이란 불교의 가르침과 무관無關하지 않은 듯싶다. 하기에 어쩌면 이런 부정적이지만 진솔한 사람의 감정들을 시적 언어로 풀어내고 있는 시인 역시도 부정적인 것을 부정함으로써 긍정에로 나아가고 싶지 않았을까 싶다.

시집의 마지막 장을 조심스레 덮고 나니 시집의 첫 페이지에 쓰인 글귀가 눈에 들어온다. "눈에 보이는 세계와 보이지 않는 세계를 은밀히 잇는, 그 좁은 틈으로 대공大空이 무너져 내리며 만물을 일으켜 세우는 소리를 듣는다." 그렇다, 정녕丁寧 눈에 보이는 것이 전부가 아니기에 눈을 살며시 감고 마음을 비우고서 시인의 목소리가 아닌 그렇다고 내 목소리도 아닌 '눈에 보이지 않는 세계의 소리'에 귀를 기울여본다. '대공大空'이란 메아리가 마음속에 울려 퍼진다. 클 대大, 빌 공空, 대공大空!

눈물모순, 그 지수화풍地水火風의 길목

- 이시환 시인의 인디아 기행시집을 읽고

1

눈물모순! 기뻐도 나고 슬퍼도 나는 양면성을 지닌 것이 눈물이다. 그래서 '눈물모순'이라고 했나보다. 시인이 직접 인디아를 여행하면서 쓴 시들이다. 무엇을 보았을까? 우리들의 인생이다. 그 나그네 길의 지·수·화·풍·공(地水火風空)을 통해 무無를 한 번 되새겨 주면서 노랫말로 바꾸어서 나누어 주고 있다면 틀린 말일까.

"눈에 보이는 짧은 현세보다도/보이지 않는 길고 긴 내세를 위해/오늘을 사는 사람들"과 "궁궐에 사는 이들에겐 수심이 배어있어도/남의 처마 밑에서 늦잠 자는/노숙자들의 얼굴에는/미소가 떨어지지 않는 백성이 사는 곳이라"고 현실적 실상을 파헤치면서 '동화 같은 나라' 그곳 여행의 길목 문을 활짝 열어 놓고 있다. 고달프고도 힘든 나그네의 여정 속에 『시간의 수레를 타고(이시환의 심층여행 에세이(2008. 2. 9. 신세림 발행)』에 연이어 던진 이 시인의 화두話頭다. 우리들의 삶속에 깊이 녹여볼 만하다.

2

땅에서는 이상한 냄새가 나는 나라. 공항에서부터 나기 시작하는 정체불명의 냄새. 어디를 가든지 그 냄새를 떨쳐 버릴 수가 없다. 한 사흘 지나고 나서야 그 정체를 알았다고 시인은 말하고 있다. 분명, 한 나라의 문화는 오랜 세월 동안 그들만의 역사 속에 독특한 향기를 품어낸다. 그래서 시인은 그가 말한 동화의 나라에서 '地·水·火·風·空·無'를 통해 '눈물모순'을 일깨워 주고 있는가.

> 대지의 온갖 것들이 한데 어울리어,/썩어가면서,/죽어가면서,/그 위로 다시 살아나면서,/피워 올리는/한 송이 커다란 연꽃 같은/시공時空의 몸살이라는 사실이 지각된다. -작품「이상야릇한 냄새」중에서

그 정체불명의 냄새를 시인은 '시공時空의 몸살'이라 했는데 실로 많은 것을 생각게 한다.

3

인디아는 아시아의 3대 문화권인, 중국 문화권과 이슬람 문화권과 인도문화권 가운데 바로 중심에 서있는 나라다. 세계 제2위의 인구 대국. 그 땅 위에는 궁전과 사원과 신전이 많다고 시인은 전한다. 대자연이 흐르는 아름다운 서사를 서정의 깊은 골짜기에 실바람 같은 노래로 들려주고 있다.

시인은 과거에 지어진 '엘로라' 사원을 보면서 현재를 읽고 있다.

> 그저 바람결에 흔들리다가/흔적도 없이 사라져가는/ 저 푸른 잎이/

나의 성이요/그저 부드러운 햇살에 미소 지으며/순간으로 영원으로

사는/저 들에 핀 작은 꽃이/나의 궁전임을 -작품 「엘로라」 중에서

　그리고 인디아에 궁전과 성 그리고 사원을 보며 그 모든 것이 부질
없음을 토로한다.

　여기도 궁전/저기도 궁전!/이 곳도 성/ 저 곳도 사원!/ -중략- 나는

보고 또 보았네,/퇴색한 사원의 신전을 에돌아 나오며/신이라는 이

름으로 감춰진/인간의 무지와 허구를

-작품 「인디아에 궁전과 성 그리고 사원」 중에서

　한편으로는, 인디아의 그 옛날 석공들에게 오늘의 질문을 남긴다.

　네가 마무리 짓지 못하면/네 아들이 마무리 지었을 것이고/네 아들조

차 마무리 짓지 못하면/그 아들의 아들이 마무리 지었을/수많은 석

굴사원에 녹아든/ 행복한 절망이 부질없고/내 눈물조차/부질없음을

알고 있으련만 /나는 왜,/너를 생각하면/눈물이,/눈물이 앞을 가리는

것일까 -작품 「옛 인디아의 석공들에게」 중에서

　중생들의 신에 대한 간절한 믿음이 개인적인 희생을 감수하게 한
다는 의미에서 '행복한 절망'이라는 모순어법을 사용하고 있고, 그
중생들의 삶을 생각하면서 눈물이 나는데 왜 그러는지 모르겠다는
투로 독자들에게 질문을 되레 전지고 있다.

4

연꽃은 물에서 자란다. 다년생 수초다. 연꽃 씨는 3,000년이 지나도 발아가 된다고 한다. 끈질긴 생명력이다. 약용이나 차茶로 이용되는, 버릴 것 없는 꽃이다. 불교에서는 극락세계를, 유교에서는 군자의 청빈과 고고함을, 도교에서는 신성한 꽃으로 신성시 한다고 한다. 그래서 뿌리는 전생을, 줄기는 현세를, 꽃은 천상이라고 말하기도 한다. 과거와 현재와 미래를 뜻하는 이 꽃은 우리나라의 경우 7~8월의 꽃이다.

> 호숫가 한쪽 귀퉁이에서는/목욕재계沐浴齋戒하고,/다른 한쪽에서는/엎드려 기도하고 찬양하고,/또 다른 한쪽에서는 신화神話를 쓰고/신전神殿을 세우느라 분주하네. -작품「인디아 연꽃」중에서

5

인도대륙의 문화중심을 세 곳으로 보고 있다. 인더스 강 유역과 갠지스 강 유역, 그리고 데칸 고원 등으로 나눈다. 인더스 문명은 아리아 인의 침입으로 기원전 2,000년에서 1,500년 사이에 사라지고 만다. 그리고 갠지스 강 유역으로 넘어와 정착하면서 고대국가를 건설하며 사회신분제도를 '카스트'화 한다. 여기에 반대하며 무상무아를 이상으로 모두가 평등하다고 나선 것이 불교이다. 기원전 6세기경일이다. 이 유서 깊은 갠지스 강가에 이방인인 나그네 시인이 회상의 밑 그림자를 깔고, 결국은 제 한 몸을 불살라 영원히 비추고 있는 세월의 수레바퀴를 타고, 2,500년을 돌아 다시 2,500년을 가고 있다.

그는, '희노애락'이란 굴레로부터/벗어날 수 없는 중생들에게/일체의 분별심分別心을 내지 않고/일체의 변함조차 없는/여래如來의 덕성을 말할 때에도/발 밑 모래의 모래밭을 떠올렸지. -중략- 그로부터 줄 잡아/이천 오백년이란 세월이 흐른 지금,/그이 대신에 이방인인 내가 서 있네. -작품「강가 강의 백사장을 거닐며」중에서

6

예수교 경전인 성경의 '창세기'에 보면 첫째 날에 빛을 만들어 낮과 밤을 나누어 놓았다. 그리고 넷째 날에 두 큰 광명을 만들어서 큰 광명으로 낮을 주관하게 하고 작은 광명으로 밤을 주관하게 하고 있다(창세기 1:1-5. 16). 아무튼, 우리는 이 낮과 밤의 쉼 없는 연속성의 시간 속에 살고 있는 것이다. 아무도 거부할 수 없고 거역할 수 없는 이 굴레를 영원히 벗어날 꿈도 못 꾸고 산다. 여기에 시인의 화두는 우리를 태초의 원시림에 갖다 놓는다.

시계가 흔치 않고/전력공급이 원활하지 않고,/그래서 하늘에/해와 달과 별을 바라보며 살던/그 시절로 돌아온 듯하여/애틋해 보이기도 하지만… 변함없는 대자연의 시간에 맞추어/함께 걷고/함께 춤을 추는/여유로움인 듯싶기도 하여/부러움이 고개를 드는 것 또한 사실이다. -작품「일출에서 일몰까지」중에서

7

사막 여행은 여행 중의 여행이다. 그 허허한 벌판과 공간. 낙타와 대상隊商. 모래와 바람. 그리고 신기루와 오아시스. 상상만 해도 싱그

럽고 오싹하다. 전혀 격리된 딴 세상이다. 우리가 그저 평범하게 들어 아는 상식이지만 시인은 그 정지된 듯한 시간 속으로 뚜벅뚜벅 걸어 들어간다. 새로운 생명력을 느끼면서 말이다. 모험이다. '눈물모순의 시험적 모순처럼' 모래알을 씹으면서 걷고 있다.

> 아, 고갤 들어 보라,/살아 숨쉬는, 저 고단한 것들의 끝/실오리 같은 주검마저도 포근하게 다 끌어안고,/혈기 왕성한 이 육신의 즙조차 야금야금 빨아 마시는/모래뿐인 세상의 중심에/맹수처럼 웅크린 적막이 나를 노려보네. -작품「사막투어」중에서

8

기행시이다. 시인의 말처럼 '실험과 모험'의 시다. 다시 말해서, 시적 내면구조 속에 의미화, 형상화, 변증화, 그리고 상징화 등 총 망라하여 시적 압축을 하는 것이 아니라 산문적 요소에 간결하게 풀어 놓았다. 풀어진 이야기 자체가 깊은 함의를 가지기를 기대하면서 말이다. 그 어떤 기행시에서도 찾아볼 수 없는 주석 또한 시적 에너지라고 생각한다. 단순한 기행이 아니다. 시원始原의 공간을 찾아 떠난 기행이다. 시작을 알 수 없는 시간의 길목을 다녀왔다. 그리고 우리에게 전하고 있다. 그런 그의 두려움 없는 용기. 새로운 시도에 대한 냉철한 비판. 시집『눈물모순』에서 시인이 던지고 있는 화두는 본래의 모습이인 '지수화풍'으로 돌아가야 하는 우리들이 아닌가도 싶기도 하다.

이제, 다시 기대하고자 한다. 우주 유영이 시도되기를 말이다. 내 사유 여행의 좋은 길목을 열어주어서 '감사하다'는 인사를 드리고 싶다.

19.

한 상 철

이시환의 불성佛性시집『애인여래』를 읽고

지난 2008년 11월 1일 낮 11시 30분쯤 이시환 선생 사무실에 들렀다. 마침, "저자이지만 출판 예의상 따로 돈을 주고 샀다"는 시집 30권 포장지를 뜯기가 무섭게 한 권을 선물 받았다. 밤 10시경, 선호하는 선시禪詩 계통이라 단숨에 독파讀破해 버렸다.

해설은 평소 친분이 있는 장백일 선생님(국민대 명예교수)이 맡으셨는데, 본문 詩에 대한 언급을 되도록 줄인 대신, 선시의 전제가 되는 불교에 관한 일반 독자의 이해를 돕기 위해 보편적인 경전과 교리 등을 비교적 쉽게 인용 풀이해 두었다.

해설 끝맺음에서 "한 가지 첨언하고 싶은 점은 종교적 사실이나 가치관 그리고 그와 관련된 심상 등을 함축적이고 정서적이고 음악적이기까지 해야 하는 詩로서 표현하기란 대단히 어려운데도, 조금도 부자연스럽지 않게 詩文 안으로 끌어들였다는 사실이다. 특히, 선택하는 시어詩語 하나하나에서부터 문장과 그 구조에 이르기까지, 그리고 어조語調 등 형식적인 요소와 시편에 녹아든 사상적 깊이에 대해서는 별도의 연구가 필요하다고 생각한다."라며, 선시에 조심스럽게 접근해보려는 신중함도 내비쳤다.

한편, 저자는 후기에서 독자를 의식한 탓인지 몰라도 매우 진지하고도 겸손한 태도를 보여줬는데, 지면관계상 결론 부분만 발췌해서 그대로 옮겨본다.

"어쨌든, 이 시집 속에 실리는 작품들은 그 과정의 결과물에 지나지 않으며, 이미 내 몸속을 흐르는 불성佛性 곧, 우주 만물이 다 공空으로부터 나오는 것이며, 그것들이 다시 다 공으로 돌아간다는 대전제 아래 나我와 자연과의 유기적 관계에서의 절제된 호흡일 뿐이다. 부디, 편견 없이 읽어주시기 바라며, 시들을 통해서 추구한 아니 시들에 직간접으로 반영된, 아니 行과 행 사이에, 문장과 문장 사이에, 작품과 작품사이에 구축된 세계를 직접 느끼고 판단해 볼 수 있게 되기를 기대해 마지않는다." 라고 술회했다.

우선 시의 제목부터 마음에 든다. '애인 여래' 간결하면서도 딱딱하지 않는…. 내용은 묵직한데 반해 제자題字는 약간은 위트 있는 뉘앙스를 풍기니 말이다. 평론이 전문이기도 한 저자 앞에서 내가 '뭘 운위한다'는 자체가 결례인지라, 나름대로 가장 가슴에 와 닿는다고 생각하는 절창絶唱 한 편(시집 제99쪽)을 올린다.

> 타들어간다.
> 단단히 빗장을 지른
> 문들을 두드리며
> 지글지글 이 내 몸뚱어리 기름 되어
> 타들어간다.

그 어디쯤에선가

뜨거움이 뜨거움 아닐 때

빨간 불꽃 속에 누워

미소 짓는 나는,

몇 가닥 하얀 뼈마디를 추리며

한 마리 두 마리 세 마리…

나비떼를 날려 보내고 있다.

-작품 「坐禪」 전문

　치열한 혼을 불사르며 참선하는 화자話者를 나와 동일시 해본다. 오랜 참구 끝에 하얀 뼈마디 몇 개 추려내 드디어 득선한다. 그것은 곧바로 나비가 되어 날아가고, 화자는 또 다른 色卽是空 空卽是色의 상태로 환원해버린 것이다. 마치, 장주가 꿈에서 나비가 되어 훨훨 날아가듯, 아니 거꾸로 나비가 장주로 현화顯化한 착각을 일으키게 하듯…

　필자는 불교신문에 매월 한 번씩 칼럼 여시아문(如是我聞 : 내가 들은 바 그대로) 을 기고寄稿하고 있다. 하지만 엄격한 의미에서의 불교신자 는 아니다. 산을 좋아하다 보니 그냥 선시 쪽에 관심이 많을 뿐. 저 자가 바랐던 것처럼 "편견 없이 읽어" 준다면 관점에 따라 시의 맛도 다를 터인 즉, 각자 취향대로 완미玩味하기 바라는 뜻에서 일독을 권 하는 바이다.

제3장
이시환의 자작시 해설 13편

1.

선禪과 시詩의 어우러짐

'아니,

왜 이리 소란스러운가?'

커튼을 젖히고

창문을 여니

막 부화하는 새떼가

일제히 햇살 속으로 날아오르고

흔들리는 가지마다

그들의 빈 몸이 내걸려 눈이 부시네.

　시「목련」전문全文이다.

　古矼고강 김준환 시인께서 이 소품을 읽고 내게 전화를 걸어왔다.

그 때 나는 막 퇴계로 5가 횡단보도를 걸어가고 있을 때였다. 그의 일방적인 말인 즉 '당신은 이제 시를 그만 쓰라'는 것이다. 그 순간, 나는 당황하여 다짜고짜 그리 말하는 그의 저의底意를 정중히 물었다. 그랬더니 '자신이 지금껏 수많은 시를 읽어왔고 써왔지만 이처럼 완벽하고 높은 경지에 있는 작품을 보지 못했다'는 것이다. 하지만 나는 그런 해명조차 이해할 수 없었고 받아들일 수도 없었다. 갑자기 겸연쩍어진 내가 되레 껄껄 웃으면서 '필요 이상의 과찬過讚'이라고 응수하자 그가 덧붙이기를, '이 작품은 수학적으로 보나 철학적으로 보나 완벽하다'고 했다. 하지만 나는 여전히 그의 말에 동의할 수 없었고, 받아들일 수 없는 과찬의 진의眞意를 더 이상 캐묻지도 못했다.

　보다시피, 이 작품은 전체 4연 8행으로 된 짧은 시이다.
　'아니, / 왜 이리 소란스러운가?'라는 문장(제1연)은 화자(話者: 작품 속에서 말하는 주체로서 시인에 의해서 창조되는 시인의 분신 같은 존재임)가 방안에서 혼자 중얼거리는 말이다. 화자는 이처럼 바깥이 시끄럽다고 여기지만 그 이유를 알지 못한다. 그래서 그것이 궁금하여 자연스럽게 창문 쪽으로 걸어가 커튼을 젖히고 창문을 열어본다(제2연). 그 결과, 막 부화孵化한 새떼가 일제히 햇살 속으로 날아올랐다(제3연)는 '주관적 판단으로서 진실'에 대한 확인이 이루어진다. 문제는, 이 주관적 진실이 모든 사람의 눈에 똑 같이 보이는 현상으로서 '객관적인 사실'이 아니라 화자의 눈에 비추어진 개인적인 현상으로서 주관적인 진실일 뿐이라는 점이다. 물론, 그것은 착시錯視일 수도 있지만, 그보다는 사유세계로서 마음의 눈에 비추어진 개인의 상상 속 정황으로서 이미지일 뿐이다. 어쨌든, 방안에서 화자가 들었을 때에 소란스러운 바깥의 정황과 그 이유를 나름대로 해명한 셈이다.

그런데 그 이유가 비현실적이어서 다소 당혹스럽게 느껴질 수도 있을 것 같다. 곧, 막 알에서 깨어난 새끼 새라면 아직 깃털이 나지 않아서 날 수도 없었을 텐데 화자의 눈에는 그런 것은 전혀 문제가 되지 않았다. 한 마디로 말해서, 부화하여 깃털이 나고 날 수 있을 때까지의 꽤 긴 시간이 화자의 사유세계 속에서는 다 단축되어버렸거나 무시되어 버린 것이다. 그러니까, 일종의 비약飛躍이 일어난 것이다. 사실, 이런 비약은 장황한 설명을 줄이거나 불필요한 그것을 피하기 위한 표현상의 한 기교로서 수단이자 방편이라고 생각한다.

여하튼, 새떼가 일제히 날아올랐으니 그들이 앉아있던 나뭇가지가 흔들리는 것은 당연하고, 새떼는 이미 햇살 속으로 날아가 버렸는데 그들의 빈 몸만이 나뭇가지에 걸려 눈이 부시다(제4연)는 것이다. 여기서 눈부신 빈 몸의 원관념이야 시제가 암시하는 목련꽃임에는 두말할 나위가 없듯이 그 빈 몸이야 알껍데기이거나 날아가 버린 새의 그림자 같은 허상虛像임에는 틀림없다.

결과적으로, 이 작품은 달걀 같은 외형의 목련꽃 봉우리를 통해서 새의 알을 떠올렸고, 햇살을 받아 피어나는 혹은 벌어지는 꽃 봉우리를 통해서 알껍데기를 깨고 나오는 새의 부화를 떠올렸으며, 날아가 버린 새와 남아있는 그들의 빈 몸이라는 인식認識을 통해서 눈에 보이는 실상 같은 허상과 눈에 보이지 않는 허상 같은 실상에 대해 생각해 볼 수 있는 여지를 마련해 주고 있다. 곧, 지상에 남아있을 수밖에 없는 것과 하늘로 자유롭게 올라갈 수 있는 것, 사라지지만 눈에 보이는 것과 영원히 존재하지만 눈에 보이지 않는 것, 변하는 것과 변하지 않는 것, 현상들과 그것들을 존재하게 하는 원리까지 연계시켜서 적극적으로 사유하게 하기 때문이다.

따뜻한 봄 햇살과 부드러운 봄바람 속에서 일제히 목련꽃이 피어나는 객관적인 상황으로서 자연현상을, 새떼가 부화하여 날아오르는 과정의 생명력 넘치는 소란스러운 주관적인 정황으로 빗대고 있는 감각적이면서도 철학적인 소품임에는 틀림없다. 그러나 햇살 속에서 눈부신 목련꽃을 보고 날아가 버린 새떼의 빈 몸이라고 인식한 점은 '실체 속의 허상'과 '허상 속의 실체'에 대한 존재론적 세계관의 표현으로 선적 고요 가운데로 오감의 촉수를 드리우지 않고는 불가능한 선禪과 시詩의 어우러짐이라고 본다.

-2013. 04. 22.

지극히 아름다우면 그 자체로서 선善한 법

하산기下山記 · 2

어쩌다,

내 무릎 뼈를 쭉 펴면

밤새 흐르던 작은 냇물 소리 들린다.

더러,

동자승의 머리꼭지를 찍고

돌아가는 바람의 뒷모습도 보인다.

꼭두새벽마다 울리는

법당의 종소리도 차곡차곡 쌓이고

눈 깜짝할 사이에

지상의 꽃들이 피었다 진다.

시 「하산기下山記 · 2」 전문이다.

1995년 한일 전후세대 100인 시선집 『푸른 그리움』(日譯版 : 『青い憧れい』)이란 앤솔러지를 일본의 마루치마모루(丸地守) 씨와 함께 양국에서 동시 발행했던 '광복50주년 기념사업'과 관련하여 알게 된, 재일교포 문학평론가요 번역가이신 姜晶中(강정중 1939~2001) 사백께서 위 작품을 일역日譯해 주시고, 주일대사관 문화원에서 발행하는 정기간행물 속 '韓國人의 詩心을 읽는다[對譯의 現場에서 · 4]'라는 고정란에 「어느 누구의 것도 아닌 하늘과 바람과 …」라는 제목으로 이 시에 대한 이야기를 발표했었다. 그 무렵 강 사백께서는 제게 말하기를 '어쩌면 이 작품 「하산기」와 「하늘」이라는 작품이 당신의 대표작이 될 것'이라며, 칭찬을 아끼지 않았던 기억이 떠오른다. 당시 강 사백께서는 그 글에서 이 작품에 대하여 이렇게 기술했었다.

작자는 산 깊은 절에서 새벽까지 좌선이라도 하고 있었던 것일까. 냇물이 자기 몸의 뼛속을 흐르고 있었다는, 영원에의 직감을 적은 시어에서, 이 시인의 뛰어난 시적 자질을 읽을 수 있었다. 그리고 당연시 되고 있듯이, '바람'이라는 것이 어떤 비유로 사용되었든지 간에 우리들에게는 바람의 뒷모습밖에는 보이지 않는다는 사실을 깨우치고, 그 뒷모습을 종소리와 공명하도록 배치시킨 점도 내 마음에 든다. 하얀 눈처럼 쌓여 있었던 것은 새벽마다 작자의 마음을 사로잡곤 하던 본당本堂 - 원작에는 법당法堂으로 되어 있으나 일역에서는 本堂으로 했다 - 의 종소리의 잔영이고, 바람의 발자취라고도 할 수 있는 지상의 덧없는 시간의 흐름이, 끝 연에서 환시적인 모습을 띠고 나타나고 있다.

흔히, 시인의 작품이 발표되면 그 순간부터 작품은 시인의 것이 아니라 독자들의 것이 된다고들 말한다. 시인의 창작의도와 관계없이 독자들 나름대로 느끼고 생각하면 그만이라는 점에서 가능한 말이다. 이런 맥락에서 나 역시 강 사백님의 촌평에 왈가왈부하고 싶은 생각은 추호도 없다. 저마다 다른 독자의 눈에 비추어진 세계는 독자의 것일 뿐이기 때문이다. 시인의 의도와 전혀 다르게 해석되는 경우가 왕왕 있는데 이는 시인의 표현력 미숙이거나 독자 눈眼目의 성능 곧 작품 해독 능력 문제와 관련되어 있을 것이다.

여하튼, 위 작품은, 전체 4연 10행의 비교적 짧은 시로 내용 전개상의 구조가 단순하기 이를 데 없다. 곧, "~하면 ~하다//~하면(생략됨) ~하다//~하면(생략됨) ~하고//~하면(생략됨) ~하다"로, 하나의 조건에 따른 네 개의 결과들이 나열되고 있을 뿐이기 때문이다. 다만, 그 결과들이 시·청각적인 판단들이지만 단순 나열·제시됨으로써 구축되어지는 제2의 사유세계가 다분히 심미적審美的이고 철학적哲學的이라는 점에서 이색적이라면 이색적일 것이다.

그 사유세계는 ①밤새 흐르는 냇물 소리(제1연) ②바람과 동자승(제2연) ③새벽에 울리는 법당의 종소리(제3연) ④피었다지는 지상의 꽃들(제4연)이라는 4가지 객관적 요소들을 가지고 만들어 놓은 화자의 주관적인 세계로서 화자가 꿈꾸는 일종의 이상세계인 것이다. 곧, 오랫동안 가부좌하여 앉아 있다가 - 이를 '명상' 혹은 '수행'이라 해도 좋고, '선'이라 해도 상관없다 - 다리 풀기를 하면, 다시 말해서 명상 혹은 수행을 쉬거나 마치어 하산하면 이따금 ①밤새 흐르던 냇물 소리 들리고(제1연) ②동자승의 머리꼭지를 찍고 돌아가는 바람의 뒷모습도 보이고(제2연) ③새벽 종소리도 차곡차곡 쌓이고(제3연) ④일순간 꽃들이 피었다 짐도 훤히 내려다보인다(제4연)는 것이다. 이는 분명 명상 혹은 수행생활로 얻어진, 눈을 감고 보는 눈 아닌 눈인 심안心眼에 비추어진 시계視界로서 이데아가 아니면 현상계임에 틀림없다.

화자의 그 이상세계를 떠받치고 있는 기둥과도 같은 몇 가지의 형식적 장치를 굳이 확인하자면 이러하다.

첫째, 두 개의 부사副詞 곧, '어쩌다'(제1연)와 '더러'(제2연)에 숨어 있는 각별한 의미이다. 그 숨은 의미가 쉬이 감지되는지는 모르겠지만 '어쩌다'는 '이따금' 혹은 '드물게'의 뜻으로 화자가 굽혔던 무릎을 펴는 일이 자주 있는 일이 아니라는, 바꿔 말해서 무릎을 굽히고 있는 시간이 길거나 많았다는 뜻이다. 그리고 '더러' 역시 '이따금' 혹은 '드물게'의 뜻으로, 동자승의 머리꼭지를 찍고 돌아가는 바람의 동작이 흔한 일이 아님을 암시·전제하고 있다. 동시에 '어쩌다'와 '더러'가 주는 리듬감과 내용이 긴장보다는 편안한 느낌을 안겨 줄 것이다.

둘째, '종소리가 차곡차곡 쌓인다'는 표현에서처럼 청각으로써 지각되는 내용을 시각적인 대상으로 바꾸어 놓는다든가, '눈 깜작 할 사이에 지상의 꽃들이 피었다 진다'에서처럼 물리적으로 길고 광활한 시·공간을 압축해서, 그야말로 축지縮地와 축시縮時 법을 써서 보이지 않는 영역까지도 다 내려다보게 되는 것과 같은 시점視點과 시계視界를 가진다는 점이 화자의 수행생활을 짐작케 할 줄로 믿는다.

셋째, "더러,/동자승의 머리꼭지를 찍고/돌아가는 바람의 뒷모습도 보인다."에서, 보이지 않는 바람을 보는 화자의 눈도 그렇지만, 그 바람이 동자승에게 장난을 걸듯 그의 머리꼭지를 살짝 찍고서 시치미를 떼듯 돌아간다고 생각한 화자의 마음이나, 그런 바람의 뒷모습을 웃으면서 훔쳐보듯 내려다보는 화자의 심안이 그야말로 구김살 없는 동심童心처럼 천진무구天眞無垢하여 이 시를 읽는 이들로 하여금 미소 짓게 할 것이다.

모름지기, 시란 그 밑바닥에 아름다움이 잔잔하게 흘러야 한다. 아니, 독자들의 마음 가운데 아름다움을 끊임없이 자극해 줘야 한다. 한 편의 시에서 그 아름다움을 배제해 버린다면 그것이 아무리 깊은 의미를 내장하고 있을지라도 나는 그것을 '온전한' 시라 여기지 않는다. 솔직히 말해서, 지극히 아름다우면 그 자체로서 선善한 법이다. 그래서 아름다움 앞에서 화를 내는 사람은 없다. 마찬가지로, 시를 읽으면서 성을 낼 하등의 이유가 없고, 그러잖아도 복잡한 머릿속을 더욱 더 복잡하게 만들고 싶지도 않은 것이다.

-2013. 04. 29.

3.

짤막하고도 담백한 문장 하나의 깊이

바람도
그곳으로부터 불어오고

강물도
그곳으로부터 흘러내려온다.

시 「묵언·1」 전문이다.

이 작품은 전체 2연 4행이지만 단 한 개의 문장으로 되어 있다. 시
제詩題를 포함하여 모두 5행인 셈인데 이를 자연스럽게 읽고나면, ①
묵언 ②바람 ③강물이라는 시어詩語가 아주 중요하게 사용되었다는
점을 느낄 수 있으며, 혹시라도 그들에게 숨은 의미가 있지 않을까
하는 의구심마저 절로 들게 된다. 그리고 '그곳'에서 '그'가 지시하는
대상으로서 '장소'가 어디인지가 사뭇 궁금해질 것이다. 이런 의구심
들이 이 짧은 문장을 한 번 더 읽게 할 것이다.

'묵언默言'이라 함은, '아무런 말을 하지 않는 상태'라는 점에서 겉으로는 '침묵沈黙'과 다를 바 없지만 속으로는 어떤 의미를 이미 내장하고 있어도 입을 열어서 드러내지 않을 뿐이다. 그러니까, 겉으로는 표현되지 않지만 이미 성립된 의미를 지닌 상태의 침묵이 묵언인 셈이다. 바로 이 '말하지 않는 말'이 곧 묵언인데 그 묵언이 이 작품의 중요한 소재素材 곧 제재製材가 되었으며, 그 묵언에 대한 본질이라고 할까, 그것에 대한 심상心想의 정수精髓를 '바람'과 '강물'이라는 두 개의 소재를 끌어들여서 표현해 놓고 있다. 곧, "바람도 그곳으로부터 불어오고 강물도 그곳으로부터 흘러내려온다."는 문장文章 하나로 된 시 전문全文에서 말이다. 이 전문은 ①'바람도 그곳으로부터 불어온다'와 ②'강물도 그곳으로부터 흘러내려온다'라는 두 개의 단문單文이 합쳐진 중문重文이지만 사실상 매우 간단명료하다.

  그러나 이 간단명료한 시 전문과 시제詩題 사이에서는 한 가지 질문이 제기될 수 있다. 그것은 '바람이 그곳으로부터 불어오고, 강물이 그곳으로부터 흘러내려온다'는 화자의 판단이 묵언의 본질을 밝히는 묵언의 개념으로서 속뜻인지, 아니면 화자의 묵언 가운데 하나라는 것인지에 대한 의문이다. 이는, 바람이 불어오는 시발점과 강물이 흘러내려오는 발원지가 구체적으로 밝혀지지는 않았지만 '그곳'에서 '그'라는 지시대명사가 가리키는 곳이 곧 특정 지역의 어느 지점이거나 사건인지, 아니면 시제인 '묵언' 그 자체라는 것인지가 모호하여 이중적으로 생각해 볼 수 있다는 뜻이기도 하다. 바로 이 궁금증이 문장 하나로 짜이어진 이 짧은 시를 한 번 더 읽게 하는 것이고, 그 의미를 더욱 깊게 할 수도 있다고 본다.

먼저, 궁금증에 대한 답부터 말하자면, '바람도 불어오고, 강물도 흘러내려오는' 곳인 바람의 시발점과 강물의 발원지가 시공時空을 차지하는 그 '어떤 곳'이 아니라 바로 '묵언'이라는 사실이다. 따라서 "바람도/그곳으로부터 불어오고//강물도/그곳으로부터 흘러내려온다"는 시 전문은 화자의 묵언 가운데 하나가 아니라 묵언의 본질을 간접적으로 드러내 주고 있는 비유적인 표현인 것이다.

다만, '그곳'이 가리키는 곳이 어떤 지리적 공간이어야 하는데 그 자리에 '묵언'이라는 형태가 없는 추상명사가 놓였다는 점에서 생소하게 느낄 수 있다. 아무렴, 시인에게 바람과 강물의 발원지 따위가 뭐 그리 궁금하겠는가? 하긴, 바람이 어디로부터 와서 어디로 가는지를 사람들이 모른다는 점에 착안하여 예수는 '성령으로 난 사람'을 그런 바람에 빗대어 말한 바 있고(요한복음 3:8), 부처는 어떠한 그물에도 걸리지 않는 바람의 속성에 착안하여 도道를 구하는 수행자의 마음가짐을 그런 바람에 빗대어 말한 바 있긴 하다(經集:숫타니파타의 '무소의 뿔' 경 37번).

여하튼, "묵언으로부터 불어오는 '바람'은 무엇이고, 묵언으로부터 흘러내려오는 '강물'은 또 무엇이란 말인가?" 이 바람과 강물이 내포하고 있는 의미가 중요하다고 생각한다. 그렇다! 바람과 강물은 우리가 감각기관으로 인지할 수 있는 대상들 가운데 자연현상으로서 극히 일부일 뿐이다. 그 많고 많은 대상들 가운데에서 이 둘이 선택되었을 뿐이다.

그렇다면, 묵언은 온갖 현상을 낳고, 온갖 현상을 존재하게 하는 '근원'이자 '바탕'인 셈이다. 다시 말하면, 모든 현상의 씨앗이 그 묵언 속에 있으며, 그것들이 그 묵언으로부터 싹이 터 나온다는 뜻이다. 따라서 바람과 강물은 그 모든 현상들을 대표하는 요소일 뿐으로 내(=표현자) 가까이에 있었을 뿐이다.

묵언! 뜻은 이미 성립·내장되어 있으나 스스로 입을 열어서 그것을 드러내 놓지 않는 침묵일진대 다만, 타자他者가 대신하여 그 묵언의 진의眞意을 읽어낼 뿐이다. 그러한 묵언으로 치면, 조물주의 묵언이 최고이며, 온갖 현상들을 낳는 원천源泉의 묵언이 최고이다. 바람이 불고 강물이 흐르는 현상도 다 이유가 있듯이, 꽃이 피고 지는 데에도 다 길[道]이 있다. 그 이유와 그 길은 현상을 낳는 원리原理가 되겠지만 그 원리를 풀어내놓는 '원천'이야말로 묵언 그 자체라 할 수 있다. 한마디로 말해, 묵언은 모든 것을 존재하게 하며, 모든 말[言]을 가능하게 하고, 모든 현상들을 낳게 하며, 모든 것을 이어주는 끈으로서 원천이자 바탕인 것이다.

오늘날 예수교 경전인 '성경'을 믿는 많은 사람들은 그런 묵언의 자리에 인간을 포함하여 우주만물을 '말씀'으로써 창조했다는 하나님이 계시다고 주장하겠지만, 부처님을 믿는 사람들의 시각에서 보면 그 묵언의 자리에 공空이 앉아 있을 따름이다. 여하튼, 나는 그 묵언의 정체성을 드러내고자 지금 내 옷깃을 파고드는 차가운 바람의 시발점과, 지금 내 발밑에서 굽이치는 강물의 발원지로써 연관시켜 빗대어 보았을 뿐이다.

물론, 이런 비유법을 쓰게 된 데에는 결정적인 경험적 진실이 있다. 그것은, 지난 2007년 6월 16일, 에베레스트 산 - 티베트인들은 이 산을 '세상의 어머니'란 뜻의 '초모랑마'라 부르지만 - 베이스캠프로 가는 목전目前 계곡 강변에 서서 맞던 세찬 바람과 굽이치던 흙탕물이 마치 은박지를 구겨놓은 것 같은 저 눈부신 설봉雪峰들로부터 불어오고 흘러내린다는 사실을 자각하면서부터였다. 그 설봉이 머무는 자리에 '신神' 혹은 '진리眞理'라는 단어들을 갖다 놓아도, 아니 이들을 포괄하는 '묵언'이라는 단어를 올려놓아도 무리 없이 피가 통하고 뜻이 통하리라는 생각이 들었다.

분명한 사족이지만 오늘날까지도, 인디아·네팔·티베트 사람들은 카일라시 산山 - 지구촌의 많은 사람들은 티베트인들이 '캉 린포체'라 부르는 카일라시 산이 어디에 붙어있는지조차 모르지만 - 을 두고 자신들이 믿는 신(힌두교의 시바신, 불교의 부처님, 본교의 '게코'라는 山神 등)이 사는 성지聖地 중에 성지로 여기며, 오체투지로써 경배하고 있지만 눈 덮인 설봉은 여전히 말이 없다. 그런가하면, 지구촌의 많은 사람들이 믿고 있는 '성경' 속 하나님은 '묵언'이 아닌 '말씀'으로써 우주만물을 창조했다고 하지만 이런저런 신들의 말씀의 원형격인 '묵언'을 상상해 볼 수 있듯이, 신비한 카일라시 산봉우리와 장엄한 에베레스트 설봉을 멀리서 혹은 가까이에서 바라보며 그들의 믿음과 그들의 신을 자연스럽게 떠올릴 수 있었다.

그도 그럴 것이, 주변을 조금만 눈여겨보면 그 설봉들의 눈도 눈이지만 계곡마다 뒤덮은 빙하들이 녹아내리면서 일 년 내내 끊임없이 물을 흘려보냄으로써 더러 호수가 생기기도 하고, 넘치는 물길은 강이 되어 흘러가는 것이다. 저 아래에서는 사람들이 그 물길을 이리저리 돌려 농사를 짓고 가축을 먹이며 두루 살아가는 것이다. 따지고 보면, 온갖 생명의 불길이 바로 그 설봉에서 흘러내리는 물에서 비롯되는 것이기에 그들에게는 그 설봉들이야말로 범접할 수 없는 거룩한 묵언이요, 신이요, 진리인 것이다.

나는 한 때 그들의 자연환경과 생활문화를 엿보면서, 은박지를 구겨놓은 것 같은 눈부신 설봉의 자리에 묵언默言이라는 단어를 감히 올려놓으면서, 그 짤막하고도 담백한 문장 하나를 낳을 수 있었다.

-2013. 05. 02.

4.

내 심장을 뛰게 하는 바람

돌

- 작은 돌멩이 속에 광활한 사막이 있다.
 그렇듯 광활한 사막은 하나의 작은 돌에 지나지 않는다.

아직도 내 가슴이

두근거리는 것은

수수만년

모래언덕의 불꽃을 빚는

바람의 피가

돌기 때문일까.

아직도 내 눈물이

마르지 않는 것은

수수억년

작은 돌멩이 하나의 눈빛을 빚는

바람의 피가

돌기 때문일까.

　시「돌」전문이다.

　'돌'이 시제로 붙은 까닭은 돌을 노래했다는 뜻이다. 그런데 시제

바로 밑에 붙어있는 두 개의 문장은 무엇인가? 시의 본문은 분명 아

닐 터이고 부제副題란 말인가? 그렇다. 다만, 그것이 두 개의 문장으

로 길게 붙어 있을 뿐이다. 물론, 독자들은 지금껏 이런 경우를 보지

못했을 것이다. 보지 못했다고 해서, 혹은 다른 사람들이 그렇게 쓰

지 않는다고 해서 꼭 쓰지 말라는 법은 없다. 필요해서 쓰면 그만이

고, 그것에 효과가 있으면 족하기 때문이다. 흔히들, 시제를 보완·보

충 설명해 주는 단어나 어구 등을 부제로 붙이는데 "작은 돌멩이 속

에 광활한 사막이 있다./그렇듯 광활한 사막은 하나의 작은 돌에 지

나지 않는다."라는 문장을, 그것도 역설적인 의미를 담고 있는 두 개

의 문장을 부제로 삼았다는 것 자체는 시인들에게조차도 다소 생소

하고 낯설게 느껴질 것이다. 마치, 내가 인디아 기행시집『눈물모순』

의 서시序詩로서 129행의 장시를 발표했더니 "무슨 놈의 서시가 그

렇게 기냐?"며, 길기 때문에 결코 서시가 될 수 없다는, 바꿔 말해, 서

시는 의당 짧아야 한다고 믿는 사람들이 많듯이 말이다.

　그러나 모든 형식이라는 것은 필요해서 만들어지는 것이며, 그 필

요성과 그 효과가 인정되면 그만이다. 나는 개인적으로 어떤 고정

관념이나 편견에 사로잡혀 사는 것을 몹시 싫어한다. 그래서인지 한 편의 시를 쓸 때에도 이미 각인된 지식에 매이거나 남의 눈치를 보는 일을 좋아하지 않는다.

어쨌든, 시제인 '돌'은 작품의 중심소재이다. 돌은 돌이로되 보통 사람들이 생각하는 돌이 아니라고 여겨져서 특별히 단서를 붙여 설명했는데 그 단서와 설명이 곧 부제가 된 것이다. 그렇다면, 그 부제로 사용된 문장부터 해독되어야 하고, 그것이 전제되어야 만이 시의 본문이 제대로 이해될 줄로 믿는다.

"작은 돌멩이 속에 광활한 사막이 있다. 그렇듯 광활한 사막은 하나의 작은 돌에 지나지 않는다."라는 이 두 문장은 분명 역설逆說이다. 논리를 거스르고 있기 때문에 모순이라는 뜻이다.

그러나 생각해 보라. 광활한 사막이 작은 돌멩이 속으로 들어갈 수는 없는 노릇이고, 작은 돌덩이 하나가 광활한 사막을 다 펼쳐 놓는 것은 아니지만, 그 사막의 모래들이 다 어디서 나왔겠는가? 그것은 사막의 산 바위들로부터 나왔음에 틀림없다. 사막의 모래가 다 돌덩이에서 나왔듯이 하나의 작은 돌멩이 속에는 먼 훗날 사막의 모래가 될 그것들로 가득 차 있는 셈이다. 이처럼 모래와 돌과의 관계를 시간을 확대해서 보면 결과적으로, 돌멩이 속에 사막이 들어있다는 말이 가능해진다. 그렇듯, 거꾸로 생각해보면 광활한 사막도 하나의 돌덩이로부터 비롯되었기에 그 끝은 다시 돌이 된다고도 볼 수 있다. 실제로, 지구의 두 지각판이 충돌하여 융기하지 못하고 다른 지각 밑으로 들어가는 지각판의 경우에는 그 땅위의 모든 것들은 녹아서 용암이 되고, 그 용암은 다시 지층 밖으로 나와 바위가 되고 다시 모래가 되는 것이다. 물론, 이런 현상은 아주 긴 시간에 걸쳐서 이루어지고 있는 것이지만 우리의 눈으로 확인하기가 쉽지 않을 뿐이다. 물론, 여기에는 태양계 시스템 안에서 지구 내외적 환경이라는 요소가 작용한다.

여하튼, 광활한 사막의 모래가 되는 '돌'에 대하여, 그리고 돌에서 나온 모래들로 가득한 '광활한 사막'이 하나의 돌덩이가 될 수 있다는 상관성을 생각하며, 사막 위에서 살아 숨 쉬며 심장이 뛰고 있는 '나'란 존재를 연계시켜 보았을 때에 생성되는 느낌이자 깨달음의 말이 곧 6연 12행으로 된 시의 본문인 것이다. 다시 말해, 돌과 모래와 뜨거운 태양열과 바람 등이 있는 사막 위에 '나'라는 존재를 올려놓고 이들에게 생명력을 부여하는 원천을 생각해 본 것이다. 이들 요소를 하나의 유기체적 생명체로 만들어 주는 것을 다름 아닌 '바람'으로 인식한 것이다.

이 같은 사실을 확인하기 위해서 시 본문을 자세히 들여다보자. 본문은 2개의 문장으로 되어있고, 그 문장들은 동일한 구조로 되어있으며, 그 내용은 아주 단순하다. 곧, ①'아직도 내 가슴이 두근거리는 것은 (~한) 바람의 피가 돌기 때문일까'와 ②'아직도 내 눈물이 마르지 않는 것은 (~한) 바람의 피가 돌기 때문일까'라고, 단정적으로 말하는 것을 피하면서 사실상 같은 내용을 두 번 반복함으로써 화자의 느낌과 판단에 대한 동의와 지지를 구함으로써 사실상 강조하고 있는 상황으로 만들어 놓았다. 결과적으로, 화자의 말인 즉 '나는 아직도 가슴이 두근거리고, 나는 아직도 눈물이 마르지 않았다'는 주장을 하고 있는 셈인데, 그 이유가 바로 '사막 가운데 모래언덕의 불꽃을 빛고, 사막의 모래가 되어가는 돌의 눈빛과 눈을 맞추고 있는, 피가 돌고 있는 바람의 생명력 때문이라'는 것이다.

그렇다면, 바람이란 무엇인가? ①수수만년 모래언덕의 불꽃을 빚는 바람이고, ②수수억년 작은 돌멩이 하나의 눈빛을 빚는 바람이다. 그것도 ③피가 돌고 있는 바람이다. 다시 말해, 길고 긴 시간 속에서 바람이 모래와 돌과 내가 서있는 사막에 생명을 불어넣어 온 바람인 것이다. 돌로부터 모래를 만들어내어 사막이 되게 하고, 사막의 모래 언덕에 불꽃을 일으키면서 다시 사막이 돌이 되게 하며, 동시에 지금 나의 심장을 뛰게 하고, 나의 눈물을 흐르게 하는 '바람'인 것이다. 한 마디로 말해서, 생명을 불어넣는 매개물이요, 그 원천인 것이다.

이미 서승석 문학평론가가 「존재의 초월을 위한 바람의 변주곡」이라는 평문에서 지적했듯이, 나는 '바람'이라는 시어를 즐겨 써온 것은 사실인데, 한결같이 만물에 생명을 불어넣는 매개물 혹은 생명 그 자체라는 의미로 써왔다. 물론, 바람만이 만물에 생명을 불어넣는 것은 아니지만 바람이 마치 생명력을 대표하는 것처럼 써온 것이다.

이 작품에서도 화자는, 태양이 작열하여 아지랑이가 피어오르고, 바람에 날리는 모래언덕의 사막을 바라보면서 지금 자신의 심장을 뛰게 하는 근원을 떠올리고 있다. 다시 말하면, 언덕을 이루고 있는 수많은 모래의 근원인 돌을 떠올리며, 혹은 돌 속의 광활한 사막을 보면서, 혹은 하나의 돌덩이가 되어가는 광활한 사막의 모래알들을 보면서 그 과정의 긴긴 시간과 대자연의 생명력을 체감하며 감격의 눈물을 흘리고 있는 것이다. 이러한 개인적인 체험을 되새기며 새삼 깨달았던 '살아있음의 기쁨과 그 의미'를 조용히 외쳐대고 있는 것이다. "바람의 피'가 돌기 때문일까"라고 두 번씩이나 반복해 가면서 말이다.

-2013. 05. 06.

5.

하이에나로 빗대어지는
현대인의 생태에서 진동하는 악취

하이에나
-굶주린 현대인과 누리꾼

누가 보아도 볼썽사나운 하이에나

더럽고 비겁하기까지 한 하이에나

그래도 살아야 하고

그래도 하루하루를 잘 살고 있는 하이에나.

아니, 비릿한 피냄새를 좇아

아니, 사체 썩는 냄새를 좇아

코를 킁킁거리며, 어슬렁거리는

아니, 맹수에 목이 물린

불쌍한 것들의 숨넘어가는 비명에

귀를 세우며 사방을 두리번거리는

아니, 날아드는 독수리 무리에 신경을 곤두세우며
갈기갈기 털가죽을 물어뜯고,
살점을 찢어발기고,
내장까지 물고 늘어지며 꽁무니 빼는 하이에나.

시방 갓 태어나는 임팔라 새끼를 노려보는 것은
사자나 치타나 표범이 아니다.
두엄자리에서 뒹굴다 나온 녀석처럼
지저분한 몰골에
끙끙거리는 소리까지 간사하기 짝이 없는
더럽고 치사하고 약삭빠른
아프리카 초원의 점박이 하이에나.

그 하이에나 같은 내가
인간의 욕망이 질척거리는
천박한 자본주의 사회 뒷골목을 배회한다.
아니, 세상이 다 곤하게 잠들어있어도
밤새도록 진흙탕을 휘젓고 다닌다.
삭막해서 광활한 세상인지
광활해서 삭막한 세상인지 알 수 없다만
세상의 남자들과
세상의 여자들은 그 삭막함 속을
어슬렁거리다가 지쳐
새벽녘에서야 곯아떨어지는 하이에나가 된다.

어디, 굴러들어오는 먹잇감은 없나

어디, 똥오줌 갈겨 놓을 데는 없나

어디, 발기되는 허기를 채워줄 곳은 없나

어디, 내 영역 안에 배신자나 잠입자는 없나

밤낮없이 코를 쿵쿵거리면서도

맹수의 눈치나 슬슬 살피듯

또 다른 세상 사이버 공간에서

인터넷 사이트나 천태만상의 블로그나 카페를

기웃거리고 넘나들지만

제 딴엔 진지하게 머리를 쓰는

애틋한 절체절명의

삶의 방식을 구사하는 것 아니던가.

더러, 꼬리를 바짝 감아 뒷다리 사이로 감추고

염탐하고, 냄새 맡고,

제법 날카로운 송곳니를 드러낸 채

으르렁대며 싸우고, 빼앗고,

몰려다니는 하이에나.

비록, 이 모든 것이 살아가기 위한,

아니, 살아남기 위한 몸부림이지만

그 자체가 대단하다.

아니, 위대하다.

더러, 눈치 보며, 맹종하며,

살금살금 기기도 하지만

힘센 놈들과는 일정한 거리를 유지하며
틈새를 공략할 줄도 안다.
힘을 합칠 줄도 안다.
이합집산離合集散할 줄도 안다.

오늘날 그 꾀와
그 술수로써 어두운 굴속에서나마
자식 낳아 애지중지 기르며
알콩달콩 살아가는 것이다.

나는 아침마다 컴퓨터를 부팅하면서
간밤에 쫓고 쫓기면서
저들이 남긴 발자국을 추적하며
저들의 주둥이에서 진동하는
피냄새를 맡는다.

아, 쓸쓸한 세상이여,
아, 빈틈없는 세상이여,
나는 하이에나 무리 속으로 걸어 들어가는
또 다른 하이에나,
잠 못 이루는 현대인이다.
먹고 먹어도 늘 허기진 누리꾼이다.
어떻게 하면 상대를 유혹하고 속이면서
돌아서면 보란 듯이 당당하고

점잖게 살아온 것처럼 꾸며대는
내 집과 내 이웃집에 아들딸들이다.

시 「하이에나」 전문이다.

이 작품은 전체 9연 78행으로 된 비교적 긴 시인데, 하이에나의 생태적 특징들이 아주 사실적으로 많이 묘사되어 있다. 과장해서 말하자면, '하이에나'라는 동물을 이해하는 데에 부족함이 없을 정도이다.

그런데 '굶주린 현대인과 누리꾼'이라는 부제가 붙어있고, 갑자기 제4연에서 '하이에나 같은 내(인간)'가 등장하면서부터 하이에나 이야기와 사람의 이야기가 겹쳐져 나타난다. 하이에나 이야기인가 하면 사람의 이야기이고, 사람의 이야기인가 하면 하이에나 이야기가 되어 있다. 다시 말하면, 하이에나와 인간 사이에 존재하는 생태적 유사성에서 출발하여 사실상 '다를 바 없는' 존재로 기술되어 가다가 마침내 '하이에나 = 인간'이라는 등식을 성립시켜 놓고 있는 것이다.

문제는, 하이에나와 인간의 생태적 특징들이 어떻게 유사하거나 같은지를 묘사하고 있는, 그 상관성의 객관적 신뢰도가 이 작품의 공감도를 결정해 주겠지만, 얼핏 보면, 이 작품 내에서는 하이에나나 인간의 생태적 특징이 아주 부정적인 이미지들로 가득하다. 그래서 악취가 진동할 뿐 아니라 비하卑下되는 인격에 기분이 나빠질 정도이다.

이 작품의 제1, 2, 3연과 제5연의 1~6행과 13~17행, 그리고 제6, 7연이 모두 하이에나의 생태적인 특징을 묘사하고 있는 대목들로, 약육강식의 먹이사슬 현장에서 하루하루 먹고 살며 새끼를 치고 대를 이어 살아가는 하이에나의 집단생활을 아주 가까이에서 들여다보는 것 같다. 화자의 눈에는 한사코 하이에나가 더럽고 지저분하며, 간사하고 비겁하고 치사하며, 으르렁대며 싸우고 몰려다니는 약삭빠른 존재로서 강자도 약자도 아니지만 그렇게라도 살아남고, 그렇게라도 잘 살고 있는 것이 대단한 생존의 몸부림으로서 위대하기까지 하다는 것이다.

그런 하이에나에 빗대어지고 있는 우리 인간은, '나'로 시작해서 '세상의 남자들과 여자들'이 되며, 동시에 잠 못 이루는 '현대인'이면서 먹고 먹어도 늘 허기진 '누리꾼'이 되며, 마침내 '내 집과 내 이웃집에 아들딸들'로 확대된다. 한 마디로 말해서, 인간의 욕망이 질척거리는 천박한 자본주의 사회 뒷골목을 배회하며, 또 다른 세상 사이버 공간에서 인터넷 사이트나 천태만상의 블로그나 카페를 기웃거리고 넘나들면서 제 딴엔 진지하게 머리를 쓰는 절체절명의 삶의 방식을 구사하느라고, 그 '삭막한' 세상 속을 어슬렁거리다가 지쳐 새벽녘에서야 곯아떨어지며, 주둥이에 피냄새를 풍기는 하이에나 무리 속으로 걸어 들어가는 또 다른 하이에나로서 아침마다 컴퓨터를 부팅하면서 살아가는 존재들이다.

따라서 이 작품은, 욕망의 노예가 되다시피 살아가는 현대인과 소위 사이버 공간에서 활동하는 네티즌들의 양태를 하이에나의 생태적 특징에 연관시켜서 부인할 수 없는 우리들의 삶의 단면을 드러내 놓고 있다 하겠다. 그런데 그것이 너무나 리얼하여 거부감을 불러일으킬 것만 같다. 그 거부감은 자신의 속 모습이 원치 않게 노출될 때에 느껴지는 수치감 내지는 불편함일 것이다.

솔직히 말하여, 없어서 남의 것을 훔치거나 빼앗는 사람도, 있지만 더 많이 갖기 위해서 남의 것을 수단방법 가리지 않고 노략질하는 이들도 알고 보면 나의 이웃사람들이듯이, 법을 어겨가며 성적 동영상을 찾아다니며 보거나 제작하는 사람들도, 돈을 벌거나 자기 이름을 알리기 위해서 온갖 나쁜 짓을 다하는 사람들도 바로 나의 이웃사람들이다. 매일매일 밤에 별의별 광고성 유해한 메일을 보내는 사람들도, '섹스'라는 단어를 찾아 밤마다 나의 블로그에 찾아오는 사람들도 동시대를 살아가는 나의 이웃들이다. 경우에 따라서는 자살을 하거나 불특정 다수에게 피해를 끼치는 사람들도 바로 내 이웃사람들이다. 개인마다 정도 차이는 있지만 그렇게 저렇게 살아가는 우리들의 이야기가 아프리카 하이에나로 빗대어져 부끄럽게도 치부를 스스로 드러내 놓고 있다.

따라서 하이에나가 사자도 사슴도 못되는 존재로서 아프리카 초원의 약육강식의 무서운 현실을 살아가야 하듯이, 우리는 무한경쟁 속에서 남보다 앞서야 한다는 강박관념에 시달리며 살아가야 한다. 아니, 정정당당히 경쟁하여 이기는 것도 아니고, 훔쳐보고 거짓말하며 사기치고 숨어 살다시피 하며 자신의 욕구 욕망을 추구하는 패배자들의 입장과 처지와 방식이 하이에나와 다를 바 없다는 생각이 들어 좋지 못한 감정을 배설하듯 이 시를 지었다.

-2013. 05. 08.

6.

주관적 정서의 객관화

이 능선 저 비탈
불길 번져버렸네요.

걷잡을 수 없이
돌이킬 수 없이

꽃 불길
확 번져버렸네요.

우두커니 서서 바라보던
내게도 옮겨 붙은 듯

화끈화끈 얼굴 달아오르고
두근두근 심장 마구 뛰네요.

-2013. 05. 02.

＊황매산(黃梅山) : 소백산맥에 솟아 있는 산으로 경상남도 합천군 가회면·대병면과 산청군 차황면 경계에 있다. 해발고도 1,108m로 남북방향으로 능선이 뻗어 있으며, 비교적 평탄한 남쪽 능선 산정 부근에 철쭉군락지가 있다.

시 「황매산 철쭉」이란 작품 전문이다.

이 작품의 매력은 무엇보다 '단순성'에 있다고 생각한다. 요즈음에는, 시가 마치 철학哲學인 양 책상 앞에 앉아 있는 사람들의 분석거리가 되어야 좋다는 평을 듣는데, 그들의 눈에는 노래에 가까운 이 시야말로 구시대적인 낡은 것으로 비추어질 가능성이 매우 높다.

그러나 나는 그렇게 생각지 않는다. 명시名詩가 흔히 그렇듯 짧고 단순하지만 깊은 의미가 내장되어 있어야 하는데, 그 깊은 의미란 인간적 경험에 비추어본 진실에 기초하며 동시에 주관적인 정서의 객관성에 있다고 본다.

이 작품의 의미 역시 어렵지 않고, 그 표현 또한 복잡하지가 않다. 그 의미인 즉 특정 산에 무리지어 핀 철쭉꽃의 장관壯觀 때문에 내 가슴이 뛰고 내 얼굴이 화끈거린다는 것이다. 그리고 그 의미를 겉으로 드러내는 표현법인 즉 철쭉꽃이 핀 상태狀態나 기세氣勢를 거침없이 번지는 '산불'로써 빗대어 놓은 기교에 있다. 아주 단순한 내용에 단순한 기교인 셈이다.

그런데 이 작품은 그 단순성 이상의 의미가 있다고 생각한다. 그것은 다름 아닌 공감도와 직결되는 주관적 정서의 객관화에 있다. 곧, 꽃밭에 머무노라면 그 사람의 얼굴조차 상기되고 마침내 그 꽃빛이 그 얼굴에 물들어있는 것처럼 보이는데 - 이것은 엄밀한 의미에서 착시현상이지만 - 이런 경험적 사실을 놓치지 않고 산불이 났을 때의 경우와 오버랩 시켜 표현해 내고 있다. 다시 말하면, 무리지어 피어 있는 꽃밭에 파묻히었거나 멀리서 바라볼 때에 느끼는 즐거움과 설렘을 산불의 기세와 열기로 겹쳐 놓음으로써 과장하였으나 그 두 경험적 사실에 공통인수적인 요소 곧, 색깔·열기·기세 등의 유사성 때문에 무리 없이 공감된다.

이처럼 누구나 경험적으로 느낄 수 있는 단순한 내용과 그에 딱 들어맞는 비유법이 주는 높은 공감도에 이 작품의 매력이 있음에 틀림없지만, 굳이 다른 하나를 더 든다면 구어체口語體의 문장이 안겨주는 정감어린 자연스러움과 편안함이다. 이 자연스러움과 편안함을 합쳐서 보통사람들이 느끼고 즐기는 성향을 지칭하는 말로서 '대중성'혹은 '통속성'이라고 바꿔 말하고 싶은데, 이 대중성은 세 번 반복되어 나타나는 '~해 버렸네요'라는 어투와 '확'이라는 시어에 의해서 잘 드러났다고 본다. 이는 지각된 사실에 대한 놀람과 함께 그것을 환기시켜 널리 알리는 기능적인 측변에서도 생동감 넘치게 한다.

그러나 이 시에서 모든 이야기들을 가능하게 하는 키가 바로 "우두커니 서서 바라보던/내게도 옮겨 붙은 듯(제4연)"에 있다. 이 작품은 전체 5개 연 가운데에서 전반부인 3개 연은 능선의 철쭉꽃이 피어있는 상태를 표현한 것이고, 나머지 2개 연은 그 능선을 바라보는 화자 자신의 이야기인데, 객관적인 대상으로서 철쭉꽃과 주관적인 나를 연결해 주는 교량 역할을 하는 것이 바로 이 제4연이다. 그런데 묘하게도 화자인 나를 '우두커니 서서' 다시 말하면 '넋 놓고 서서' 불타는 철쭉꽃을 바라보는 위치에 놓았다는 사실이다. 그러니까, 꽃밭한 가운데 있지 않고 일정한 거리를 두고 서서 바라보아도 얼굴이 화끈거리고 가슴이 두근거린다는 양자 간의 관계 설정에 키포인트가 있다 하겠다.

이처럼 꽃과 사람, 산불과 꽃, 사람과 산불 사이의 관계에서 느낄 수 있는 정서를 비유법으로 활용한 표현기교와 내용이 구어체의 어법을 만남으로써 대중성을 확보하는 데에 성공했다고 말할 수 있지만 그와 달리 형식적인 장치로서 외형률을 간과할 수 없다. 곧, 소리 내어 읽을 때에 일정한 리듬감을 주는 1행 2음보, 1연 2행 구조의 외형률과 동음반복의 운韻이 살아있다는 점이 이 작품을 더욱 자연스럽고 편안하게 한다.

사실, 이것 때문에 눈으로 읽는 것보다는 소리 내어 읽는 편이 나은 시가 됐다. 그 운의 진가는 천천히 끊어 읽을 때에 느낄 수 있는 매행每行의 음보와 음보 사이, 그리고 매연每聯의 행과 행 사이에 깃들어있는 탄력성에 있다. 이 탄력성은, 같은 단어를 피하고 동일한 의미이라도 소리가 다른 시어를 선택함으로써 생기는 변화變化이며, 동음同音이나 동일 구조의 어구語句 대비對比이며, 문장 구조상의 군더더기 없는 깔끔함 그 자체로서의 긴장緊張이다.

-2013. 05. 21.

7.

밤바다 정황 묘사의 섬세함

몽산포 밤바다

올망졸망,

높고 낮은 파도 밀려와

내 발부리 앞으로

어둠 부려 놓고 간다.

그 살가운 어둠 쌓이고 쌓일수록

가녀린 초승달 더욱 가까워지고

나를 꼬옥 뒤에서 껴안던

소나무 숲, 어느새 잠들어

사나운 꿈을 꾸는지

진저릴 친다.

시「몽산포 밤바다」전문이다.

'요즈음 할 일이 없어서 자작시 해설을 쓰고 있다'하니, 어느 지인께서 말하기를 '해설을 붙여서 시문장의 의미를 스스로 제한함으로써 오히려 독자들 나름대로 상상할 수 있는 즐거움이랄까 자유를 박탈하는 것이 아니냐?'며 염려한다. 그 지인의 말과 태도가 옳을 수도 있고 틀릴 수도 있다.

이 작품은 '몽산포'라고 하는 특정 지역의 밤바다 풍경을 묘사해 놓고 있다. 아니, '풍경'이 아니라 '정황'을 그려내었다 함이 더 적절할 것이다. 그런데 특별한 의미를 강조하거나 화자의 주장이 없어 보이는 이 작품을 읽으며 스스로 무언가 말을 하려니 그 지인의 말이 떠올랐던 게 사실이다.

이 작품은, 보다시피 전체 5연 10행으로 이루어진 비교적 짧은 시이다. 문장의 수로 치면 두 개뿐이다. 그 하나는 ①"올망졸망, 높고 낮은 파도 밀려와 내 발부리 앞으로 어둠 부려 놓고 간다(제1, 2연)"이고, 그 다른 하나는 ②"그 살가운 어둠 쌓이고 쌓일수록 가녀린 초승달 더욱 가까워지고 나를 꼬옥 뒤에서 껴안던 소나무 숲, 어느새 잠들어 사나운 꿈을 꾸는지 진저릴 친다(제3, 4, 5연)"이다.

첫 문장을 간단히 줄여서 말한다면, '파도가 어둠 부려놓고 간다'가 되는데 나머지는 어떤 파도이고, 어디에 어둠 부려놓고 가는지를 설명해주는 수식어에 지나지 않는다. 그리고 두 번째 문장은 주어와 술어가 각각 두 개씩인 중문이다. 곧 '초승달이 가까워지고'와 '소나무 숲이 진저리를 친다'가 그것이다. 역시 나머지는 초승달과 소나무 숲이라는 두 주어의 동태動態를 존재하게 하는 상황이나 그 인과관계를 설명해주는 수식어일 뿐이다. 그리고 보면, 이 작품의 키워드는 첫 문장의 ①파도와 두 번째 문장의 ②초승달과 ③소나무 숲 등을 합쳐 세 개뿐이다.

만약, 이 두 개의 문장에서 주어와 술어만을 떼어내어 간단히 기술하듯 표현한다면, "①파도가 어둠 부려놓고 간다 ②초승달이 가까워지고, 소나무 숲이 진저리를 친다"가 되는데, 이것만을 떼어 읽으면 시인이 기대했던 몽산포 밤바다의 '어떤' 정황이 그려지지 않는다. 그래서 시 작품이라 할 수도 없다. ①파도 ②초승달 ③소나무 숲 등 세 개의 주어가 보이는 동태動態만으로는 시인이 말하고자 했던 바 그 정황이 구축되지 않아 왠지 부족하다는 생각이 드는 게 사실이다.

그래서 어둠 부려놓고 가는 파도가 구체적으로 어떤 파도인지를 '올망졸망, 높고 낮은'이라는 수식어로써 설명하였고, 그 파도가 어디에다가 어둠을 부려놓고 가는지 그 장소를 '내 발부리 앞'이라고 분명하게 단서를 붙여 놓았다. 그럼으로써 파도의 크기와 세기를 말했고, 화자인 '내'가 바닷가에 있다는 사실을 간접적으로 드러내 놓았다.

또한, 그 어둠이 어떤 어둠인가를 설명하기 위해서 '살가운'이라는 형용사를 동원하여 그 어둠의 질감을 드러내 놓았다. 곧, 어둠이 피부에 닿는 감촉이랄까 그에 대한 감각적 인식 결과를 '살갑다'라고 드러내 놓은 것이다.

나아가, 그런 '어둠이 쌓이고 쌓일수록'이라는 하나의 조건이 제시되면서 바로 그 조건이 원인原因이 되어 '초승달이 내게 가까워진다'는 결과로서 연緣이 나왔다. 이 인과 연에 의해서 '소나무 숲이 진저리를 친다'는 또 다른 현상이 결과로서 생겼다. 소위, 인연因緣에 의해서 현상이 나오고 없어지는 유한의 세계를 그려내고 있는 것이다.

사실, '어둠이 쌓일수록'이라는 말은 '밤이 깊어갈수록'이라는 뜻이고, '초승달이 선명하게 다가온다'함은 밤이 깊어가면서 나타나는, 화자가 지각한 자연현상인 것이다. 그리고 소나무 숲이 어떤 소나무 숲인지를 '바닷가에 서있는 나를 뒤에서 꼬옥 껴안던'이라는 말로써 그 의미를 제한하였고, 그 소나무 숲이 왜 진저리를 치는지에 대해서는 '어느새 잠들어 사나운 꿈을 꾸는지'라고 추측하는 가벼운 단정을 내리고 있다.

결과적으로, 파도·어둠·초승달·소나무 숲·숨겨진 바람 등 다섯가지 자연적 요소가 어울리어 만들어내는 밤바다의 정경이 어떠한 것이며, 그 정경에 화자인 '내'가 어떻게 관계하며 어울리는지가 이작품의 골격이 되었다. 다시 말하면, '몽산포 밤바다'에서 볼 수 있는객관적 요소들을 가지고 화자인 내가 어떻게 재구성하여 '제2의 몽산포 밤바다'를 만들어 놓느냐가 이 작품의 주제가 되고 기교가 되었다는 뜻이다. 따라서 제2의 몽산포 밤바다는 최소한의 객관성 위에주관성으로 덧칠되어 창조된 개인적인 바다로 객관적이라기보다는 주관적일 수밖에 없는 것이며, 바로 그 주관성을 읽어내는 것이 작품 감상의 핵이라고 생각한다.

그렇다면, 그 네 가지 자연적 요소에 화자를 연관시켜 시인이 창조한 제2의 몽산포 밤바다는 과연 어떠한 것인가? 오로지 정황으로 말할 뿐 작품의 주제가 선명하게 부각되지 않아 설명이 쉽지가 않다. 그래서일까, 예전에 어떤 사람이 인터넷 사이트에서 이 시를 읽고 전문全文을 인용하면서 "시 너무 좋다….." (자유여신, 2013/03/06 00:13:10) 라고 댓글을 달았었는데, 그 '너무 좋은 이유'를 밝혔더라면 위 질문에 어느 정도 답이 될 터인데 그 역시 그 이유를 밝히지 않았다. 굳이 밝힐 필요를 느끼지 못했거나 그 이유가 분명하게 인식되지 못했기 때문일 것이다.

혹시, '나를 꼬옥 뒤에서 껴안던 소나무 숲'을 자신을 사랑했거나 사랑하고 있는 사람쯤으로 연계시켜 해석되었기 때문일까? 아니면, 아무도 없지만 거칠지 않은 파도가 어둠을 실어 나르고, 그 어둠이 내 발밑으로부터 쌓여 밤이 깊어갈수록 하늘에 초승달만 밝아지는 고적함이란 분위기 때문일까? 아니면, 파도·어둠·초승달·소나무 숲 등과 함께 '내'가 '몽산포 밤바다'라는 하나의 세계에 편입되어 부분으로서 전체를 이루고, 그 전체의 구성인자로서 저마다 살아있는 생명력을 느낄 수 있었기 때문일까? 아니면, 한 폭의 그림이 되어 바닷가에 서있었던 과거 어느 순간의 추억을 환기시켜 주었기 때문일까? 아니면, 애써 말하지 않아도 같이 느끼고 같이 생각해 볼 수 있는 공감의 영역이 있었기 때문일까. 이들 말 역시 모두가 사족임에 틀림없다.

분명한 사실은, 큰소리로 외쳐 말하지 않고 정황으로써 보여줌에
가깝고, 전면에 나서서 보란 듯이 강조함이 아니라 한 걸음 뒤로 물
러서서 지켜봄에 가깝다는 점이다. 바로 그 점이 부각되었어야 할
작품의 주제를 녹여내 버리고 있다는 점이다. 그래서 이 작품을 읽
으면 좋다는 느낌이 드는데 그 이유를 분명하게 말하기가 쉽지 않은
것이다. 이 작품에서는 유일한 사람으로서 등장하는 화자인 '나'조차
도 초승달이나 파도처럼 밤바다를 구성하는 한 요소에 지나지 않음
이 그를 잘 말해 준다.

-2013. 05. 23.

8.

두 대상 간의 상관성에 기초하여
성립되는 비유법

금낭화

사람이 북적거릴수록
더욱 그리워지는 당신께서
이 깊은 산골 오지奧地까지 오신다함에
어두운 골목골목
등불 밝혀 놓았습니다.

세상사 시끄러울수록
더욱 간절해지는 당신께서
이 어두운 벽지僻地까지 오신다함에
험한 산길 굽이굽이
등불 밝혀 놓았습니다.

-2013. 05. 24.

시「금낭화」라는 작품 전문이다.

시제詩題가 된 '금낭화'에 대해서 사실, 나는 아는 게 없었다. 지난 2013년 5월 17일로부터 19일까지 황금 연휴기간에 경남 함양에 있는 처가에 갔었는데, 앞마당 잔디밭 모퉁이 돌담 곁에 생전 처음 보는 꽃이 피어있었다. 신기해서 자세히 들여다보니, 가느다란 줄기 하나에 많은 것은 열댓 송이, 적은 것은 여남 송이 정도의 아주 작은 꽃들이 종鐘처럼 일렬로 매달려 있었는데, 윗부분은 분홍색이었고, 그 밑 부분은 하얀색이었다. 비록, 한 그루의 나무였지만 여러 방향으로 뻗어있는 줄기마다 그렇게 꽃 주머니들을 매어달고 있었다.

그런데 한걸음 물러서서 바라보니 비교적 큼지막한 잎들에 꽃들이 가려져 있기도 했지만 그것들이 그 잎들 사이로 언뜻언뜻 내비치기도 했는데 영락없이 아주 멀리서 반짝거리는 불빛처럼 보였다. 이윽고 한 그루의 꽃나무는 깊은 산속 오지奧地 같았고, 붉은 색과 흰색이 조합된 원통형 꽃 주머니가 줄줄이 매달린 모양새는 그 산속 벽지僻地 모퉁이마다 밝혀 놓은 등불처럼 보였다. 그것도 굽이굽이 내려오는 험한 산길 오고가는 사람들의 발길을 밝혀주는 어둠 속의 연등처럼 말이다.

순간, 옳거니! 나는 무릎을 쳤고, 부처님이 오시는 길을 밝혀드리기 위해서 사람들이 내걸어 놓은 연등으로까지 생각되었던 것이다. 그날 밤, 잠자리에 누워 그 금낭화의 모양새를 다시 떠올리자 연등도 그냥 연등이 아니라 사밧티(舍衛城:네팔 남서쪽에 인접해 있던 코살라 왕국의 도읍지)에 살았다던 어느 가난한 여인이 밝힌 예의 그 등불 같았다.

비록, 구걸한 돈으로 기름을 사서 밝힌 초라한 것이었지만 부처님에 대한 무한한 존경심과 정성으로써 다음 세상에서는 꼭 부처가 되고 싶다는 서원誓願까지 담았기에, 부처님의 수행제자인 '아난다'가 아주 늦은 밤에 그 불을 끄려고 애를 썼지만 끝내 꺼지지 않았다[이는 불경佛經 가운데 하나인 「근본설일체유부비나야약사根本說一切有部毘奈耶藥事」에 나옴]는 그 등불로까지 연상되었던 것이다.

그래서 단 몇 분 만에 이 시를 썼지만 문제는, 객관적인 대상인 '금낭화'에 대해 인식된 이미지가 또 다른 객관적인 대상인 '연등'과 얼마나 자연스럽게 연계되느냐에 달려있다는 사실이다. 이처럼 두 대상 간에 존재하는 상관성에 기초하여 비유법이 성립되는 것이고, 그 상관성의 정도가 독자들의 공감 정도를 결정해 주리라 믿는다.

그러나 요즈음에는 거꾸로 두 대상간의 거리를 크게 벌려서, 다시 말하면, 전혀 관계없는 것들을 억지로 연관시켰을 때에 발생하는 이질감과 그 충격을 적극적으로 이끌어내려는 경향이 있다. 이런 경향이 현대시의 모더니티를 이루는 한 요소로 간주되지만 이것은 인간의 잠재의식이나 무의식 세계를 밖으로 드러내는 일을 인간의 정신해방이라 여겼던 초현실주의자들의 주된 시작기법詩作技法의 흉내 외에 다름 아니다.

여하튼, 금낭화의 모양새와 색깔 등을 쉬이 떠올릴 수 있는 사람들은 어렵지 않게 종鍾을 연상하거나 연등을 떠올려 볼 수 있으리라 본다. 아니, 그 외에 전혀 다른 것을 떠올릴 수도 있다고 본다. 무엇이 떠올려지느냐는 오로지 개인의 관심과 경험 등으로 입력되어 있는 뇌의 기억창고 속 내용물과 깊은 관계가 있다고 본다. 그것이 나에게는 부처님 오시는 길을 경축하며 편히 오시라고 어둠 밝혀 드리는 등불을 밝혔던 고대古代 사람들의 마음씨요, 온갖 개인적인 기원을 담아 연등을 매달아 놓으면서 부처님께 복福을 비는 요즈음 불자佛者들의 마음이었다. 그리하여 줄줄이 매달린 금낭화를 보면서 그들이 밝혀 놓은 산사山寺의 연등을 생각하며 잠시 미소 지어 보일 수 있었던 것이다.

-2013. 05. 24.

9.

대자연의 생명력과
그 아름다움이 머무는 곳이 곧 극락

고강 댁 · 1

산이 동서로 가로막혀

해조차 늦게 뜨고 일찍 지는,

어느 산비탈 외진 곳에서

처자를 버리고 홀로 사는 고강古江.

그 댁 앞마당에

4월의 따스한 햇살이 내리는데….

그가 있거나 없거나

아랑곳하지 않고

좁은 마당을 가로지르는

디딤돌 가장자리론

키 작은 제비꽃이 어느새 고갤 숙이고

싱그러운 돌나물도 파릇파릇 돋아나는데….

그가 있거나 없거나

아랑곳하지 않고

기울어져 가는 대문 밖

늙은 개살구나무에서는 실바람이 불어

꽃잎과 꽃잎들이 앞 다투어

햇살의 목마를 타고서

대지 위로 소리 없이 내려앉느라

눈이 부신데….

주인은

쓸쓸함을 데리고 마실 가셨나

텅 빈 집안에

봄기운만 왁자지껄하네.

-2003. 04. 23.

-2014. 09. 19. 수정

시「고강 댁·1」전문으로 뒤늦게 수정된 작품이다. 원래는 3연이 4행씩 12행으로 되었던 것인데 각 연에서 정작 해야 할 말들이 다 생략되어 있었다. 그런데 그 생략된 말을 비로소 찾았던지라 그것이 마지막 제4연 4행으로 붙으면서 앞의 3개 연의 행 가름이 자연스럽게 바뀌어 버렸다.

제1, 2, 3연은 공히 '~하는데….'로 문장이 끝이 나 예전처럼 해야 할 말이 생략되어 있는 상태이다. 그런 만큼 임의로 상상하게 하지만 아쉬움이 남아 있다.

제1연은, '오래된 징검다리'라는 뜻의 '고강古矼'이라는 아호雅號를 가진 지인知人이 살고 있는 집터와 그 지인이 어떤 인물인가를 읽을 수 있는 단면을 노출시키고 있다. 곧, 그의 집은 동쪽과 서쪽에 높은 산이 자리 잡고 있어서 아침에는 해가 늦게 뜨고 오후에는 해가 일찍 지는 드문 곳이다. 그것도 외진 곳 산비탈에 있다. 그리고 고강은 처와 자식을 버리고 홀로 사는 사람이다. 그런데 그의 집 앞마당에는 4월의 따뜻한 햇살이 내리고 있는 상황이다.

제2연은, 그의 집 앞마당의 정경을 그리고 있는데 곧, 마당 가운데로 듬성듬성 디딤돌이 놓여있고, 그 가장자리로는 키 작은 제비꽃이 피어 고개를 숙이고 있고, 돌나물이 파릇파릇 돋아나 있는 상황이다. 문제는 "그가 있거나 없거나 아랑곳하지 않고"라는 표현에 있다.

제3연은, 역시 그의 집 안팎의 풍경을 묘사했는데 대문은 기울어져 있고, 그 대문 밖에는 늙은 개살구나무 꽃들이 만발하여 실바람이 불자 그 꽃잎과 꽃잎들이 햇살의 목마를 타고서 대지 위로 소리 없이 내려앉는다는 정황 묘사가 감각적으로 이루어져 있다. 역시 문제는 "그가 있거나 없거나 아랑곳하지 않고"라는 표현에 있다. 그리고 한 가지 특기할만한 사실이 있다면, 개살구나무에 핀 꽃잎이 햇살 속에서 반짝반짝 빛을 내며 떨어지는 양태를 "꽃잎과 꽃잎들이 앞 다투어/햇살의 목마를 타고서"라는 감각적 인식능력을 반영한 표현에 있다.

이렇게 1, 2, 3연에서 '고강'이라는 이름(실제는 아호雅號임)을 가진 사람의 집 안팎의 풍경과 그 풍경속의 정황을 감각적으로 섬세하게 그려 놓았으되 그 이상의 말을 전혀 하지 않았다. 다시 말해, 정황만을 그려 놓았으되 그에 대한 의미부여 없이 일체를 생략해 둠으로써 독자들의 생각이나 상상을 유도하고 있는 셈이다.

사실, 이정도만으로도 시인이 그리고자 했던 고강 댁의 정경이 어렴풋이나마 독자들의 머릿속에 떠올려질 수 있고, 그것으로써 나름대로 상상할 수 있다고 본다. 곧, 궁궐 같은 큰 집이 아니라 다 쓰러져가는 초라한 시골집이지만, 오래된 낡은 집이란 것도, 그리고 사람의 손길이 크게 가지 않은 채 방치된 듯한 집이란 것도 짐작이 갈 줄로 믿는다. 그리고 고강이란 인물이 왜 처자를 버리고 그곳에서 홀로 사는지는 도무지 알 수 없지만 초야草野에 묻혀 한적함 가운데에 살고 있다는 점도 미루어 짐작할 수 있으리라 본다.

그러나 무언가 허전함도 있어 보이고 궁금함도 여전히 남아있는 게 사실이다. 바로 그것을 끝까지 감추지 못하고 마지막 제4연에서 하고 싶었던 말을 덧붙여 놓고 말았다. 곧, "주인은/쓸쓸함을 데리고 마실 가셨나/텅 빈 집안에/봄기운만 왁자지껄하네."라고 말이다. 이 말을 꼭 했어야 했는지, 아니면 끝까지 하지 않고 생략해 두는 편이 더 좋았는지는 솔직히 가늠하기 어렵다.

집 주인인 고강은 보이지 않지만, 설령 집안에 있거나 없거나 상관없는 일이지만, 봄이 됐다고 대자연이 집 안팎에 부려놓는 생명력이 약동하는 모습을 '와자지껄'이라는 수식어 하나로 표현해 놓았다. 비록, 다 쓰러져가는 낡은 집이지만 제비꽃이 피어나고 돌나물이 돋아나고 개살구 꽃이 햇살 속에서 바람에 실려 떨어지는 모습을 통해서 봄기운을 받아서 약동하는 대지의 생명력과 그것의 아름다움을 드러내고 싶었던 것이다.

그렇다면, 정작 그리고 싶었던 대자연의 생명력이란 무엇이고, 그 생명력의 아름다움이란 또 어떠한 것인가? 물론, 이에 대해서는 말로 직접 다 표현하기는 어렵지만 - 설령, 말로 표현이 다 된다면 그것은 이미 시가 아닐 것이지만 - ①집주인이 있거나 없거나 상관없이 태양의 빛과 열에너지를 받아서 앞마당에 제비꽃이 피어나고 돌나물이 돋아나는 정황과, ②기울여져가는 누추한, 낡은 집이지만 게다가, 주인마저 어디론가 출타중이어서 텅 비어있어 더욱 쓸쓸하기 짝이 없는 집이지만 대문 밖에서는 늙은 개살구나무의 꽃잎들이 바람에 날리어 햇살 속에서 꽃비처럼 떨어지는 정경을 제시한 것으로써 설명한 셈이다.

결과적으로, 나는 '고강'이라고 하는 특정인의 집을 중심 소재로 택하여 그 안팎의 풍경風景을 그렸으되, 그 풍경 속의 정황情況을 통해서 '하늘꽃'이 내려오고, '새들'이 지저귀고, '꽃들'이 만발한 청정한 '극락세계'와 다를 바 없는 지상에서의 희열을 한 편의 시로 담아내고 싶었지만 역시 역부족이었음을 부인하지 않는다.

-2014. 09. 25.

10.

빛깔 곱게 여한 없이 살다가는
삶의 의미를 생각게 함

붉게 물든 산천을 보며

때가 되면
저 은행나무 잎처럼 노랗게 물들어
한 시절 불태우다가
가볍게 떨어질 줄 알아야 하거니

때가 되면
저 단풍나무 잎처럼 붉디붉게 물들어
한 목숨 불태우다가
가볍게 날릴 줄도 알아야 하거니

때가 되면, 때가 되면
한 시절 한 목숨 다 버리는
산천초목처럼
돌아가는 발길도 가벼워야 하리라.

노란 은행나무 잎처럼 빛깔 곱게 살다가
빨간 단풍나무 잎처럼 여한 없이 살다가
가볍게 돌아가는 것이
우리 아름다움 아니겠는가.

-2013. 11. 06.
-2014. 09. 19. 수정

시 「붉게 물든 산천을 보며」란 작품 전문이다.

이 작품은 기승전결起承轉結 구조를 갖춘 4개 연으로 되었으되, 각 연이 4행씩 모두 16행으로 짜이어 있다. 소리 내어 읽거나 자세히 들여다보면 반복이 많고, 점층법적인 수사修辭가 동원되어 있음을 어렵지 않게 알아차릴 수 있다.

'때가 되면'이라는 어구가 제1, 2연에서 한 차례씩 나오는데 그것이 제3연에서는 연속으로 두 차례 반복되어 나타나 있고, 제1, 2연에 한 차례씩 나오는 '은행나무'와 '단풍나무'가 제4연에서 동시에 다시 나타나고 있다. 그뿐 아니라, 제1, 2연에서 각각 나타나는 '한 시절'과 '한 목숨'이라는 어구도 제3연에서 동시에 다시 나타나고 있다. 게다가, '~하면 ~하거니'라는 문장구조 자체가 제1, 2, 3연에서 그대로 되풀이되어 나타나고 있다.

이처럼 같은, 단어나 어구나 문장구조가 반복됨으로써 단순구조를 이루어 의미 판단을 쉽게 하면서 강조하는 효과를 거두지만 깊게 사유하는 쪽으로 익숙해진 현대인들에게는 오히려 '가벼움' 내지는 '지루함'으로 느껴질 수도 있을 것이다. 그래서 이 작품은 문장의 의미를 새기기 위해서 눈으로써 읽는 것보다는 노래로서 불려져야 더 맛깔이 살아난다. 그만큼 리듬감각에 의지하는 음악성이 짙다는 뜻이다.

그리고 제1연의 '은행나무'와 제2연의 '단풍나무'는 제3연의 '산천초목'으로 확대·통합되는데 이런 확대·통합성은 제1연의 '한 시절 불태우다가'가 제2연의 '한 목숨 불태우다가'로 발전하고, 이들은 다시 제3연에서 '한 시절 한 목숨 다 버리는' 것으로 통합되어 나타나고 있다. 소위, 점층적인 수사修辭를 통해서 그 의미를 확대·심화시키면서 자연스럽게 강조하는 효과를 거두고 있다.

그렇다면, 반복과 점층법으로써 무엇이 강조되고 그 의미가 확대·심화되었는가? 그것은 두 가지라고 생각한다. 하나는, '한 시절'(제1연)과 '한 목숨'(제2연)에 대한 '불태움' 곧 삶의 태도나 방법이고, 다른 하나는 '가볍게 떨어짐'(제1연)과 '가볍게 날림'(제2연) 곧 '돌아감'(제3, 4연)이라는 '죽음'이다. 그러니까, 한 시절과 한 목숨을 불태운다는 것은, 생명체로서 소명을 다하는, 진지함이라 할까 정열이라 할까 본능적 욕구에의 충실함이다. 인간으로 빗대어서 말하자면 '최선'을 다하여 사는 것을 뜻하는데, 그 최선이란 것의 의미가 제4연에서 '빛깔 곱게 산다'는 말과 '여한 없이 산다'는 말로써 부연 설명된다. 그리고 '가볍게 떨어짐'(제1연)과 '가볍게 날림'(제2연)이라는 말은 제3, 4연의 '돌아감'이란 말로 귀결되지만 이는 곧 '죽음'을 의미한다. 죽음이란 '본래의 자리로 돌아감'이라는 뜻이 전제되었지만 말이다.

따라서 결구인 "노란 은행나무 잎처럼 빛깔 곱게 살다가/빨간 단풍나무 잎처럼 여한 없이 살다가/가볍게 돌아가는 것이/우리 아름다움 아니겠는가."가 이 작품의 주제가 된다. 문제는, '빛깔 곱게 산다'는 것과 '여한 없이 산다'는 것, 그리고 '가볍게 돌아간다' 는 일련의 간접적인 표현이 과연 독자들에게 어떻게 지각·인지되느냐 일 것이다.

　그러나 함축적이고 정서적이고 음악적인 요소들을 갖추어야하는 - 이런 고전적인 시 정의定意에 대해 만족하지 못하는 사람들도 많지만 - 시 詩에서 그 이상 설명하는 일은 무리가 따른다고 생각한다. 겉으로 표현되지 아니한 부분들에 대해서는 독자들의 안목과 감각적 인지능력에 맡겨야 할 문제인 것이다.

　다만, 중요한 사실은, 겨울이 오기 전 가을철에 단풍나무나 은행나무를 비롯하여 산천초목이 다 물들어 불타듯하다가도 쉬이 지고 마는 것은 객관적인 자연현상으로서 흔히 볼 수 있는 일이지만 그 자체를 노래했다기보다 그런 자연현상을 빌려서[빗대어서] 다름 아닌 인간 삶을 노래했다는 점이다. 그러니까, 단풍나무와 은행나무와 산천초목처럼 우리 인간을 포함한 모든 생명체가 빛깔 곱게 여한 없이 살다가 때가 되면 가볍게 돌아가야 한다는 시적 화자의 희망사항을 읊조린 것이라 할 수 있다. 물론, 이런 주관적인 생각이나 판단이나 정서가 얼마나 공감되느냐에 따라서 시가 살기도 하고 죽기도 하는 것이지만 말이다.

　-2014. 09. 23.

11.

밤[栗]이나 주우러 가는
할망구로 변신한 부처님

진관사에서 내려오는 길에

9월의 중순 어느 이른 아침
의상봉*으로 가는 길을 잘못 들어서서
진관사*에서 되돌아 나오는데

급히 걸어오시는
몸집 작은 백발의 할망구,
내게 다가오더니 다짜고짜 묻는다.
'저 위쪽에서
밤 떨어지는 소리 못 들었느냐?'라고.

(밤 떨어지는 소리라…)

내 겸연쩍게 웃으며,
'못 들었다…' 했더니
할망구 고개를 갸우뚱거리면서

되레 무지한 나를 나무라는 듯

'못 듣긴 왜 못 들었느냐?'며

발걸음을 재촉한다.

------

*의상봉(義湘峰) : 행정구역상 경기도 고양시 덕양구 북한동에 속하며, 북한산성 대서
문 쪽으로 있는 해발고도 502m 봉우리이다. 신라의 고승 의상(義湘:625~702)이 머물
렀던 곳이라는 데에서 그 이름이 붙여졌다고 전해진다.
*진관사 : 서울특별시 은평구 진관동 354에 위치한 불교사원.

시 「진관사에서 내려오는 길에」라는 작품 전문이다.

2014년 9월 14일 이른 아침, 나는 서울 은평구 진관동 '여기소'란
마을에서 '백화사'를 거쳐 북한산의 의상봉·용출봉·용혈봉·나한
봉·비봉·향로봉·족두리봉 등을 차례로 오른 다음, 불광동으로 내
려오고자 큰마음을 내어 새벽 5시 반경에 집 앞에서 버스를 타고 '진
관사 입구'라는 정류장에서 내렸다. 무작정 산 쪽으로 걷다보니 '백
화사'가 아닌 '진관사'가 나오기에 '아차, 버스에서 잘못 내렸구나' 싶
어 지도를 펴보고서야 방향을 바로잡고, 진관사에서 여기소 쪽으로
둘레길을 따라 걸어가고 있었다. 이때가 아침 6시 반경쯤 되었을 것
이다.

그런데 저 앞쪽에서 설봉雪峰 같은 백발白髮을 이고 오는, 몸집 작
은 할머니가 씽씽 걸어오고 있었다. 그녀가 내 앞에서 걸음을 멈추
더니, 내게 다짜고짜 묻는다. "저 위쪽에서 밤 떨어지는 소리 못 들었
소?"(이 할망구, 웬 밤 떨어지는 소리…) 솔직히 말해서, 나는 밤 떨어지는
소리를 듣지 못했지만 오다보니 나무 밑 풀숲에서 무언가를 찾고 있

는 두어 사람을 보았을 뿐이다. 그래서 나는 노파의 얼굴을 들여다 보며, 겸연쩍게 "못 들었소만…" 하고 말끝을 흐렸더니, 이 할망구가 혀를 차듯 말하기를 "못 듣긴 왜 못 들었소" 라고 대꾸하고는 종종걸 음으로 달아나듯 가버리는 것이 아닌가.

그 순간, '별사람도 다 있구나' 생각하면서 내 길을 걸어가는데 '아 니, 내가 지금 무엇에 홀렸나?', 아니면, '내가 무얼 잘못 말했나?', 아 니면, '내가 마땅히 알아야 할 것을 모르기라도 했단 말인가?' 등등 별의별 생각이 다 드는 것이었다. 하여, 나는 고개를 갸우뚱거리면 서 그 할망구의 뒷모습과 퉁명스런 말투를 떠올려 보았지만, 분명한 것은 그녀가 이른 아침부터 야산의 밤이나 주우러 가는 시골 할머니 임에는 틀림없질 않는가.

그럼에도 불구하고, 자꾸만 이상한 생각이 든다. 혹시, 내가 무언 가 알아차리지 못하고 놓친 게 있나 싶었고, 혹시, 내 잘못 살아온 인 생을 환기시켜 주려고 암시했던 것인가 싶었기 때문이다.

여하튼, 나는 그 길로 그날 계획한 산행을 마쳤고, 그날 밤 노곤 노 곤하여 초저녁부터 잠에 떨어졌지만, 그 할망구가 내게 던진 말을 곱씹으면서 나는 시 한 편을 썼던 것이다. 그것이 바로 이 작품「진 관사에서 내려오는 길에」이다.

사실, 아주 짧은 시간에 있었던 그대로를 기술한 내용이다. 그래서 시詩로서 부족한 느낌마저 드는 것도 사실이다. 그런데 애착이 간다.

표현은 제대로 되지 못했지만, 그래서 나의 진짜 생각이 부각되지 못했지만, 내 마음 속에서만 그 '백발의 할망구'와 '밤[栗]'에 대하여 스스로 깊은 의미를 부여하기 때문일까. 분명, 내가 만났던 사람이 내 눈에는 평생을 시골에서 살며 늙은 할망구였을 따름이고, 그것도 때가 되어 자연이 주는 밤이나 주우러 가는, 가난한 삶을 살아가는 그녀였을 뿐인데, 그것에 무슨 의미를 부여할 수 있단 말인가.

그럼에도 불구하고, 그런 할망구의 말이 내게 자꾸만 걸리고, 심상치 않게 느껴지는 것이었다. 마치, 그녀가 내 뒤통수에다 대고 지껄이는 것만 같았다. 곧, '내가 너에게 그 맛있는, 귀한 밤을 주어먹을 수 있는 기회를 주었는데 무식한 너는 그 기회를 알아차리지 못하고 있구나. 그러니 네가 어찌 내가 주는 밤의 맛을 알 수 있을까? 너는 분명 우둔한 사람이고, 아직 나와는 연이 닿지 않는 사람이구나. 너는 그곳에서 내려오지 말고 내가 주는 밤이나 먹으면 될 일인데 무엇 때문에 다른 곳으로 애써 서둘러 간단 말인가. 어리석은 사람아.' 라고 나를 나무라는 것만 같았다.

만약, 그렇다면 나는 내 인생을 잘못 산 것이나 다름없다. 나의 생각이 여기까지 미치자, 돌연 부처님이 '여의족如意足'을 내어서 백발의 할망구로 변신하여 내게 나타나, 내가 가야할 길을 암시해주신 것은 아닐까 싶었다. 만약, 그렇다면 백발의 노구老軀는 부처님이 되는 셈이고, 밤은 정신적인 양식으로서 부처님이 깨달은 도道의 함의 含意가 될 것이고, 시적 화자인 나는 길을 안내 받았음에도 불구하고 알아차리지 못하는 어리석은 중생에 지나지 않게 된다.

잘못 들어선, 이른 아침 산행 길에서의 뜻밖의 만남을 두고 이렇게 의미를 부여하고 싶었던, 아니 자연스럽게 그리 되었던 나의 사유세계를 드러내 놓고 싶었으나 동감同感·동의同意하지 못했다면 전적으로 나의 표현력 부족으로 받아들인다.

　바로 현실적인 만남을 정신적인 만남으로 환치換置시키기 위해서, 다시 말해 현실세계에서 이상세계로 나아가는 길목에 징검다리 하나를 놓았는데, 그것이 바로 '의상봉으로 가는 길을 잘못 들어서서/ 진관사에서 되돌아 나오는데(2, 3행)'와, '되레 무지한 나를 나무라는 듯(13행)'이라는 표현이다. 하지만 이 징검다리가 '있었던 그대로'의 사실적 표현이라는 거친 물살에 휩쓸려 떠내려가 버린 것만 같아 유감이다. 그래서 아쉽고 애착이 가는 것인가.

　이렇게 시를 다 써 놓고 보면, 마음속에서만의 일이지 그것이 겉으로 온전하게 드러나지 못해서 종종 오해를 불러일으키기도 하는 것이다. 그 오해가 때로는 시를 더욱 깊게 하기도 하지만 말이다.

　-2014. 09. 18.

12.

유有와 무無의 경계를 그리다

커다란, 혹은 깊은

구멍이 눈부시다.

푸른 나뭇잎에도, 사람에게도,

바람에게도, 하늘에도, 땅에도 우주에도,

그런 구멍이 있다.

기웃거리는 나를 빨아들이듯

불타는 눈 같은,

그런 구멍이 어디에도 있다.

사람이 구멍으로 나왔듯이

비가 구멍으로 내리고,

햇살도 구멍으로 쏟아진다.

어둠이라는 단단한 껍질에 싸인 채 소용돌이치는

비밀의 세계로 통하는,

긴 터널 같은,

無에서 有로, 유에서 무로 통하는,

긴 탯줄 같은 구멍은

나의 숨통, 나의 기쁨, 나의 슬픔.

그 구멍을 통해서만이

한없이 빠져들 수 있고, 침잠할 수 있고,

새로 태어날 수도 있다.

그것으로부터 모든 것이 비롯되고,

비롯된 모든 것이 그곳으로 돌아가므로.

시 「구멍론」이란 작품 전문이다.

누가 이 작품을 읽고서 피리의 작은 구멍들을 떠올리든, 둥그런 도 넛의 커다란 가운데 구멍을 떠올리든, 아니면 차량들이 질주하는 길 고 긴 터널을 떠올리든 상관없지만 지금 이 시를 읽는 여러분들은 과연 어떤 대상을 떠올리며, 어떤 생각을 어디까지 할 수 있는지 여 간 궁금하지가 않다.

'구멍'이란 말을 들었을 때에 당신에겐 어떤 대상이 먼저 떠오르는 지 모르겠지만, 나의 작품 「구멍론」을 읽고서 아주 재미있다는 듯 웃 어 보이며, 그것도 다중이 모여서 술 마시는 자리에서 돌연 문제의 작품을 들고 나와 낭송하는 40대 여성을 기억하고 있다. 다들 가까 이 앉아있는 사람들과 안부를 묻고 대화를 나누느라고 시끌시끌했 었기에 주의 집중이 통 되지 않는 분위기였지만 그녀가 왜 시키지도 않은 시낭송을 하는지 짐작할 수는 있었다. 어쩌면, 그녀는 그 구멍 을 두고 아이를 잉태하고 낳는 관문인 여성의 성기를 가장 먼저 떠 올렸을 것이다. 그렇지 않고서야 어떻게 그녀의 얼굴에 부끄러움과 홍분이 반반씩 뒤섞인 붉은 웃음을 감추지 못했겠는가.

막 이 작품을 읽어버린 당신은 어떤 대상을 떠올렸고, 어디까지 상상했는지 알 수 없지만 일단 이 문제는 접어두기로 하고 나의 이야기를 계속하겠다.

나는, 2015년 8월 26일 심종숙 시인 겸 문학평론가로부터 「부재의 시학 : 죽음에 관한 묵상」이라는 글을 받았었는데, 그 글 속에 뜻밖에도 이 작품에 대한 언급이 있었다. 다 생략하기로 하고 그 핵심 내용만을 가져오자면 대략 이러하다. 곧, '구멍은 완전한 비움이자 충만이고, 구멍은 죽음과 생명이 오가는 통로로서 삶과 죽음에 대한 성찰의 결과로 끌어들여진, 만물이 창조되어 나오고 만물이 죽어서 돌아가는 길'로 해석하였다. 아마도, 평자評者의 이런 언급이 여러분들 눈에는, 과장 되고 애써 의미를 부여해 준 것으로 받아들여질 수도 있겠다는 생각이 들지만 평자의 판단은 시를 쓴 나의 생각과 조금도 다르지 않다. 이 시가 어떠한 배경에서 씌어졌는지를 솔직하게 털어놓으면 조금은 이해되어지리라 믿는다.

나는 7층 사무실에서 곧잘 커다란 유리창 밖으로 내리는 빗방울을 바라보았고, 빌딩과 빌딩 사이로 더 거칠게 부는 바람을 느낄 수도 있었다. 그러니까, 바람이 지나가는 통로를 보았고 빗방울이 떨어지는 그 구멍 같은 길을 보았다는 뜻이다. 그렇듯, 한 사람의 생명체가 나오는 과정과 그 길을 상상했고, 천체물리학에서 말하는 블랙홀이라는 개념 속 중력과 시간이라는 문제를 떠올리기도 했다. 그리고 나뭇잎의 숨구멍을 떠올렸고, 내 피부의 솜털구멍과 세포마다의 아주 작은, 그래서 눈에 보이지도 않는 구멍과 길을 떠올렸다. 나아가서, 우주 빅뱅 이전의 상태와 빅뱅 이후의 우주 진화과정과 팽창을 떠올리며 상상하곤 했다. 뿐만 아니라, 불교佛敎 최고·최후의 종지에 해당하는 '색즉시공色卽是空 공즉시색空卽是色'이라는 귀신 씨나락 까먹는 소리의 의미를 떠올렸다.

　이런 나는 어렸을 때부터 늘 무無에서 어떻게 유有가 나오며, 유는 또 어떻게 무로 돌아가며, 또 그 무는 어떤 상태인가를 놓고 상상해 오곤 했었다. 그러니까, 무와 유 사이의 이해할 수 없는, 그리고 깨뜨리거나 넘어갈 수도 없는 '벽壁'을 상상하곤 했던 것이다. 이런 나의 상상과 생각과 추리가 뒤범벅이 되어 돌연 이 시를 아주 짧은 시간에 썼던 것이다. 사실, 문장으로써 초고를 쓰는 데에는 아주 짧은 시간이 걸렸지만 이런 상상 이런 생각을 해왔던 시간은 너무나 길었던 셈이다.

　나는 알고 있다. 소리가 너무 작거나 너무 커도 내 귀에 들리지 않는다는 것을. 그렇듯, 소리만이 아님도 알고 있다. 눈으로 볼 수 있는 것들을 비롯하여 나의 감각기관과 뇌에서 이루어지는 모든 지각 대상이 그러하다. 그러니 내가 듣지 못했다고 해서 소리가 없었던 것도 아니고, 내가 보지 못한다고 해서 꼭 없는 것도 아닐 것이다.

　나는 내 감각기관으로써 지각할 수는 것들을 나열해 가며 그 본질을 생각했고, 내가 지각하지 못하는 것들에 대해서도 나름대로 상상력을 펼쳐보곤 했다. 비가 내리는 구멍, 바람이 부는 구멍, 사람이 나오는 구멍, 사람 몸에 있는 구멍들, 그리고 높은 산의 능선과 능선 사이의 골짜기라는 구멍, 지구가 태양을 중심으로 도는 길로서의 구멍, 별과 별 사이의 구멍, 태양계가 돌아가는 우리 운하속의 길로서의 더 큰 구멍… 이렇게 점점 확대해 가면 우주 안에는 구멍으로 가득하며 구멍 아닌 곳이 없다.

나는 의심의 여지없이 구멍에서 나왔지만 더 큰 구멍 안에서 살고 죽는다 해도 크게 틀리지 않는다고 생각했다. 하지만 그 구멍의 실체를 설명할 길이 없기에 나는 그저 '소용돌이', '불타는 눈', '비밀의 세계', '탯줄 같은 것'이라고 적당히 얼버무렸을 뿐이다.

여러분들이 느끼기에는 어떠신가?

이 시를 쓴지 20여 년이 흐른 지금, 다시 읽어도 그리 밉지는 않다. 그리 부끄럽지도 않다. 차라리 '잘' 썼다는 생각이 든다. 만족할 만큼 제대로 씌어졌다는 뜻이 아니라 당시의 나의 생각 나의 문제의식 등을 감안해 볼 때에 때를 놓치지 않고 써두었다는 뜻이다. 오로지 이 작품에 대한 평가나 재단裁斷은 여러분들의 느낌과 여러분들의 판단으로써 직접 해보기 바란다.

나는 단지, 내 머릿속에 들어있던 유有와 무無라고 하는 두 개념의 경계를 상상했던 것이고, 무의 본질이 무엇인가를 상상했는데 그 유와 무 사이의 통로로서 구멍을 가정했고, 그것을 통해서 내가 상상해 온 유무의 세계를 말하고자 했을 뿐이다. 하지만 결과적으로, 유와 무는 양태의 변화일 따름이지 그 본질은 조금도 다르지 않다는 생각으로 되돌아와 버렸다. 애써, 나는 우주 한 바퀴를 돈다고 크게 돌았는데 결국은 제자리인 셈이다.

-2015. 08. 27.

13.

천지간에 생명을 불어넣고
거두어 가기도 하는 '바람'

벌판에 서서

 나는 평생 시를 써오며 살았지만 대중 앞에서 시낭송을 한 번도 제대로 하지 못했다. 무언가를 외우고, 기억하여 그것을 가지고 남들 앞에서 자랑하듯 말하거나 혹은 연기하듯 온몸으로 표현하여 보여주는 행위를 끔찍이도 싫어하는, 아니, 싫어한다기보다는 그런 능력이 없어서 못하는 사람이기 때문인 것 같다. 하지만 그런 나에게도 은밀한 애송시愛誦詩가 딱 한 편 있다. 그것은 세계적으로 유명한 시인의 대표작이 아니라 다름 아닌 자작시「벌판에 서서」였다. 누가 시낭송회에 꼭 동참해서 낭송해 달라하면 몸이 참석하기는 어려워도 마지못해 이 작품을 보내곤 했었다.

 나는 내가 쓴 시이지만 다 외우지도 못하면서「벌판에 서서」를 왜 은연중 좋아했는지 모르겠다. 딱히 그 이유가 무엇인지 분명히 밝히기가 지금도 어렵다는 뜻이다. 차제에 여러분 앞에 먼저 그 시 전문을 읊조려 보겠다.

바람이 분다.

얼어붙은 밤하늘에 별들을 쏟아 놓으며
바람이 분다.

더러, 언 땅에 뿌리 내린
크고 작은 생명의 꽃들을 쓸어 가면서도
바람이 분다.

그리 바람이 부는 동안은
저 단단한 돌도 부드러운 흙이 되고,
그리 바람이 부는 동안은
돌에서도 온갖 꽃들이 피었다 진다.

바람이 분다.

내 가슴 속 깊은 하늘에도
별들이 총총 박혀 있고,
내 가슴 속 황량한 벌판에도
줄지은 풀꽃들이 눈물을 달고 있다.

바람이 분다.

이 작품을 다 읽고 나면 최소한 세 가지 정도가 그냥, 저절로 기억

된다. 하나는, 여러 차례 반복됨으로써 강조되고 있는 '바람이 분다.'는 단순한 사실이고, 다른 하나는 바람이 불되 '어떻게' 부는 바람인가이다. 그리고 또 다른 하나는, 바람이 불어서 무엇이 어떻게 되었다는 그 '결과'이다.

여기서 그 '어떻게'에 해당하는 표현만 의식하면 단번에 드러난다. 곧, ① '얼어붙은 밤하늘에 별들을 쏟아 놓으며'와 ② '더러, 언 땅에 뿌리 내린/크고 작은 생명의 꽃들을 쓸어 가면서도' 등 두 가지뿐이다. 그러니까, 바람이 불긴 부는데, 밤하늘에서는 별들을 쏟아놓으면서 불고, 땅에서는 뿌리내린 크고 작은 생명의 꽃들을 쓸어가면서 분다는 것이다. 결과적으로, 하늘에서 부는 바람과 지상에서 부는 바람이 뜻하지 않게 대비되고 있는 셈인데, 중요한 것은 그 바람이 별들을 쏟아놓기도 하고, 크고 작은 생명의 꽃들을 쓸어가기도 하는, 그런 바람이라는 것이다. 다시 말해, 지상과 하늘에 존재하는 만물에 생기를 불어넣기도 하고 거두어가기도 하는 '바람'인 것이다. 다만, 그 대상을 '별'과 '꽃'이라는 두 개의 상관물로써 드러내 놓았을 뿐이다.

그 다음, 바람이 불어서 무엇이 어떻게 되었는가에 해당하는 결과만을 떼어내 보자. 그것은 곧, '그리 바람이 부는 동안은/저 단단한 돌도 부드러운 흙이 되고,/그리 바람이 부는 동안은/돌에서도 온갖 꽃들이 피었다 진다.'라는 부분이다. 여기서 '그리'는 '그곳으로'가 아니라 '그렇게'라는 뜻으로서 앞에서 설명한 '어떻게'에 해당하는, 전제된 내용이다. 그러니까, 만물에 생명을 불어 넣기도 하고 거두어

가기도 하면서 천지간에 바람이 분다면 단단한 돌이 부드러운 흙이 되고 돌에서도 온갖 꽃들이 피었다 진다는 것이다. 인간의 개념으로는 굉장히 광활하고 길고 긴 시공時空에서 펼쳐지는 일이다. 다만, 그것이 압축되어 있을 뿐이다. 이 시를 쓴 나의 입으로써는 더 이상 말하기가 곤란하니 나머지는 여러분들이 나름대로 이해하고 해석하기 바란다.

그런데 묘하게도 '내 가슴 속 깊은 하늘에도/별들이 총총 박혀 있고,/내 가슴 속 황량한 벌판에도/줄지은 풀꽃들이 눈물을 달고 있다.'라는, 어찌 보면 엉뚱한, 또 어찌 보면 독립적인 말이 또 하나의 시공을 구축하여 작품 말미에 붙어 있다. 바로 이 부분을 어떻게 해석하느냐에 따라서 시의 묘미를 더해주기도 하고 번거로움만 안겨주기도 한다 할 것이다. 역시 어떤 이는 이 부분이 있어서 시가 더 깊어졌다고 하는가 하면 또 다른 이는 떼어내 버려야 할 사족이라고 말하기도 한다.

여하튼, 나는 어느 해 아주 추운 겨울바람이 불어대는 황량한 벌판에 홀로 서서 유난히 맑은 밤하늘에 별들이 쏟아질 듯이 떠있는 것을 보았고, 얼어붙은 땅에서도 별의별 크고 작은 생명체들이 엎드려 숨 쉬고 있다는 것을 표현하고 싶었고, 그 순간에 부는 바람이 곧 조물주의 뜻이거나, 그 의중을 전하러 오는 전령처럼 인지되었다. 이것이 아니면 분명 조물주의 작용作用이고 조물주의 현현顯現이라고 생각했었다.

하지만 내가 서 있던 그 지상과 그곳에서 올려다보던 밤하늘의 세계가 둘이 아닌 하나로서 존재하지만 나는 그런 우주 가까이에 있는 게 아니라 우주 속에 있으며 동시에 내 안에 그 우주가 들어있다는 '의미적 판단', 곧 알량한 지식으로써 판단 가능한 생각을 담아내기 위해서 바람에 의해 존재하는 하늘의 별들과 벌판의 풀꽃들을 자신의 가슴 속으로 끌어들여와 펼쳐 놓았던 것이다.

  그런데 지금에 와서 생각해 보니 내 가슴 속에 있는 풀꽃들이 이슬 방울도 아닌 '눈물'을 달고 있다고 한 것을 보면 내게 서글픈 구석이 있었던 모양이다. 엄밀히 말하면, 벌판에 서서 온갖 시련을 극복해 가며 살아가는 과정 자체가 눈물이라는 단어로 응축되었을 뿐이다. 불교적 시각에서 본다면 생生의 '고苦'와 맥을 같이하는 상관물인 셈이다.

  -2015. 08. 28.

부록

1. 이시환의 내면적 풍경

2. 이시환, 나는 누구인가?

3. 평자 약력

1. 이시환의 내면적인 풍경

-이시환의 시 60여 편을 조건 없이 영역해 준 캐나다 몬트리올 맥길대학의
유병찬 박사의 요구에 의해 2003년 11월에 정리했었던 기록임.

　어머니 말에 의하면, 나는 유별난 '순둥이'였다고 한다. 내가 서지
도 걷지도 못하는 젖먹이 때에 어머니께서는 나를 방안에 눕혀 놓고
도 편안한 마음으로 외출이 가능했다고 한다. 그만큼 얌전히 잘 자
고 깨어나서도 혼자 잘 놀았다고 한다.

　그러던 어느 날 어머니는 외출하였다가 돌아와 방문을 여는 순간,
내가 누워 잠자던 자리에서 없어져서 깜짝 놀라며 이리저리 방안을
허둥대었다는데 글쎄, 내가 어두운 책상 밑에서 웃고 있었다며 지금
도 곧잘 말하곤 하신다.

　지천명知天命을 앞둔 이 나이에 나를 생각해 보아도, 나는 혼자 있
는 시간을 참 많이 가졌으며, 어떤 의미에서는 그것을 즐겼다고도
볼 수 있다. 심지어는 내가 초, 중등학교를 다닐 때에도 내 방의 문을
열어보아야 내가 집안에 있는지 없는지를 알았다고 말할 정도로 늘
조용히 혼자 있기를 좋아했던 것만은 사실이다. 이는 유별나게 눈물
이 많고, 많은 사람들 앞에서 유창하게 말을 하거나 그 누군가와 다
툰다거나 하는 일과는 너무나 거리가 먼, 그러면서도 내 일은 내 스

스로 하는 약간의 책임감을 지녔던 나의 타고난 내성적인 성격과 결코 무관하지 않으며, 또한 어렸을 때부터 농촌 시골에서 자란 탓으로 자연의 소리를 듣고, 그 움직임을 보며, 그것들의 변화를 지켜보는 일에 익숙해져 있는 나의 친 자연성親 自然性과도 무관하지 않다고 생각한다.

그런 나는 고등학교 시절에 사춘기적 방황을 너무 심하게 하여 내 삶의 태도나 진로가 완전히 바뀌어 버렸다. 곧, 인간이란 무엇이며, 어떻게 살아야 참 인간다운 삶인가, 하는 매우 근원적인 문제 등에 대해 고민하였으며, 급기야는 하숙집에서 말도 없이 나가 중(스님)이 되겠다고 절간[寺刹]을 기웃거리기도 했다. 그러자 학교 담임선생님과 아버님이 문제해결을 위한 상담원[대학의 철학과 교수와 원불교 교무]을 소개해 주기도 하고, 다방면으로 신경을 써주셨다. 그럼에도 불구하고 나는 나의 문제를 속 시원히 풀지 못한 채 학교로 복귀하였지만 학교공부보다는 종교서와 철학서와 문학서적 등을 읽기 시작했고, 그 속에서 나름대로 즐거움을 찾았던 것 같다. 그 과정에 어설프게나마 알게 되었던 불가佛家의 가르침인 '人生無常'과 '無慾', '慈悲' 등의 키워드에 집착해 있었고, 동시에 중국의 철학자 노자老子나 장자莊子의 '無爲自然' 론에 상당한 영향을 받았으며, 사실상 그것들이 나의 정신精神과 정서情緖에 적지 아니한 영향을 미치었다고 나는 판단한다.

그런 탓으로 나는 비정상적이리만큼 세속적인 욕심이 없었으며, 학교공부도 소홀히 하여 명문대학에 진학하지 못하고 결국 지방에 있는 대학의 농과대학을 다녔다. 그것도 현실적인 생각을 갖고 살아가시는 아버지의 열망에 대한 반작용이었지만. 어쨌든, 마지못해 대학을 가게 된 나에게는 동물학, 식물학, 육종학, 유전학 등 전공과목에서 배우게 되는 지식이 자연현상을 이해하는 데에 적지 않은 도움이 되어 주었고, 졸업학점과 무관하게 스스로 수강하면서 공부했던 서양미술사, 논리학, 인사행정 등도 나의 안목을 넓혀 주는데 큰 도움이 되었다. 아울러, 학교 도서관에서 빌려 탐독하는 시인들의 시집과 문예 이론가들의 이론서에서도 문학적 기초를 쌓아 가는데 상당히 큰 도움을 받았을 뿐 아니라 시인들의 문장에서 삶의 태도나 방식을 감지感知하였고, 특히 현실사회에서의 여러 빛깔의 고통에도 불구하고 세상사를 내려다보는 관조觀照, 그리고 여유로움, 그리고 자유분방함 등이 나를 편안하게 했던 것도 사실이다.

그리고 대학을 졸업하자마자 가게 된 軍에서 장교로 5년 동안 근무하면서도 틈틈이 공부했던 심리학, 정신의학, 미학, 수사학, 논리학 등도 문학 정기간행물 대여섯 종을 정기구독해오며 시 습작詩 習作을 해왔던 나에게 직간접으로 도움을 주었다고 생각한다. 이런 나의 젊었던 시절의 경험이 오늘날에도 자연스레 비문학적인 책을 독서하는 것으로써 문학적 상상력을 키우고, 휴식을 취하는 습관을 갖게 했는지도 모른다.

지금까지 나는, 어림잡아 500여 편의 시를 창작해 왔는데　-물론, 시작詩作하는 과정에서 변변치 않은 문학평론집 7권 분량을 쓰기도 했지만- 이들이 대학을 졸업하기 전에 장학금의 일부로 발간한 첫 시집『그 빈자리』를 포함해서 8권의 시집으로 나온 것이다. 이들을 지금에 와서 돌이켜 보면, 다시 말해, 그들 작품 속에 용해된 나 개인의 사상적 배경 혹은 시적 관심이 어떻게 변해 왔는가를 스스로에게 물으면 그 답은 의외로 간단하다. 시적 관심이야 그동안에 약간의 변화가 있었지만, 내가 무슨 글을 쓰든지 간에 글 한 가운데에는 늘 '내'가 있었기 때문이다. 그 '나'에게는, 어렸을 때부터 친구처럼 지내왔던 대자연의 소리와 움직임과 그것의 온갖 변화[現象]를 지켜보는 과정에서 몸에 익은 親 自然性이, 그리고 그 자연 속에서 살아갈 수밖에 없는 나 자신[人間]의 존재存在와 생명生命이라는 두 명제가 늘 떠나지 않았다.

자연 속에서 인간 삶의 지혜를 배우고, 내 몸 속에서 자연을 읽을 수가 있었으니 자연과 인간관계 속에서의 진실과 아름다움이 나의 가장 큰 시적 관심이었다고 말할 수 있다. 설령, 내가 그 자연을 떠난다 해도 자연의 품안에서 이루어지는, 다시 말해 자연을 떠날 수 없는 일이라는 사실을 체감하며, 나는 그 자연의 모든 현상을 가능하게 하는 그 '무엇'에 -이를 '絶對者'라 해도 좋고, '神'이라 해도 좋고, '空'라 해도 좋다- 대하여 끊임없는 상상을 해오며 짝사랑을 해온 것 같다. 나의 짝사랑은 늘 아름답고 신비하기까지 한 자연현상을 '나'와 관련지어, 바꿔 말하면 '나'라는 프리즘에 비친 바깥세상을 문장으로 표현하는 것으로써 가시화되었고, 그런 나의 삶이 그 안에서 이루어지는 재롱 정도로만 여겨졌다.

돌이켜보면, 자연과 나의 관계만을 생각하면 아무런 갈등이나 문제가 없었는데 인간들 간의 관계나, 그 인간들이 엮어나가는 사회나, 그 속에서의 너와 나의, 그리고 우리의 삶을 생각할 때는 늘 갈등을 일으키고, 온갖 문제들이 불거져 나왔으며, 그에 따라 슬픔과 분노라는 감정의 파고波高가 높아지기도 했었다.

나의 현실적 굴레와 나의 시선이 그곳에 머물 때 나의 아픔이자 우리의 아픔을 노래했었고(1991), 우리의 정치 경제 사회의 좋지 못한

-어디까지나 나의 개인적인 판단이지만- 기류와 그에 편승하는 세인世人들에 대해 조롱 섞인 어조語調로 푸념을 늘어놓는 시기(2003)도 있었지만, 그것들은 내가 가졌던 시간의 아주 작은 부분일 뿐, 역시 나를 가장 편안하게 하고 내가 스스로 안주해 왔던 긴 시간은 자연의 품안에서 응석을 부리는 때이자 내 몸속에서의 자연을 읽는 시간이었음에 틀림없다.

근자에 들어 부처님의 가르침에 다소 귀를 기울이며 그 의미를 다시 새기고 있고, 그 과정에서 명상瞑想을 통한 시들이 습작習作되고 있긴 하지만 전체적으로 보면 변한 것이 하나도 없는 것 같다. 사춘기의 방황하던 시절에 알게 되었던 老壯의 無爲自然과 부처님의 無量世界가 지금도 내가 머물고 있는 집이니 말이다. 다만, 차이가 있다면 그 집의 구조와 기능에 대해 나름대로 나의 눈을 가지고 바라보고 있다는 것이고, 그 집안에서 살고 있는 나의 태도와 방식이 보다 자유스럽고 보다 적극적으로 바뀌었다는 점일 것이다. 곧, 인간의 문명생활도 넓은 의미의 자연의 순응이며, 인생이 무상하기에 더욱 아껴 살아야 한다는, 다시 말해 의미를 부여하면서 정진해야 한다는 역설로 바뀐 것이다.

이제, 비로소 인간의 존재가, 인간의 삶이 무상無常한 것이기에 어떻게 살아야 하는가를 새롭게 인식했다고나 할까. 그렇다. 실은 그조차도 자연의 품안에서나 가능한, 허락받은 재롱일 뿐이고, 인간으로서의 가질 수 있는 삶의 한 형식에 지나지 않는다는 사실을 잘 알고 있지만 말이다.

따라서 내가 쓰는 모든 글은, 넓게 보면 자연을 베끼는 일에 지나지 않았다. 그래서 아무리 잘 쓴다 해도 그것은 자연 그 자체만은 못하리라고 여겨왔다. 나는 그 자연의 뜻을 해독하기 위해 좀 눈을 크게 뜨고, 귀를 크게 열고, 나 자신과의 대화를 즐기어 왔으며, 바람이나 햇살과의 대화를 즐기는 중이다. 그것이 나의 삶이었고 내 문학의 바탕이었다고 생각한다.

2. 이시환, 나는 누구인가?

-이시환의 시문학을 분석 탐구하고 있는
심종숙 문학평론가의 요구에 의해서 2015년 10월에 새로 쓴 이시환의 약력

나는, 경찰 공무원이었던 아버지 이한수와 어머니 윤순복 사이에서 3남 2녀 가운데 장남으로 1957년 9월에 전북 김제 월촌에서 태어났다 한다. 아버지가 20년 공직생활을 청산하고 고향인 전북 정읍 감곡이라는 변방지역으로 이사하여 나는 초등학교만 시골에서 다녔으며, 중학교 고등학교 대학교를 전북 익산에서 다녔다. 남중과 남성고등학교와 원광대 농과대학 농학과를 졸업하고, ROTC 19기로 임관하여 5년 동안의 군 생활을 무사히 마쳤으며, 명지대에서 국문학 석사학위과정(1986년 2월)을 마치었다.

고등학교시절부터 시詩를 습작하기 시작하여 대학졸업까지는 신춘문예에 응모하여 당선작을 내는 것을 목표로 삼고 나름대로 노력했으나 뜻을 이루지 못하고, 대학 다닐 때에 4학기 장학금을 받았었는데 그 돈의 일부로써 등록금은 물론이고 대학을 졸업하기 전에 작은 개인시집『그 빈자리』古文堂를 펴내는 것으로써 만족해야 했다.

1987년부터 서울에 살면서 시 창작 동인활동을 적극적으로 해왔는데, 그 과정에서 모더니스트 김경린 시인으로부터 '원하지 않는'

추천을 받고, 계간「詩와 意識」(발행인 : 소한진) 지에서 시 부문 신인상을 수상하고, 사단법인 '한국문인협회' 기관지인「月刊文學」지에서 김양수 문학평론가의 심사로 평론 부문 신인상을 수상하였다. 이렇게 해서 나의 글쓰기 인생이 공개적으로 시작되었다.

그로부터 30여 년 가까운 세월이 흐르는 동안 시집으로「안암동 日記」(1992),「애인여래」(2006),「몽산포 밤바다」(2013) 외 8권을 펴냈지만 다 합쳐봐야 600여 편 정도이다. 이 시들을 쓰기 위해서 공부하는 과정에서 문학평론집으로 ①毒舌의 香氣(1993) ②新詩學派宣言(1994) ③自然을 꿈꾸는 文明(1996) ④호도까기-批評의 無知와 眞實(1998) ⑥명시감상(2000) ⑦비평의 자유로움과 가벼움을 위하여(2002) ⑧문학의 텃밭 가꾸기(2007) ⑨명시감상과 시작법상의 근본문제(2010 : ⑥의 개정증보) 등을 펴냈다. 그래서 많은 사람들은 나를 시인이라기보다 문학평론가라고 말한다. 그들에게는 나의 시보다 문학평론이 더 빠르게 더 깊게 각인된 모양이다.

그리고 인도·내팔·티베트·중국·이스라엘·시리아·이집트·레바논·아르헨티나·캐나다·요르단·터키·그리스·브라질·페루·캄보디아·베트남·태국 등 20여 개 국 외국여행을 마치고, 심층여행 에세이집이라 하여 ①시간의 수레를 타고(2008) ②지중해 연안 7개국 여행기『산책』(2010) ③여행도 수행이다(2014) 등 3종의 여행기를 펴냈고, 종교적 에세이집 ①신은 말하지 않으나 인간이 말할 뿐이다(2009) 와 이 책의 개정증보판인 ②경전분석을 통해서 본 예수교의 실상과 허상(2012. 896페이지)을 펴냈다. 그런 와중에 뜻밖에 '자신의 몸 안에 든 귀신을 쫓아내 달라'는 한 여인이 나타나 상담과정을 통해서 그녀를 탐구한 논픽션 ①신과 동거중인 여자(2012)를 펴냈으며, 2013년 03월 명상법을 집필, 발행하였으며, 1998년 02월에 창간한 격월간「동방문학」을 2015년 10월 현재까지 통권 제78호까지 펴냈다. 그리고『명상법』에 대한 독자들의 많은 질문과 관심에 힘입어 '주머니 속 명상법'이란 새로운 제목으로 불교의 선禪 수행법을 대폭 수용하여 아주 새롭게 다시 펴냈었다.

물론, 이들 개인저서 외에 ①한·일전후세대 100인 시선집「푸른 그리움」을 양국 동시 출판(1995)하였고 ②「시인이 시인에게 주는 편지」(1997)*이시환의 시집과 문학평론집을 읽고 문학인들이 보낸 편지를 모은 자료집 ③고인돌 앤솔러지「말하는 돌」(2002) ④독도 앤솔러지「내 마음속의 독도」(2005) ⑤연꽃 앤솔러지「연꽃과 연꽃 사이」(2008) 등의 편저를 기획·주관하여 펴내기도 했다.

뒤돌아보면, 나는 분명 문학에 '미친놈'이었으며, 어리석기 짝이 없는, 미련한 놈이었다. 문학에 집착한 나머지 가정경제에는 전혀 도움이 되지 못하는 가장으로서 지금껏 살아왔기 때문이다. 그러나 캐나다 몬트리올에 사는 유병찬 박사가 조건 없이 나의 시를 읽고 스스로 선정하여 60여 편 영역해 준 작품들로「Shantytown and The Buddha」(2003) 라는 시집이 발행되어 2007년 5월에 캐나다 몬트리올 '웨스트마운트' 도서관에서 영구 소장하기로 심의 결정되었고, 중역시집인「于立廣野」(2004)가 중국 북경 소재 '중국화평출판사'에서 발행되어 중국 내 유명 도서관 약 100여 곳에 비치되는 좋은 일도 있었다. 그리고 인간 세상에 존재하는 그 어떤 하찮은 문학상도 그냥 주어지는 법은 없다고 생각하지만 ①한국문학평론가협회상 비평 부문 ②한맥문학상 평론 부문 ③설송문학상 평론 부문 등 세 차례의 문학상이 문학적으로나 인간적으로 너무 '오만한' 내게까지 주어졌다. 이것은 기적 같은 일이라고 생각한다. 상조차 받고 싶은 사람이 아니었고, 주최 측에 전혀 도움이 되지 못한 사람이었기 때문이다. 그 정도로 나는 늘 오만했고, 권위적이었으며, 독선적이었던 게 사실이다.

그러나 나는 그 사이 이순耳順을 눈앞에 두었고, 지쳐있으며, 많이 늙어버렸다. 특히, 동방문학을 발행해 오면서 잡문들을 많이 써대면서 머리털도 성기어지고 백발이 되었다. 이제 그런 '가련한' 자신을 들여다보며 숨을 고르고 있다. 후반부 인생을 어떻게 살 것인가를 놓고서 말이다.

누가 그런 나에게 '무엇 때문에 살았는가?' 라고 지금 묻는다면, 나는 '바보 같이 시를 쓰기 위해서 살았다.'라고 말할 수밖에 없다. '그렇다면, 무슨 시를 얼마나 썼느냐?'라고 다시 물어온다면 '나는 고작 600여 편의 시를 썼고, 내 시인으로서 평생 화두는 생명·삶·죽음·신神 등이었다.'라고 말하고 싶다. 나의 작품들을 읽어온 사람들은 분명 많지 않지만 그 가운데 일부의 사람들은 내 마음 속 풍경을 너무 잘 알고 있으리라 믿는다. 바로 그 사람들 덕에 내가 오늘날까지 버틸 수 있었으며, 살아올 수 있었다고 나는 생각한다.

그동안 나의 시집을 읽고 이런저런 평을 해준 사람들의 일부가 이 책의 필자들로서 주인공인 셈이다. 키타오카 쥰쿄(北岡淳子 : 일본 시인), 문은옥(시인), 姜晶中(일본에서 활동하는 시인 겸 문학평론가·번역문학가, 현재는 작고), 김승봉(시인·목사), 장백일(문학평론가·국민대 명예교수, 작고), **한상철**(시조시인), 김준경(시인·문학평론가), 정정길(시인), 김재황(시조시인·상황문학문인회 회장), **이신현**(소설가·성결신학대학 교수), 서승석(시인·불문학박사), 심종숙(시인·문학평론가·한국외국어대 강사) 김은자(중국 하얼빈이공대학교 한국어학과 교사·문학평론가) 등….

하지만, 나의 시집 외에 다른 저서著書들을 읽고 개인적으로 서신을 보내온 사람들과 평문을 집필해 준 사람들은 훨씬 더 많다. 솔직히 고백하건대, 그들이 없었다면 나는 이미 외로움에 압사壓死 당했을 지도 모를 일이다.

그동안 나의 시 작품이나 저서들을 읽고 관심과 애정을 표해주신 분들께 마음으로부터 감사를 드리며, 그분들의 이름을 일일이 거명할 수 없지만 내 기억에서 지워지지 않을 몇 분만을 소개하자면, 심종숙(시인, 문학평론가, 대학 강사), **이춘희**(동덕여대 유아교육학과 교수), **최봉호**(캐나다 토론토에서 활동하는 시인), **구본순**(소설가), 김두성(종교인), 이영석(시인, 화가, 한양대학교 석좌교수) 제씨이다.

2015. 10. 12.

3. 평자 약력

김재황(1942~   ) : 시조집 시집 산문집 동화 평론집 위인전 등을 많이 집필한
저술가이자 문장가.

이신현(1955~   ) : 소설가, 겸임교수, 종교인.

서승석(1955~   ) : 4권의 시집과 번역서 : 파블로 피카소,
『시집』 등이 있는 시인, 문학평론가.

김준경(1962~   ) : 다수의 시집을 펴낸 시인, 문학평론가.

강정중(姜晶中 : 1939~2001) : 1971년부터 일본에서 활동한 번역문학가.

키타오카쥰코(北岡淳子 : 1947~   ) : 시집 『생강차』, 『배려의 손』, 『물 또는새』 외 다수를
펴낸 일본 여류시인

김승봉(1964~   ) : 시집 칼럼집 여행기 등을 펴낸 시인. 2003년부터
베트남으로 건너가 선교활동을 펴고 있는 종교인.

문은옥(1955~   ) : 단 한 권의 시집을 펴낸 시인.

장백일(1933~2010) : 문학평론가, 국민대학교 교수.

김은자(1986~   ) : 현재 하얼빈 이공대학에서 한국어과 교사로 재직 중인 문학평론가.

정정길(1942~   ) : 10권의 시집을 펴낸 시인.

한상철(1947~   ) : 산과 산행을 중심소재로 시조집 4권을 펴낸 시조시인.

이시환 시문학 읽기 · 1

바람 사막 꽃 바다

초판인쇄   2015년 10월 30일   **초판발행**   2015년 11월 05일

지은이   **이시환 외**
펴낸이   **이혜숙**   펴낸곳   **신세림출판사**
등록일   1991년 12월 24일 제2-1298호

100-015 서울특별시 중구 충무로5가 19-9 부성B/D 702호
전화 02-2264-1972   팩스 02-2264-1973
E-mail : shinselim72@hanmail.net

정가 15,000원

ISBN 978-89-5800-157-7, 03810